Reichtum verpflichtet ist ein sehr trockener schelmischer Noir mit tollen historischen Kapiteln, die ins Paris von 1870 entführen. Wer aufpasst, kriegt ganz nebenbei mit, wie sich im 19. Jahrhundert riesige Vermögen gründen, deren Erbnachfolger heute im globalen Maßstab agieren und wesentlich mehr Macht haben, als gut für den Planeten ist.

Reichtum verpflichtet ist aber auch – ähnlich wie sein furioser Vorgänger *Die Alte* – ein anarchisches Jetztzeit-Märchen, in dem eine Art Pechmarie kurzerhand beschließt, dass die herrschenden Regeln für sie nicht gelten, und mal zeigt, was dann alles so geht (und warum). Denn rein körperlich mag der aufrechte Gang ihr schwerfallen, aber mental steht Blanche de Rigny kerzengerade, zumal mit ihrer radikalen Gefährtin Hildegarde an der Seite …

Mit Humor, Hellsicht und Hintersinn erzählt die Strafverteidigerin, Autorin und Filmemacherin Hannelore Cayre ihre erzrealistischen Grotesken so lässig aufrührerisch, dass ich mir nur noch wünschen kann, ihre Heldinnen würden Wirklichkeit.

Else Laudan

Im Anhang auf den Seiten 236–255 gibt es eine kleine Zeittafel zu den historischen Kapiteln sowie Erläuterungen zu vielen Namen und Begriffen.

Hannelore Cayre

Reichtum
verpflichtet

Deutsch von Iris Konopik

Ariadne 1252
Argument Verlag

Auf dem mondlosen Land war es, totales Schwarz, dass ich es erstmals sah, das neongrüne Kaninchen, kräftig grün auf seiner Ackerbrache, ungerührt von der Idee seiner Fremdartigkeit in einem glühenden Lichthof sein Leben führend – wie wenn man über der Erinnerung an jemanden die Lider schließt, Signal in schwarzer Nacht, kleiner Punkt.

Olivier Cadiot, *Retour définitif et durable de l'être aimé*

»Meinst du, das ist das passende Outfit für eine Beerdigung?«

»Mensch, das ist mein schönster Trainingsanzug ... aus Samt! Und hast du dich selber mal gesehen? Schaust aus wie ... Aber uns scheißegal, oder?«

Hildegarde hatte recht, es war uns scheißegal. Wir kamen rüber wie zwei Junkiebräute, stimmt, aber ganz unabhängig von unserer Klamottenwahl würden uns eh alle schräg angucken.

Da war meine Tochter Juliette, ganz in Khaki, sie hatte gerade ihre Camouflagephase. Pistache und Géranium, unsere zwei hässlichen Köter ohne Halsband und Leine, dafür mit Schleife im Nacken. Hildegarde aufgeschickt im schwarzen Samttrainingsanzug und schwarzen Nikes Größe 46, über die sie zum Entstauben flüchtig mit dem Lappen gefahren war. Und zuletzt ich mit meinen neuen japanischen Titan-Orthesen, die mir die Krücken ersparten. Im Moment glich mein Gang mehr oder minder einem Stechschritt, aber das würde sich mit jedem Tag bessern. Klar, auf dem Trocadéro-Friedhof war das alles deplatziert, dort, wo die de Rignys ihre Gruft zwischen der Familie Dassault und der Familie Bouygues hatten.

Da ich die teuerste Anzeige im *Figaro* gebucht hatte, um das Ableben der Tante mit Pauken und Trompeten zu verkünden, war viel Volk gekommen, aber niemand hatte uns gegrüßt. Mehr noch, zwischen diesen Leuten und uns hatte sich ein Leerraum gebildet, eine Art Sperrgürtel, der ihnen erlaubte, sich von unserer widerlichen Präsenz zu isolieren.

Wer waren die alle? Bridge-Freundinnen? Leute, die sich auf gesellschaftlichen Events rumtreiben? Alte Weiber, die eins ihrer Idole dafür feiern wollten, dass es den Tod so lang hinausgezögert hatte? Keine Ahnung! Acht Monate hatten wir uns um Yvonne gekümmert und in ihrem Stadtpalais nicht einen Besuch empfangen, abgesehen von ihrem Notar und ihrem Bankier. Jedenfalls bin ich sicher, dass uns ihr Ableben am meisten traf. Denn wir hatten die Alte liebgewonnen, vor allem gegen Ende, als sie so weit überschnappte, dass sie uns aus unerfindlichen Gründen den ganzen Tag *Les nuits d'une demoiselle* von Colette Renard vorsang:

Ich lass mir das Naschwerk lecken
Ich lass mir das Fischchen streicheln
Ich lass mir das Hemdchen steifen
Ich lass mir den Bonbon knabbern

Was mit achtundneunzig Jahren, das müssen Sie zugeben, ganz schön schneidig ist.

Wie auch immer, jetzt war sie seit vier Tagen tot und ich war reich. Unfassbar reich. Infolgedessen – die Reichen sind immer in Eile – hatte ich noch anderes zu tun, als auf einem Friedhof rumzugammeln. In sechs Stunden ging unser Flieger zu unserem neuen Haus auf den Britischen Jungferninseln – Steuerparadies – und nächsten Montag, denn das Ende der Welt sollte man stets an einem Montag einläuten, würden wir uns ans Werk machen.

Vor dieser Gruft, die zu verschließen sich die Totengräber gar nicht mehr die Mühe machten, da die de Rignys wie die Fliegen starben (immerhin sechs in kaum einem Jahr), gedachte ich unseres gemeinsamen Vorfahren Auguste. Ob sein Leben, wie ich es auf diesen wenigen Seiten erzähle, dem von ihm tatsächlich gelebten entspricht, ob sein Charakter so war, wie ich ihn beschreibe, hat keinerlei Bedeutung.

Ihnen die paar Monate im Dasein dieses liebenswerten jungen Mannes zu überliefern, der immer ein bisschen fehl am Platz war, ist eine Möglichkeit, ihm die Substanz und die Unsterblichkeit zu verleihen, die er verdient, und ihm so seine Geste gegenüber meiner Familie zu vergelten. *Ihn dem dunkeln Hintergrund und Schoß der Zeit entreißen,* wie Shakespeare sagen würde. Auf diese Weise gesellt er sich zu anderen treuen Gefährten, die vielleicht im wahren Leben nicht existieren, sondern nur in jenen Romanen des 19. Jahrhunderts, die mein politisches Denken geprägt und mich zu der gemacht haben, die ich bin.

Saint-Germain-en-Laye, 18. Januar 1870

Seit über einer Stunde saß Auguste auf seiner Bettkante und starrte auf die Weckuhr genannte kostspielige Neuheit aus den großen Warenhäusern, die seine Tante Clothilde ihm zum zwanzigsten Geburtstag geschenkt hatte.

Weil wir alle wissen, dass es in Paris niemals genug Hähne geben wird, um Sie aus dem Schlaf zu reißen, stand auf der kleinen Karte, die dem Päckchen schalkhaft beigefügt war.

Es handelte sich um eine Uhr, die in ein kunstvoll gearbeitetes Gehäuse eingebaut war, das Paradiesvögel darstellte. Während er sie betrachtete, dachte der junge Mann wehmütig darüber nach, dass diese Erfindung das Leben aller Nachtschwärmer, die wie er morgens nicht aus den Federn kamen, in mancher Beziehung auf den Kopf stellen würde. Das Ding ließ sich so einstellen, dass das Läutwerk zu einem festgelegten Zeitpunkt ausgelöst wurde. Neben Stunden- und Minutenzeiger gab es einen speziellen Zeiger, den man am Vorabend auf die Weckzeit ausrichtete. Auguste hatte ihn auf die Ziffer 7 justiert, eine Stunde vor der Zeit, die auf seiner Vorladung zum Losverfahren stand.

Dieser berüchtigte Termin verfolgte ihn, seit er im Oktober zur Erfassung des Wehrpflichtjahrgangs 1869 im Rathaus vorstellig geworden war, dem Jahr seines zwanzigsten Geburtstags. Bis Januar war er ständig betrunken gewesen und hatte sich über die Feiertage bemüht, nicht an ihn zu denken, dann hatte er sich dabei ertappt, dass er ihn als die Erlösung von seinen Ängsten herbeisehnte.

Das Herunterzählen der Tage war schließlich an seinem Ende angelangt und heute Morgen war es so weit!

Heute würde er endlich erfahren, ob das Ziehen einer schlechten Nummer ihn zwang, die Sorbonne aufzugeben, sein Pariser Leben, seine Vergnügungen und seine schönen Bequemlichkeiten einzutauschen gegen neun Jahre erniedrigenden Militärdienst, fünf davon umgeben von Rohlingen in einer feuchten Kaserne mit schlechten Betten.

Das Läuten der teuflischen Erfindung ließ ihn hochschrecken und drehte ihm die Eingeweide um: *Wer nicht Punkt acht Uhr zum Appell antritt, wird als Erstes zum Militärdienst eingezogen*, hieß es unten auf seiner Vorladung.

Er hätte sich so gewünscht, dass seine Mutter und seine Schwester ihn zur Auslosung begleiteten, leider waren die beiden dringend ans Krankenbett einer Tante gerufen worden. Auch sein Vater, durch ein Rückenleiden ans Haus gefesselt, konnte nicht mitgehen. Blieben sein Schwager Jules, ein zum Geschäft konvertierter Ex-Offizier, und sein Bruder Ferdinand, ein Ehrgeizling und frommer Jünger des Geldkults, dessen liebster Zeitvertreib darin bestand, ihn zu piesacken, bis er explodierte. Selbst wenn diese beiden sich erboten hätten, ihm bei dieser Prüfung beizustehen, Auguste hätte kategorisch abgelehnt.

Die Frauen der Familie hatten ihn immerhin nicht gänzlich im Stich gelassen, hatten sie doch in Saint-Germain-de-Paris eine Messe lesen lassen, damit die Vorsehung ihn vom Militärdienst befreie. Natürlich glaubte Auguste nicht an Gott, noch weniger seit er *Die Entstehung der Arten* gelesen hatte, ein glänzendes Buch, das die groteske Vorstellung von der göttlichen Erschaffung des Lebens wissenschaftlich widerlegte, aber insgeheim fand er doch, dass die paar von seiner Mutter gekauften Gebete ihm nicht schaden konnten.

Er zog sich eilends an und durchquerte das stille Haus, wobei er darauf achtgab, niemanden zu wecken. Als er über die Schwelle trat, klappte er seinen Kragen bis über die Ohren hoch, um sich Hals über Kopf in diesen tintenschwarzen Wintermorgen zu stürzen, doch kaum hatte er das Gittertor des väterlichen Wohnsitzes passiert, ging seine Phantasie mit ihm durch. Er sah sich schon mit Angst im Bauch in eine Schlacht marschieren, so wie ein flegelhafter alter Soldat der Napoleonischen Garde, den seine Eltern hartnäckig zu Tisch luden, sie zum Schrecken der Damen schilderte; ein gewisser Pélissier, Überlebender der fürchterlichen Belagerung von Sewastopol. Es fehlte nicht viel und er hätte im Nimbus der Gaslaternen die Kadaver der Pferde erblickt, verrenkt vom Frost oder zerfleischt von den Soldaten.

Während er die Rue de la République hinaufließ, bevölkerte sich das Morgengrauen mit Silhouetten, deren Fußstapfen im Schnee sämtlich zum Rathaus von Saint-Germain-en-Laye führten. Vor der Tür des Gebäudes spielten Kinder Krieg und unterhielten damit die paar wenigen Wache stehenden Militärs. Sie bestiegen imaginäre Reittiere, und bewaffnet mit Aststücken als Säbel und Schneebällen, stürmten sie schreiend unsichtbaren Feinden entgegen; den Preußen, sagten sie.

Die Begleitpersonen wurden aufgefordert, draußen zu bleiben, während alle jungen Wehrpflichtigen von gemeinen Soldaten zur Ehrenhalle geleitet wurden. An einem Tisch vor dem Geburtenregister des Landkreises, in dem die Namen aller 1849 geborenen Jungen verzeichnet waren, erwartete sie der Bürgermeister mit umgebundener Trikoloreschärpe sowie ein ungeduldiger Offizier, flankiert von einer Handvoll Soldaten.

Auguste trat zu einer Gruppe Bürgersöhne an einem dicken Kohleofen, zu denen sich ganz selbstverständlich die Sprösslinge ihrer Bediensteten gesellt hatten. Er begrüßte Bertelot junior, den er daher kannte, dass er eine Zeitlang ein Auge auf seine Cousine geworfen hatte, und seinen Kindheitsfreund Duchaussois, den sein Vater unablässig als Beispiel hinstellte, weil er sich dem Justizbeamtentum zugewandt hatte. Er sah Berquet, Bruault und Fromoisin, Schulkameraden am Gymnasium. Portefaux, der Sohn des Hypothekenbewahrers, war ebenfalls da. Auguste erkannte ihn kaum wieder, so dick war er geworden: Er zielte auf Ausmusterung wegen Fettleibigkeit ab, meinte er. Er war überrascht, auch jenen zu sehen, den seine Mutter stets den *kleinen Perret* genannt hatte, jüngster Sohn ihres Gärtners, der, wie sich jetzt zeigte, im gleichen Jahr geboren war wie er. Dazu kamen noch die Söhne der Händler der Stadt. Einige kannte er, weil er ihnen in der Kirche begegnet war, als Jüngerer mit ihnen gespielt oder sie einfach nur im Hinterzimmer des elterlichen Ladens gesehen hatte. Sehr bald entstieg diesem inneren Kreis ein fröhliches Stimmengewirr.

Etwas entfernt, in respektvollem Abstand zum Ofen, kämpften eine Masse junger Proletarier in Fabrikkitteln, aber auch ein paar wie für den Messgang gekleidete junge Bauern schweigend gegen die Kälte. Alle hatten sich Mühe gegeben, sich anständig anzuziehen, denn wenn es toleriert wurde, arm zu sein, dann nur unter der Bedingung, dass man reinlich war und die Leute, unter die man sich mischte, nicht mit seinem Elend kränkte.

Auguste konnte nicht anders, als sie verstohlen zu beobachten. Wie zahlreich sie sind, staunte er. Wie linkisch ihre Umgangsformen und wie bockig ihr Schweigen. Wie sehr sich ihr Gebaren von der Gewandtheit und Gesittung der Vermögenden abhebt. Warum sind nicht sie es mit ihren armseligen, für die Kälte ungeeigneten Kleidern, ihren ausgezehrten Körpern, ihren schlechten Schuhen, die sich am Ofen aufwärmen kommen?

Diese armen Kerle haben offenbar einen Preis. Wie viel kostet wohl dies robuste Exemplar, das von einer Holzpantine auf die andere tritt, um nicht zu erfrieren? Wäre der Mann im Übrigen bereit, sich zu verkaufen, falls er nicht im eigenen Namen einrücken muss? Findet er, dass es eine ›Frage des Geschmacks‹ ist, wie es Monsieur Thiers noch kürzlich in der Abgeordnetenkammer ausdrückte, sich anstelle eines Sohns aus gutem Hause töten zu lassen? Denkt er, das versteht sich genauso von selbst, wie seinen Platz am Ofen zu räumen?

Wie ist das alles kompliziert!, dachte er seufzend.

Angesichts des Drucks der Familienväter auf den Kaiser und trotz dessen Wunsch, beim Menschenhandel moralische Standards durchzusetzen, hatte das Prinzip der Handelsfreiheit in der Abgeordnetenkammer ein weiteres Mal obsiegt. Die liberalen Abgeordneten hatten mit großer Mehrheit für die Wiedereinführung des militärischen Stellvertretersystems gestimmt, wie es vor der Thronbesteigung Napoleons III. praktiziert wurde. Es war demnach nicht länger Aufgabe des Staates, gegen Geld einen Ersatz für die Jungen zu finden, die den Wehrdienst verweigerten, sondern oblag den Familien selbst. Zwar hatte die kleine, von Jules Simon angeführte Gruppe der Sozialisten sich gegen diese *weiße Sklaverei* ausgesprochen, diese Renaissance der *Menschenfleischhändler* … jedoch zum allgemeinen Desinteresse. Die Konservativen wiederum hatten mit dem Schreckgespenst eines Kriegs gegen Preußen gedroht. Ohne dass jemand es kommen sah, hatte dieses doch viel kleinere Land als Frankreich gerade bei Königgrätz in einer einzigen Schlacht Österreich vernichtet, und das dank seiner allgemeinen Wehrpflicht und seiner Armee aus 1,2 Millionen Mann – aber auch sie hatten tauben Ohren gepredigt.

Gegen zehn Uhr begann der anwesende Offizier mit dem Aufruf in der Reihenfolge der um die Freistellungen ausgedünnten Liste, während ein Soldat die Kurbel einer Trommel drehte, die 127 in hölzernen Hülsen steckende Nummern enthielt.

Jedes Mal, wenn ein Name zum Losziehen aufgerufen wurde, schrak Auguste zusammen und verlor, da er gleichzeitig in Panik und ein schlechter Rechner war, den Faden seiner Argumentation: »Bei 167 Verzeichneten und zwanzig Freigestellten, bedenkend, dass der Landkreis fünfundzwanzig Männer bereitstellen muss, und unter der Prämisse, dass es aus diversen Gründen zehn Ausmusterungen gibt, wäre jede Nummer bis zum Doppelten, also alles bis fünfzig eine wirklich schlechte Nummer, es besteht daher eine Chance von eins zu …«

Aus der kleinen Schar um den Kohleofen wurde Duchaussois als Erster ausgerufen. Er hatte für den Fall, dass er eine schlechte Nummer ziehen sollte, von einem seiner Familie nahestehenden Oberstaatsanwalt am Kaiserlichen Gerichtshof von Paris vorsorglich ein Schreiben aufsetzen lassen, das seinen unentgeltlichen Einsatz als stellvertretender Richter am Tribunal de la Seine ins Feld führte. Er zog eine 10, machte seine Rechte geltend und wurde ohne weiteres freigestellt.

Als Nächstes wurde Portefaux' Name aufgerufen ... Nachdem er unter Murmeln irgendeiner Beschwörungsformel einige Minuten gezaudert hatte, wurde der junge Mann zur Ordnung gerufen und mit Macht zur Urne geschubst. Als er die Nummer aus ihrer Hülse schälte, brach er erleichtert in Schluchzen aus: die 120.

»Du kannst mit deiner Diät anfangen, fetter Feigling«, spottete der Soldat und begann wieder die Kurbel der Lostrommel zu drehen.

Gegen Mittag war endlich Auguste an der Reihe.

Beim Aufruf seines Namens verzerrte sich sein Gesicht. Einen tonnenschweren Körper mit sich schleppend, ging er zur Urne, steckte seine Hand hinein, zog sie dann zurück, als enthielte sie kochendes Wasser.

»Eine 4«, murmelte er am Boden zerstört.

»Vorgemerkt!«, brüllte der Offizier, bevor er ihm mit mechanischer Stimme die Gesetzesartikel herunterleierte. »Monsieur, mit Ihrer Nummer und sofern Sie nicht ausgemustert werden, ist Ihr Status als zum Jahrgang gehörig fix. Die Musterungskommission entscheidet am 18. Juli. Dort können Sie auch einen Einstandsmann vorstellen, den Sie in einem der Départements des Kaiserreichs gefunden haben mögen. Der Herr Bürgermeister wird Ihnen die erforderlichen Bedingungen für dessen Zulassung sowie die vorzulegenden Dokumente nennen. Wir zählen auf Ihren Eifer, die Ihnen auferlegte Pflicht zu erfüllen, und wir erinnern Sie an die Unbilden, die Ihr Ungehorsam Ihnen und Ihrer Familie verursachen würde.«

Auguste stand erstarrt vor dem Militär, verlorener Blick, schlaffe Hände, haltlos. Dann wurde ein anderer Name aufgerufen, und er musste sich rühren, zur Seite gedrängt von dem, der nach ihm an der Reihe war. Er verließ das Rathaus, ohne jemanden zu grüßen, und es hätte auch niemand von ihm gegrüßt werden wollen, denn jetzt brachte er Unglück. Benommen kehrte er nach Hause zurück, wo sein Vater voll Ungeduld auf ihn wartete, um zu erfahren, welche Entscheidungen zu treffen waren.

Im Grunde von zuversichtlichem und ruhigem Temperament, hatte Casimir sich stets große Sorgen um seinen Jüngsten gemacht. Sobald dieser sein Abitur abgelegt hatte, hatte er wohl versucht, ihm den Zauber des öffentlichen Bauens nahezubringen – das, was ein de Rigny, soweit er sich erinnern konnte, stets gemacht hatte, zumindest seit Colbert –, aber beim Anblick seiner jüngsten Baustelle waren Augustes Augen so leer geblieben, dass Casimir traurig zu dem Schluss gelangte, dass er für diese Sorte Geschäft überhaupt nicht taugte. Das ganze Gegenteil von seinem anderen Sohn, Ferdinand. Nachdem der sich jene außergewöhnliche juristische Erfindung namens Aktiengesellschaft anverwandelt hatte – Geschäfte machen, ohne für die Misserfolge geradezustehen –, hatte sein Ältester mit siebenundzwanzig Jahren das Wunder vollbracht, sein Vermögen zu vervierfachen, indem er sich mit der Gewandtheit eines alten Fisches in den trüben Gewässern der Vergabe öffentlicher Aufträge tummelte.

»Was tun mit diesem Jungen, der krankhaft sensibel ist und kein Metier ins Auge fassen mag?«, fragte sich Casimir oft, wenn er seinen Auguste beobachtete. Er sah nur eine Erklärung für das so unterschiedliche Verhalten seiner beiden Kinder: Während Ferdinand an Stärke und Tatkraft stetig zugenommen hatte, befielen seinen jüngeren Bruder von Geburt an Schlag auf Schlag alle nur erdenklichen Krankheiten, und wie jedes dem Tod abgetrotzte Kind hatte ihn seine Mutter zu sehr verzärtelt.

Körperlich gehörte Auguste zur Gattung der großen mageren Katzen, mit breiter Stirn und blonden, nach hinten geworfenen Stangenlocken. Seine großen braunen Augen, glänzend wie Kastanien, verliehen ihm eine schwärmerische Ausstrahlung, als würde etwas ihn von innen verzehren, und dazu eine gewisse Feminität. Er sah sich als Philosoph oder Dichter oder beides. Er äußerte besonders ärgerliche Dummheiten der Sorte: »Ich würde gern ein Handwerk erlernen, um dem brüderlichen Volk zu helfen.« Er sagte voraus, dass er wie Christus mit dreiunddreißig Jahren sterben werde, und die Damen fanden das hoch amüsant. Seine Eltern sehr viel weniger.

Nachdem er die Familienmahlzeiten in knifflige Angelegenheiten verwandelt hatte, indem er von einem Tag auf den anderen verkündete, er verschreibe sich der pythagoräischen Diät, einer Ernährungsweise, die darin bestand, alles tierische Fleisch zu meiden, war seine neueste Schwärmerei der Sozialismus, genauer gesagt das Denken eines im englischen Exil lebenden Philosophen, eines gewissen Marx, mit dem er allen ständig in den Ohren lag. Diese allerletzte Grille hatte den häuslichen Frieden endgültig zerstört, da die beiden Brüder unablässig miteinander stritten, wobei sie den Bogen jedes Mal weiter überspannten. Bis zu dem Punkt, an dem Casimir seine Schwester Clothilde beknien musste, Auguste bei sich in Paris aufzunehmen, um ihn so lange von Saint-Germain fernzuhalten, bis er sich die Hörner abgestoßen hatte.

Auch sie war nicht ohne Fehl. Zunächst war die Lage ihrer Wohnung gänzlich unangemessen für eine alleinstehende Frau. Statt sich an einem schicklichen Ort niederzulassen, im 16., 8. oder 7. Arrondissement der Hauptstadt, hatte Clothilde in den neuen Bauten von Haussmann für ein Vermögen ein Appartement erworben, mitten im Viertel der Grands Boulevards, umgeben von Cafés und Theatern. Zu allem Überfluss befasste sie sich obendrein mit Politik. Als leidenschaftliche Republikanerin, begeisterte Anhängerin eines gewissen Léon Gambetta, eines arroganten jungen Anwalts, der den Kaiser abgrundtief hasste, trieb sie sich in Gerichtssälen und politischen Clubs herum, um seine Einlassungen zu hören. Und zur Krönung des Ganzen war sie ledig – *Ich will eine freie Frau bleiben und nicht als arme Pute unter der Vormundschaft eines Trottels völlig mittellos dastehen* –, also ohne einen Ehemann, mit dem Casimir sich vernünftig hätte besprechen können, um sie zu zügeln. Und mit über sechsundfünfzig Jahren war es natürlich zu spät. Ungeachtet dieser Mängel und der Tatsache, dass sie auf die Frauen der Familie einen bedauerlichen Einfluss ausübte, blieb sie doch ein akzeptabler Umgang, was für Auguste, der nicht nur sein Heim in ein Schlachtfeld verwandelt, sondern sich zuletzt unverblümt gegen seine Kaste aufgelehnt hatte, leider längst nicht mehr galt.

Von Natur aus Optimist, hatte Casimir auf die Modernität seiner Schwester gesetzt, um seinen jungen Sohn zu gemäßigteren Positionen zu führen. Und schließlich würden sie aufeinander aufpassen, was in keinem Fall schaden konnte.

Als Auguste mit niedergeschlagener Miene das Speisezimmer betrat, war das Mahl bereits aufgetragen, und die drei Männer der Familie, sein Vater, sein Schwager Jules sowie sein älterer Bruder Ferdinand, warteten mit dem Essen auf ihn.

»Nun?«, fragte Casimir bang.

»So, wie er dreinschaut, hat er das große Los gezogen!«, spottete Ferdinand.

»Du wirst zufrieden sein, ich habe eine 4 gezogen«, antwortete Auguste kaum hörbar, ehe er sich auf seinen Stuhl fallen ließ.

Sein Vater beruhigte ihn. »Mach dir nur keine Sorgen, wie damals bei deinem Bruder habe ich vorgesorgt und die vom Staat verlangten 2000 Franc zurückgelegt, um dich loszukaufen. Aber da wir wegen dieses verfluchten Gesetzes jetzt selbst zusehen müssen, wie wir dir einen Einstandsmann beschaffen, habe ich genug, um einen Menschenhändler zu bezahlen, damit er uns einen guten beibringt. Ich bin bereits an die Gesellschaft Kahn & Lévy auf der Place Sainte-Opportune herangetreten, die sie in Hülle und Fülle anbieten soll.«

»Haben Sie Ihre israelitischen Menschenfleischhändler in dem Käseblatt gefunden, das Ihr Freund Tripier herausgibt?«, versetzte Schwager Jules.

»Zwischen Reklamen für den Naudia-Zollstock und die vereinfachte Methode zum Deutschlernen!«, setzte Ferdinand noch eins drauf.

»*L'Assurance* ist kein Käseblatt, sondern eine Zeitung für Familienväter. Die Musterungskommission tagt am 18. Juli, das lässt uns allen, ich betone, *uns allen*, sechs kurze Monate, um einen Einstandsmann für unseren lieben Auguste zu finden.«

Casimir persönlich hatte die Zeit vor der Auslosung seines eigenen Jahrgangs in sehr schlechter Erinnerung. Ein Streit mit seiner Mutter, die sich zur Strafe strikt weigerte, ihm einen Einsteher zu bezahlen, falls er eine schlechte Nummer zog, hatte ihn bis zum letzten Augenblick im Ungewissen gehalten. Beklommen erinnerte er sich noch an den Tag, an dem er mit dreiundzwanzig Jahren im Saal desselben Rathauses mit zitternder Hand in die Urne gegriffen hatte. Zum Glück war das Schicksal ihm hold gewesen und er zog eine gute Nummer. Er rückte folglich nicht ein. Die Ereignisse von 1848 verstärkten seine Erleichterung noch. »Ich habe den Wind der Kanonenkugel in meinen Haaren gespürt«, pflegte er zu sagen. Es kam daher nicht infrage, seine Söhne dieser üblen Erfahrung auszusetzen, schon gar nicht Auguste, der angesichts seiner schwachen Konstitution noch weniger als jeder andere das Kasernendasein überleben würde.

»Mit den Preußen, die auf uns zurasen wie eine Lokomotive, scheint mir, dass die Preise steigen und Ihre kläglichen 2000 Franc nutzlos sein werden, um die gewünschten Schlepper anzulocken. Glauben Sie mir, das ist keine sichere Sache«, stellte Schwager Jules klar, der sich in Sachen Konskription auskannte, hatte er doch ein Drittel seiner Existenz damit vergeudet, in der trüben Routine der Garnison herumzudümpeln.

»Eins steht fest, dank der Kriegsgerüchte werden diese Rosstäuscher mit dem Kauf und Verkauf von Menschen mehr Geld verdienen als beim Viehhandel«, stimmte Ferdinand mit vollem Mund zu.

Obwohl aller Augen auf ihn gerichtet waren, starrte Auguste in seinen Teller, als wäre es ein Abgrund. Sein Vater legte ihm beruhigend die Hand auf den Unterarm und sagte sanft: »Denkst du, wir wüssten nicht, was dich bekümmert? Die militärische Stellvertretung ist insofern eine gute Sache, als sie dazu beiträgt, just die soziale Gerechtigkeit herzustellen, die dir am Herzen liegt. Sie sorgt dafür, dass das Geld aus den Händen derer, die welches besitzen, in die leeren Hände derjenigen fällt, die keines haben, um unterm Strich der Armee einen guten Soldaten anstelle eines schlechten zuzuführen. Hör nicht auf die Dummheiten, die die Sozialisten, mit denen du verkehrst, dir in den Kopf gesetzt haben mögen. Indem der Wehrdienst sie der schmutzigen Luft ihrer Fabrikhalle und der schlechten Ernährung entzieht, hält er für die Proletarier nur Wohltaten bereit, während er die Gesundheit der Bürgersöhne gefährdet und ihre Karriere zerstört. Dieser Gerechtigkeitsbruch, von dem du ständig redest, liegt gerade in dieser absurden Idee einer Wehrpflicht für alle begründet.«

»Es gibt eine sehr viel einfachere Art, das meinem lieben Bruder zu erklären«, mischte Ferdinand sich ein. »Der Proletarier, der eine richtige Arbeit hat, wird niemals Einstandsmann werden. Die Frage betrifft also nur den Arbeiter ohne Arbeit, der per definitionem ein gefährliches Subjekt ist. Man muss gar nicht tiefer schürfen: Uns vor dem Chaos zu retten, sperrt man diesen Überschuss an Abschaum in die Garnisonen! Nicht wahr … Auguste …«

Und angesichts der Bedrückung des Letzten schloss Casimir ganz leise, als würde er zu einem Kranken sprechen: »Sag dir einfach, dass es Zeit ist, die wir dir kaufen, und kein Mensch …«

»Zeit, um deine großen linken Theorien auszufeilen, von der die Gesellschaft eines Tages gewiss profitieren wird«, spottete Ferdinand erbarmungslos und löste bei Schwager Jules einen mit Gewalt unterdrückten Lachkrampf aus, bei dem er beinah seine Suppe aufs Tischtuch gespuckt hätte.

»In der Kaserne würde man Auguste seine Bildung neiden und ihn für seine Qualitäten verachten!«, ereiferte sich sein Vater.

»Seine Qualitäten? Welche Qualitäten denn?«, sagte sein Bruder und blickte in die Runde, als wollte er Vorschläge sammeln.

Da durchfuhr es Casimir jäh wie ein Blitz. »Aber natürlich!«, rief er aus. »Wieso habe ich nicht früher daran gedacht! Warum nicht den kleinen Perret fragen, ob er dein Einstandsmann wird? Womöglich hat man ihm eine günstige Nummer zugeteilt. Wenn man bedenkt, dass wir im Begriff waren, irgendwelche Leute in die entlegensten Winkel des Landes zu schicken, wo die Lösung vielleicht hier liegt, hier bei uns! Adèle! … Adèle!«

Während er schrie, schlug er mit seinem Stock auf den Boden, um das Dienstmädchen herbeizurufen. »Adèle! Adèle, in Herrgotts Namen!«

»Ja, Monsieur …«

»Adèle, wo ist der Gärtner?«

Bis dahin still, hieb Auguste plötzlich mit der Faust auf den Tisch, dass die ganze Gesellschaft zusammenzuckte.

»Es reicht, das ist widerlich! Perret junior soll nicht an meiner Stelle einrücken! Niemals werde ich das akzeptieren! Seine arme Familie soll nicht den Blutzoll zahlen, während wir die Mittel haben, uns für den Jahrespreis einer Opernloge loszukaufen.«

»Aaaaah, jetzt ist es so weit!«, knurrte sein Bruder. Und die beiden anderen zu Zeugen nehmend: »Endlich ist der Moment gekommen, da er uns vom Elend der Menschheit sprechen wird!«

Und Ferdinand nahm die Kelle und füllte Augustes Teller randvoll, bis er überschwappte.

»Da, nimm doch noch ein wenig von dieser exzellenten Suppe, damit du uns bequem von all diesen armen Leuten erzählen kannst, denn was gibt es Besseres als eine gute Tafel mit Blumenschmuck und Silberbesteck, um sozialistische Gefühle in uns zu wecken. Na los, wir lauschen dir! Erzähl uns zum Beispiel … von deinen Freunden vom Café de Madrid … Oder, äh, wie heißt noch dieser schändliche Jude, der offenbar eine Abhandlung über das Recht auf Diebstahl verbrochen hat? Marx, richtig? Bitte sehr, erzähl uns ein wenig von deinem Monsieur Marx!«

Außer sich verließ Auguste unverzüglich den Tisch, die Fäuste geballt, den Mund gebläht von all den abscheulichen Worten, die er seinem Bruder am liebsten ins Gesicht geschleudert hätte, aber er zügelte sich aus Rücksicht auf seinen Vater, den er für heute ausreichend niedergeschmettert erachtete. Er hörte Ferdinand noch brüllen, während er in sein Zimmer floh.

»… Und Sie sitzen da und sagen nichts … ›Ich liebe das Volk‹, ruft uns dieser Dummkopf zu … Statt ihm alles durchgehen zu lassen und ihn in die Obhut dieser verrückten Tante Clothilde zu geben, sollten Sie hart durchgreifen! Denn wenn er sich in den Kopf setzt, den Pöbel mit seinen großen Wahrheiten vom Schönen, Wahren und Gerechten zu erbauen … Wenn man ihn Ihnen auf den Brettern eines Ochsenkarrens in Stücken aus Paris zurückbringt … Dann werden alle hier weinen … alle außer mir! Außerdem habe ich es satt, diesen Leibeigenenfraß zu essen, wenn Monsieur uns mit seinem Besuch beehrt!«

Damit warf Ferdinand sein Besteck aufs Tischtuch und verließ die Tafel.

Jules betrachtete zweifelnd seinen Teller. »Stimmt, ohne Speck ist diese Suppe nicht sehr schmackhaft!«

Hastig sammelte der junge Mann die wenigen Dinge ein, die er mitgebracht hatte, und verließ im Sturmschritt das Haus, um nicht den Zug zu versäumen, der ihn nach Paris zurückbringen würde. Als er jedoch am Bahnhof die Menge sah, die sich in der Rotunde drängte, stellte er fest, dass viele Ausflügler die Sonne genutzt hatten, um sich die verschneite Landschaft anzuschauen. Er würde für die Heimfahrt folglich keinen Platz in der ersten, vielleicht nicht einmal in der zweiten Klasse finden. Blieb die dritte Klasse, auch wenn er nicht warm genug gekleidet war, um sich zu den Knechten und Arbeitern im Wagon ohne Dach zu gesellen.

Hier, in dem ironischerweise von Casimir de Rigny erbauten Bahnhof, war die gesamte französische Gesellschaft im Miniaturformat versammelt. Eine Frau in Holzpantinen, beladen mit einer Brut schmutziger Kinder, teilte die Bank mit einer vornehmen Dame, die in

Begleitung ihres Dienstmädchens und ihres püppchen-haften Sprösslings von einem Ausflug nach Hause fuhr. Ein biederer Gatte aus Saint-Germain-en-Laye, der in Paris Ablenkung von der ehelichen Monotonie suchen wollte, überließ seinen Platz einer jungen Tänzerin der Opéra Comique, die zu ihrem alten Gönner zurückkehrte. Ein Haufen Milliardärsanwärter und junge Künstler mit Taschen voller Meisterwerke trafen am Bahnhof auf ihre abgehalfterten Doppelgänger, die Paris verwünschend auf dem Heimweg waren. Auch die Diebe waren mit von der Partie und spähten hier nach einer unbeaufsichtigten Handtasche, dort nach einer hervorlugenden Geldbörse …

Dies ganze Theater war meilenweit entfernt von Augustes Sorgen, der sich bereits tot sah, unsinnigerweise allein, sein Leib inmitten eines Feldes auf ein preußisches Bajonett gespießt.

Kaum öffneten sich die Türen, wurden die Abteile gestürmt. Der junge Mann, der sein Billett in letzter Minute gekauft hatte, endete wie vorhergesehen im Wagon der dritten Klasse. Er verbrachte den Anfang der Reise eingekeilt zwischen zwei kräftigen Arbeitern, die nach Schweiß stanken und sich an dieser Nähe zu einem parfümierten Jüngling ergötzten. Bei der Ankunft in Pecq schließlich hatte man Mitleid mit ihm, denn er war blau vor Kälte, man ließ ihn den Wagen wechseln und verfrachtete ihn in die zweite Klasse. Dort wärmte er sich auf, tauchte ein in einen Schwarm junger Mädchen, die von ihren Müttern gescholten wurden. Sie kamen von einer Verabredung mit verlockenden Partien aus Saint-Germain-en-Laye, und trotz der vorab verschickten Fotografien, der Zugbilletts, der Investitionen in Kleider und

Haarbänder war man zu keinem Abschluss gekommen. »Nein, wirklich, alles nur, weil ihr nicht das Eure tut!«, tadelten die Mütter. Die Mädchen hörten nicht zu; bis zum Eintreffen in der Gare Saint-Lazare begnügten sie sich damit, Auguste unter Kichern verstohlen zu mustern.

1

Ich hatte den TGV kaum bestiegen, da kotzte mich schon alles an.

Da ich Tuchfühlung nicht mag, setze ich mich nie an den mir zugewiesenen Platz, wo meine Beine die meines Sitznachbarn berühren, ganz zu schweigen vom Kampf um die Armlehne. Ich ertrage es nicht. Da ziehe ich die Klappsitze im Bereich zwischen den Wagons vor, auch wenn man da selten seine Ruhe hat, weil er oft von Idioten überrannt wird, die ihn nutzen, um die Sau rauszulassen, oder von Alten, die sofort nach der Abfahrt anrufen, um zu sagen, dass sie gleich da sind … *Jetzt hör ich dich nicht mehr, hörst du mich noch?*

An diesem Tag waren es vier Mädels, die einem Rap-Clip entsprungen waren und sich aus allen Blickwinkeln fotografierten. Aus Neugier checkte ich auf Instagram #TGVParis-Brest, wie sie sich idealisierten, was sie auf dem Großmarkt der Verführung im 21. Jahrhundert an Attributen auffuhren. Aber inmitten dieser Bilder von Mädchen im Modus rausgestreckter Hintern, heißer Schmollmund, zu allen denkbaren Stimulationen bereit, hatte jemand eine heimliche Aufnahme von mir gepostet, wie ich sie beobachtete. Ich in meinem schwarzen Minikleid mit Taschen, meiner Bomberjacke, meinen eingerüsteten Beinen und meinen hochhackigen Halbstiefeln, verloren in einem Gewölk farbenfroher Gänse.

Krasse Fehlbesetzung. *Emily the Strange* zu Gast auf einer Nuttengeburtstagsparty.

Und obendrein zog ich so eine Fresse …

Man muss dazusagen, ich war nicht in Topform. Man hatte mich krankgeschrieben, weil ich mich um ein Haar von einem Métrozug hatte zweiteilen lassen, und zu allem Überfluss war ich unterwegs zum lästigsten aller Frondienste, dem fünfundachtzigsten Geburtstag meines Vaters.

Und die Reise war weit von ihrem Ende entfernt: In Brest angekommen, standen mir noch eine Stunde Bus- und anderthalb Stunden Bootsfahrt bei aufgewühlter See bevor. Und da ich im Voraus wusste, dass ich trotz der ultimativen Schinderei, die diese Langstreckenfahrt bedeutete, nur stören würde, kann man sich vorstellen, wie motiviert ich war.

Ich kannte das Drehbuch auswendig: Bei meiner Ankunft würde mein Vater so tun, als freute er sich, mich zu sehen, nur um mir nach den landläufigen Banalitäten vom Typ *Hast du unterwegs was gegessen? War viel los auf dem Boot? Wann fährst du wieder?* nichts mehr zu sagen zu haben. Ich würde antworten: *Und du, geht's dir gut?*, wohl wissend, dass ich damit die Beschwerdeschleusen öffnete. Omi Soize und ich nennen das die *kaleidoskopische Klage*: Sätze, die für sich genommen und in neutralem Ton gesprochen rein informativ wirken – *Weißt du, ich war beim Arzt … Morgens, wenn ich esse, wird mir schwindelig … Man wird Dédé die Füße und Hände abnehmen wegen der Diabetes* – und die in Kombination das grausige Motiv des Schicksals ergeben, das ihm bevorsteht. Er klopft eine Weile auf den Tisch, und zack, fügt sich alles neu zusammen und es geht von vorne los ... Und das Ätzendste ist, es findet kein Ende.

In Brest regnete es zur Abwechslung mal. Eine biblische Sintflut, horizontal wegen des Winds vom Meer, der Ihnen ins Gesicht peitscht, sobald Sie den Fuß aus dem Zug setzen. Dort auf dem Bahnsteig sah ich sie das erste Mal, die drei aus Paris. Wobei man sie auch nicht übersehen konnte, wie sie in ihren hübschen wasserabweisenden Regenmäntelchen dem Sturzregen zu trotzen versuchten. Zwei haarige Hipster, einer davon mit Brille, und eine große schmucklose junge Frau mit seidigem langem Haar.

Ich humpelte, so schnell es mir möglich ist, zum Busbahnhof und stieg in den nach nassem Hund stinkenden Bus. Sofort überfielen mich die Alten: *Wie lang ist das her! Du bist ja bleich wie ein Arsch! Und wo ist überhaupt deine Tochter? Und blablabla* ... Zum Glück verpasst man sich in dieser Gegend nicht vier Küsschen, sondern nur eins, denn ich musste mich durch den ganzen Mittelgang arbeiten ... Da schlossen sich vor der Nase der drei tropfnassen Pariser die Türen, was niemanden groß tangierte, denn der Bus ist vorrangig für Inselbewohner auf dem Heimweg reserviert.

Am Hafen stiegen alle in einer einzigen Bewegung aus und strömten in den Hafenbahnhof, um im Trockenen aufs Einschiffen zu warten.

Meine alte Freundin Tiphaine war da, sie saß auf einer Bank und stauchte gerade ihre Kinder zusammen, sie sollten aufhören, den Kaffeeautomaten zu misshandeln. Beim Anblick ihrer Jüngsten wurde mir klar, dass ich eine Ewigkeit nicht mehr hier war, um meinen Vater zu besuchen. In meiner Erinnerung war sie ein Baby, dabei war sie ein kleines Mädchen mit Wuscheldutt, das breitbeinig dastand und mich anstarrte, während ich mich zwischen sie und ihre Mutter schob.

Ich küsste meine Freundin, und beim Umarmen ihres üppigen runden Körpers dachte ich in einem Erkenntnisblitz, dass meine Insel mir gefehlt hatte.

Normalerweise, wenn man alte Bekannte nach langer Trennung wiedersieht, fühlt man sich etwas unbehaglich, wie gefangen in einer Verbindung, die nicht immer leicht zu erneuern ist, aber bei den Leuten hier ist das nie der Fall. Ich denke, es liegt daran, dass das Inselleben unsere Familien seit Jahrhunderten zweigeteilt hat, die Männer bei der Marine oder auf einem Handelsschiff auf dem Meer und die Frauen an Land, wo sie sich um die Kinder kümmern, und das hat uns so geformt, dass wir eine besondere Begabung für die Kommunikation mit selten Anwesenden entwickelt haben.

So fragte sie mich schlicht, an welcher Stelle im berühmten Fortsetzungsroman der Insel ich ausgestiegen war ... vor der Restaurierung der Friedhofsmauer oder nach der Pleite des Spar-Supermarkts?

»Also echt, du warst ja ewig nicht mehr hier!«

Das Gewicht der Zeit, die seit meinem letzten Besuch vergangen war, zwang Tiphaine, sich auf das Wesentliche zu konzentrieren: Wer ist gestorben, wer betrügt wen mit wem, wer ist ertrunken, wer wurde mit dem Hubschrauber abtransportiert ... So viele Tragödien auf so kleiner Fläche ... Man könnte ihr einen Hang zum Drama unterstellen, aber nein, es ist dort tatsächlich so, ständig passieren entsetzliche Dinge!

Im trommelnden Regen gingen wir alle an Bord, inklusive der drei Touristen, die im Taxi herbeirasten. Ich begab mich direkt zum Bug und streckte mich auf vier Sitzen aus, Augen geschlossen, den Kopf auf einen Pullover gebettet ... Ja, ich leide an Seekrankheit. Ich habe alles versucht: Chemie, Hypnose, Gewöhnungstraining, selbst das Ding, wo man unter einem Apfelbaum Mittagsschlaf macht; nur um zu zeigen, wie sehr ich gekämpft habe. Aber nicht genug, dass mein Körper ein störrischer Gaul ist, er will mich auch noch zwangsweise an Land festsetzen.

Die Pariser saßen ein paar Meter von da, wo ich lag, und weil ich während der Überfahrt nichts anderes zu tun hatte, ließ ich mich von ihrer Unterhaltung einwiegen.

Ich bekam mit, dass es sich um ein Pärchen handelte, das seinen Freund, den Brillenhipster, mitgenommen hatte, um ihn auf andere Gedanken zu bringen. Die schmucklose große junge Frau hatte ein Programm ausgeheckt, das sie Punkt für Punkt darlegte, während sie auf einer Karte der Insel die zu besuchenden Spots zeigte. Jemand war gestorben, offenbar die Freundin des Bebrillten, denn er sprach voller Wut über den Vater seiner toten Liebsten, einen Abgeordneten der Rechten, den er als *das Riesenarschloch* titulierte, und über dessen Verhalten auf der Beerdigung. Offenbar hatte er sich aufgeführt wie auf einer Gartenparty und war begleitet von einem Kellner, der Champagnerkelche verteilte, von Gruppe zu Gruppe gegangen mit dem Ziel, dass man ihm und seinem Sohn aus ihren juristischen Scherereien heraushalf. Dann war die Rede von einem Erdbeben in Nepal. Es fielen Ortsnamen, von denen ich noch nie gehört hatte. Während das Paar, das wirkte, als wäre es im humanitären Sektor tätig, von einer Gesundheitskatastrophe sprach, führte der mit der gestorbenen Freundin verbittert das journalistische Gesetz der Toten pro Kilometer an: Je weiter weg, desto mehr Opfer muss eine Tragödie zählen, um ein Minimum an Leuten zu interessieren. Das Erdbeben in Nepal mit ein paar hundert Toten, darunter seine unter tonnenweise Steinen zerquetschte Tussi, kümmerte niemanden einen Scheiß.

Weiß der Henker warum, ich schlief ein, während in meinem Kopf zwei Verse aus Philippe Murays Lied *Tombeau pour une touriste innocente* dudelten:

Nichts schöner als eine blonde Touristin auf der Welt
Kurz bevor im Dschungel ihr Kopf zu Boden fällt

Mein Vater hatte seinen Kumpel Fañch mit seinem R14 geschickt, um mich vom Boot abzuholen. Er verstaute meine Tasche auf der Rückbank, und kaum hatte ich meinen Hintern auf den Beifahrersitz gehievt, fing er schon an, mir auf den Wecker zu gehen.

»Du weißt, dein Vater ist alt, viele Geburtstage wird er nicht mehr erleben, du musst öfter kommen, sonst bereust du es eines Tages … Und wenn du kommst, bleib länger und bring deine Tochter mit …«

Immer dieser Drang, dir Fußketten anzulegen, sobald du nach Hause kommst, dachte ich bei mir.

»Weil er uns ja so wahnsinnig vermisst, stimmt's?«, gab ich zurück. Er brummte irgendwas, die Säufernase im Fell seines Spaniels vergraben, der zwischen ihm und dem Lenkrad saß, dann verfiel er in Schweigen.

Dazu muss man sagen, dass *das Thema Blanche* hier auf dem Felsen, wo jeder sich für die Gören der anderen verantwortlich fühlt, und sei es nur, weil sie in einer abgeschlossenen Welt vor aller Augen aufwachsen, *das Thema Blanche* also niemanden kalt lässt. In einer geschlossenen Gemeinschaft gibt es pro Generation immer einen oder eine, die Unruhe stiftet. Die Sorte Teufelsbraten, die stets in das aktuelle Riesending verwickelt ist. Wenn eine Zweitwohnung durchwühlt wird oder eine Karre brennt … wenn Langusten aus den Wasserbecken verschwinden oder während der Hochsaison die Mauern der Anlegestelle mit vulgären Anti-Touri-Sprüchen besprüht werden … Kurz und gut, in der Generation der in den Achtzigern Geborenen bin die epochemachende Unruhestifterin ich: Blanche de Rigny.

Da war mein Ausreißen, klar, als mein Vater mich nach dem x-ten Krach noch vor Abschluss des Collège ins Internat stecken wollte. Dreitägige Suchaktion. Die Hubschrauber vom Bergungsschutz kreisten über der Küstenlinie der Insel. Alle Wasserfahrzeuge bis zum kleinsten Beiboot im Einsatz, um am Fuß der Klippen akribisch nach meiner Leiche zu suchen, während ich mit meinen dreizehn Jahren nach Paris aufgebrochen war, um mich als Bettlerin durchzuschlagen. Damals schon.

Aber vor allem, auch zeitlich, war da meine Geburt.

Sie ereignete sich mitten in einem heftigen Sturm, wie immer, wenn sich auf dieser verfickten Insel ein Drama abspielt. Mein Vater war in Afrika auf hoher See, als meine Mutter starke Blutungen bekam, und da es bei Windstärke 10 unmöglich ist, einen Hubschrauber zu schicken, musste die Seenotrettung sie per Boot zum Festland bringen. Ich war natürlich noch nicht geboren, aber man hat mir die Geschichte so oft erzählt, dass ich mich zwischen den Beinen der Seemannsfrauen stehen sehe, von wo ich zuschaue, wie das orange-grüne Rettungsboot, das sie ins Krankenhaus brachte, über die Rollschienen gleitet. Es wird berichtet, dass keiner der Kerle von der Seenotrettung zögerte; dass ihre Frauen weinten, weil da Mauern aus Wasser waren und sie Angst hatten, ihre Männer nicht lebend wiederzusehen. Auf der Überfahrt verlor meine Mutter ihr ganzes Blut, während die Rettungsleute machtlos zusahen. Sie starb vor der Landung, aber ich großes Sechs-Monats-Frühchen habe überlebt. Einer der Seenotretter hat mich im Rathaus von Brest gemeldet, und um keinen Fauxpas zu begehen, gab er mir den Namen meiner Mutter: Blanche. Man erzählt auch, dass ein paar Tage später, als mein Vater zur Beerdigung heimkam, die Rettungsleute ihn geschlossen am Schiff erwarteten, mit tieftrauriger Miene, als wären sie an irgendwas schuld. Sie waren es auch, die in ihren orangefarbenen Uniformen den Sarg trugen. Der Pfarrer musste die Tür offen lassen, so voll war die Kirche. Bei dieser x-ten Tragödie des Meeres schloss sich die Insel wie ein Block um den Witwer, Vater eines winzigen Mädchens, das sich im Brutkasten auf dem Festland ganz allein durchkämpfte.

Wenn ich so drüber nachdenke, ist das ja vielleicht der Grund, warum ich seekrank werde.

Sofort nach der Beerdigung brach der Alte zu einer seiner längsten Fahrten auf und vertraute mich Omi Soize an, seiner Tante, der Frau, die mich aufgezogen und sich all meiner Alltagssorgen angenommen hat. Seinen Abschied von der Handelsmarine nahm er notgedrungen erst, als außer Reedereien mit Schrottschiffen voller Filipinos niemand mehr einen Alten wie ihn beschäftigen wollte.

Ich war zwölf, als er anfing, Vollzeit mit uns zusammenzuleben, und es versteht sich von selbst, dass er absolut nicht willkommen war, denn nachdem er ein Leben lang durch Abwesenheit geglänzt hatte, kam sein widerliches Macho-Gehabe nicht gut an.

Da jeder Ort seine ureigenen Schicksale heraufbeschwört, muss ich vor meinem Ausreißen unbewusst gespürt haben, dass ich um jeden Preis abhauen sollte von dieser Insel, wo ständig Dramen passierten, ehe das Unheil über mich hereinbrach, mich persönlich … Denn genau so kam es.

Eine alles in allem recht banale Geschichte und eben extrem inseltypisch, wenn Sie wissen, was ich meine … Die Gendarmen waren für die Sommersaison noch nicht eingetroffen, und wir nutzten die Gelegenheit, um einem Lieblingshobby müßiggängerischer Gören zu frönen, nämlich sternhagelvoll und ohne Führerschein mit an der Anlegestelle geparkten Wagen zu fahren, bei denen immer der Zündschlüssel steckt. Und ab die Post, gib Gummi, Jugend … Ich war mit zwei Jungs und einem Mädel vom Campingplatz unterwegs, nicht mit Jugendlichen von der Insel, sonst wäre so was niemals passiert. Ich saß oder besser hing auf der Rückbank und war leider zu besoffen, um zu merken, dass der Idiot am Steuer uns auf den Küstenweg lenkte.

Er hat schlicht und ergreifend nicht gesehen, dass das Land dort endete. *Finis terrae.* Rums!, ab in die Klippen. Die zwei Typen vorn wurden zermalmt, und das Mädchen neben mir verbrannte bei lebendigem Leib, weil sie

die Umsicht gehabt hatte, sich anzuschnallen, und ein-
geklemmt war. Ich, die ich in keinerlei Hinsicht je habe
Umsicht walten lassen, wurde beim Überschlagen des
Wagens durch die Heckscheibe katapultiert und brach mir
die Wirbelsäule.

Paris, 12. Juni 1870

Gepeinigt von einer unaussprechlichen Angst, verbrachte Auguste grauenhafte Nächte, seit er bei der Losziehung gescheitert war. Von diesem verfluchten Tag an stand sein Wecker auf sieben Uhr, aber wenn der nach nur einer oder zwei Stunden Schlaf klingelte, stellte er ihn aus, legte sich wieder hin und schaffte es erst am späten Nachmittag, sich aus dem Bett zu schälen. Unter ständiger Migräne leidend, hatte er schon zwei Monate keinen Fuß mehr in die Universität gesetzt, und die Beziehung zu seiner Tante Clothilde hatte sich darob erheblich verschlechtert.

Eigentlich bester Stimmung, nachdem sie im Kaufhaus Printemps die neue Kollektion gesichtet hatte, war ihre Freude an diesem Morgen und für den Rest des Tages unwiderruflich dahin, als sie ihren Salon betrat und dort wie an den Tagen zuvor ihren Neffen gleich einem Haufen Schmutzwäsche auf ihrem Sofa liegen sah, wo er, den Kopf in ein feuchtes Handtuch gewickelt, vor sich hin lamentierte. Mit einem klangvollen Seufzer teilte sie ihm ihre Verärgerung mit.

»Haben Sie Mitleid, werte Tante, und schreien Sie nicht! Mein Schädel schmerzt in einem Maße, dass ich mich frage, ob nicht ein Tier in meinem Kopfkissen lauert und sich über Nacht an meinem Gehirn weidet.«

Sie fegte das mit einer gereizten Handbewegung beiseite. »Sie haben einen Brief Ihres Vaters erhalten.«

»Oh! Lesen Sie vor …«, sagte Auguste mit ersterbender Stimme. »Ich kann kaum die Augen öffnen.«

»Ich habe es mehr als satt, dass Sie meine Wohnung mit einem Kurhotel verwechseln, wo man den ganzen Tag verschläft und sich die Wäsche waschen lässt. Lesen Sie diesen Brief doch selbst!« Damit klaubte sie den Umschlag vom Tisch und warf ihn ihm ins Gesicht.

Auguste wartete, bis sie das Zimmer verlassen hatte, um den Brief aufzureißen.

Er enthielt keine guten Nachrichten.

Die israelitische Stellvertreteragentur an der Place Sainte-Opportune, die angeblich Männer in Hülle und Fülle zu verkaufen hatte, hatte sich als Sackgasse erwiesen: Sie war vollständig geplündert und hatte keinen einzigen mehr im Angebot, dabei hatte man einen Vorschuss von 1000 Franc gezahlt. Den hatte Monsieur Levy letztlich zurückerstattet, aber das Problem blieb bestehen, denn in ganz Paris befanden sich alle Agenturen in der gleichen Mangelsituation. Man musste sich folglich ohne sie behelfen. Sein Vater hatte daraufhin die Idee gehabt, seinen sämtlichen Lieferanten ein Schreiben zu schicken mit der Aufforderung, sich bei Gastwirten, Kutschern, Schuhmachern und Pfarrern zu erkundigen – bei allen Berufen, die Kontakt zur Welt hatten –, ob sie Arbeiter ohne Arbeit kannten, die einverstanden wären, sich an einen Familienvater zu verkaufen. Bedauerlicherweise hatte auch dies zu nichts geführt.

Er hatte auch einem entfernten Vetter im Baskenland geschrieben, aber das Anerbenrecht hatte sich dort so verheerend ausgewirkt, dass alle verfügbaren jungen Männer nach Amerika ausgewandert waren. Die Agrargebiete wie die Normandie oder Nordfrankreich erbrachten ebenfalls nichts, denn die einzigen freien Einstandsmänner wurden von den örtlichen Hofbesitzern für ihre Söhne zu horrenden Preisen aufgekauft.

Man riet ihm, eher im Umkreis der großen Städte zu suchen. In Bordeaux hatte einer seiner Steinlieferanten um Haaresbreite einen Einsteher für ihn gefunden. Der Sohn eines Wasserverkäufers, der bei der Auslosung selbst eine schlechte Nummer gezogen hatte, aber da ein Bruder bereits Dienst tat, von der Wehrpflicht befreit war und folglich in der Position, sich freiwillig zu verpflichten. Doch als das Geschäft kurz vor dem Abschluss stand, hatte ein Notar ihm den Mann für die astronomische Summe von 10 000 Franc abspenstig gemacht.

Man empfahl ihm auch ehemalige Soldaten, die bei den Musterungskommissionen hoch im Kurs standen. Im Département Orne hatten seine Kundschafter nach der seltenen Perle gesucht und schließlich einen Rekruten gefunden, der Augustes Platz hätte einnehmen können; ein gewisser Roussel, der wegen eines Beinleidens als dienstunfähig entlassen worden war, sich über die letzten zwei Jahre jedoch erholt hatte. Er maß fünf Fuß und drei Zoll, hatte intakte, wiewohl recht hässliche Schneide- und Eckzähne, neigte zu Hämorrhoiden, aber seine Beine, hieß es, seien wieder tadellos. Sein Preis war mit dem Onkel, der ihn beherbergte, zu verhandeln, aber dieser wollte von unter 9000 Franc nichts hören, die Hälfte als Handgeld, was Casimir angesichts der zweifelhaften Konstitution des Kandidaten für überteuert hielt. Dennoch fand der Mann sehr schnell einen Abnehmer und wurde vom Anwerber einer Pariser Versicherungsanstalt gekauft, dessen Beutezug ihn bis in diese Gegend führte.

Jedes Mal, wenn man kurz vor dem Abschluss stand, lag es an der Entfernung, dass das Geschäft geplatzt ist. Ich habe persönlich drei Mal einen Handel gemacht, in Laon, Orléans und Beauvais, keiner davon hatte Bestand, was an der Sorte Leute lag, mit denen ich verhandeln musste, und ich habe mit den drei Reisen, den Kosten für Unterkunft, Handgelder, Anwerber und die Mahlzeiten, die ich ihnen ausgeben musste, nicht weniger als 800 Franc berappt.

Eins steht derzeit fest: Im Umkreis von tausend Meilen ist nicht der geringste 5 Fuß 1 Zoll für unter 8000 Franc zu finden. Aber mach dir deshalb keine Sorgen, wir werden dich dieser vermaledeiten Konskription entwinden, und ich bin gewiss, du kannst schon bald dem Mann deiner Schwester danken, der die Sache in die Hand genommen hat. Als ehemaliger Militär kennt er die Lokale, wo diese Leute trinken, und weiß besser als jeder andere mit ihnen zu reden. Er hat sich erboten, nach Toulon zu reisen, dem Ort, wo die Wehrpflichtigen aus Afrika ausschiffen, aber deine Schwester hat dagegen opponiert. Die Stadt soll zu einer Kloake geworden sein, in der sich sämtliche Menschenhändler aus der Hauptstadt versorgen. Sobald ein Schiff anlegt, kreuzen die Agenten der Versicherungsanstalten und die Anwerber mit Taschen voller Gold auf, um den von tropischen Fiebern und der langen Seereise geschwächten Soldaten ihre Unterschrift zu entreißen. Danach locken sie sie in Kaschemmen, wo man sie unter Drogen setzt und dazu bringt, das Geld für die Stellvertretung, das man ihnen noch nicht ausgezahlt hat, für Prostituierte und Orgien zu verprassen. Der Makler, der sie zum Trinken verleitet, verspricht ihnen 6000 Franc und zahlt ihnen nicht einmal die Hälfte aus, mit dem Rest werden die Ausschweifungen abgegolten, die man ihnen zu Wucher-

preisen in Rechnung stellt. Im Anschluss verkauft er sie für 10 000 Franc an bedauernswerte Familienväter weiter, die zu jedem Opfer bereit sind, um ihren Jungen zu retten. Jedenfalls habe ich in der von meinem Freund Tripier herausgegebenen Zeitung gelesen, dass die Musterungskommissionen strikte Weisung erhalten haben, diese aus Afrika ausgestoßenen verrückten Haudegen abzulehnen.

Dein Schwager hat sich deshalb für die Bretagne entschieden, wo alte Freunde ihm noch Gefallen schuldig sein sollen. Er hat ihnen geschrieben. Wir warten.

Mit einem elegischen Seufzer faltete Auguste den Brief seines Vaters wieder zusammen, dann stand er auf.

»Tante, ich gehe aus!«

Keine Antwort.

Er traf sie draußen vor dem Portal im Pulk mit sämtlichen Anwohnern der Rue du 10-Décembre, verzückt angesichts einer Kohorte Kürassiere, die aufrecht und stolz auf ihren Pferden vorüberritten. Der Schimmer der Frühlingssonne auf den Harnischen, das Beben der Erde unter den Hufen füllten die Luft mit dem Kitzel einer Schlacht, was die Gaffer so sehr elektrisierte, dass sie *Auf nach Berlin! Auf nach Berlin!* brüllten, bis ihre Stimme versagte.

Clothilde, die ihn üblicherweise mit Fragen überhäufte, sobald er einen Fuß vor die Tür setzte, würdigte ihn keines Blickes, zu sehr damit beschäftigt, die gebräunten Gesichter unter den Helmen, die starken Muskeln, die gewölbte Brust der Soldaten zu bewundern. Er beobachtete sie verstohlen und stellte mit Grausen fest, dass sie trotz ihrer sechsundfünfzig Jahre vor Verlangen bebte und mit geblähten Nüstern den kräftigen Geruch dieser Kampftiere einsog.

»Tante, ich gehe aus!«, rief er mit Nachdruck und absichtlich erhobener Stimme.

»Ich habe das Ehepaar Gonthier-Joncourt samt Tochter noch einmal zu meiner Dienstags-Soirée eingeladen. Darüber wollte ich eigentlich mit Ihnen sprechen. Ich wünsche, dass Sie sich von Ihrer besten Seite zeigen.«

»Die Liebe ist eine zu ernste Sache, um zwecks Umgehung des Wehrdiensts irgendein hässliches Entlein zu heiraten. Außerdem muss ›Familienernährer‹ als Freistellungsgrund *vor* der Auslosung geltend gemacht werden, nicht danach! Es ist also zu spät.«

»Hätten Sie auf mich gehört …«

»Helfen Sie mir auf die Sprünge, diese Leute stellen Ziegel her, nicht wahr? Oder machen sie in Steinkohle? Oder in Patenten? Mit Verlaub, werte Tante, es steht Ihnen nicht zu, mir die Ehe zu predigen, wo Sie sich selbst stets dagegen gewehrt haben!«

»Das ist etwas vollkommen anderes, wie Sie sehr wohl wissen. Wenn die Frauen immer noch heiraten, dann deshalb, weil sie die Gesetze nicht kennen. Sie aber sind keine Frau. Und ja, diese Leute machen in Steinkohle, wohingegen Sie, wenn ich erinnern darf, in gar nichts machen. Und die Gans, die davon träumt, dass eines Tages ein Dummkopf ihr ihre Erbschaft entreißt, ist Eulalie, ihrer Eltern einzige Tochter, und der Dummkopf in der Geschichte – wenn es nach mir geht, sind das Sie!«

»Mademoiselle Eulalie hat mit neunzehn Jahren bereits die Statur eines kräftigen Landnotars, stellen Sie sich vor, wie sie erst mit dreißig aussehen wird. Obendrein ist sie ein nettes Mädchen und hat gewiss Besseres verdient als einen Mann, der sie niemals lieben wird.«

Seine Tante zuckte schnaubend die Achseln. »Die Gonthier-Joncourt nehmen Sie niemandem weg, und sie weiß das nur zu gut. Genau wie ihre Eltern. Die Verbindung mit einer anständigen jungen Frau, sei sie auch wenig anziehend, dürfte Ihnen, da sie Ihnen Ihre Leidenschaft für … für philosophische Betrachtungen finanziert, weit nützlicher sein als Ihre Gelage mit den Habenichtsen, die sich in Ihren sozialistischen Cafés herumtreiben. Sie wollen Ihr Leben dem Denken weihen? Meinetwegen. Ein de Rigny kann mit seinem Leben anfangen, was er will, aber es ist ihm nicht gestattet, arm zu sein!« Clothilde äußerte diese Familienmaxime, ohne ihren Neffen auch nur anzusehen, während ein Kürassier ihr das Lächeln eines lüsternen Tiers zuwarf, das ihr Gesicht zum Glühen brachte. Auguste war es schlichtweg peinlich.

»Aha, ich sehe schon … Dann überlasse ich Sie Ihren viehischen Gedanken … Guten Abend, werte Tante.« Damit wandte er sich in Richtung seines Hauptquartiers, will sagen, dem Café de Madrid auf dem Boulevard Montmartre.

2

Folglich schlafe ich bei Omi Soize, wenn ich auf der Insel aufschlage, und auf keinen Fall bei meinem Vater.

Als kleine Nachzüglerin aus zweiter Ehe mag sie seine Tante sein, trotzdem ist sie nur acht Jahre älter als er. Sie hatte nie eigene Kinder, aber dafür hatte sie mich.

Wenn man sie in ihrem beigefarbenen Regenmantel und ihren mit Haarspray festbetonierten grauen Ringellöckchen durchs Städtchen trippeln sieht, würde man sie auf fünfundsiebzig bis fünfundachtzig schätzen. Als diese Geschichte hier begann, war sie dreiundneunzig. Ich lege Wert auf die Feststellung, dass wir auf unserer Insel, wo die Einwohner sowohl gesunde Lebensweise als auch sozialen Zusammenhalt pflegen – man isst, was man im eigenen Gemüsegarten anbaut, und alle stecken ihre Nase in die Angelegenheiten der Nachbarn –, eine landesweite Rekordzahl an Hundertjährigen haben. Kerzengerade und wie aus dem Ei gepellt, und sei es nur für den Gang zum Bäcker, hat sie sich stets in jeder Lebenslage um ein Maximum an Würde bemüht. Man trifft sie um 9:30 Uhr in der Bäckerei, um 9:45 Uhr im kleinen Supermarkt, um 9:50 Uhr im Zeitschriftenladen, um ihren *Ouest-France* zu kaufen, und um 10 Uhr auf dem Friedhof, um der Familie guten Tag zu sagen.

Es heißt, sie hatte eine große Liebe, eine Liebe, wie es sie nur einmal im Leben gibt, dass der Auserwählte jedoch aufs Meer hinausfuhr und nie wiederkehrte.

Langer Tag
Seine Augen sind müde
Vom Betrachten des Ozeans ...

Na ja, das ist das, was man sich erzählt, oder eher das, was sie einem immer weismachen wollte, aber ich habe den Verdacht, sie teilt mit allen Frauen hier eine zugleich realistische und resignative Auffassung vom männlichen Geschlecht: alles Drohnen, nur dazu nutze, Kinder zu zeugen.

Ansonsten gehört sie charaktermäßig zu denen, die dir hemmungslos die Meinung geigen, denn sie findet, dass die meisten Leute Angeber sind und es ihnen total an Bescheidenheit mangelt. Mit dem Alter und der damit einhergehenden mathematischen Abwesenheit von Zukunft machen ihre fehlenden Filter sie schlicht unberechenbar.

Es heißt, in diesem Punkt komme ich nach ihr. Bestimmt habe ich deshalb keinen Kerl und nicht nur, weil ich behindert bin und allein ein Kind großziehe. Ich bin vielleicht nicht, was man eine Granate nennt, aber deshalb noch lange nicht hässlich: Mittelgroß mit krückenbedingt starker Muskulatur, habe ich schönes Haar, das ich zum Chignon-Knoten hochgesteckt trage, eine sympathische Ausstrahlung und die blauen Augen meiner Mutter. Und wenn ich laufe, hat ein Matrose mir mal gesagt, erinnere ich ihn an das träge Stampfen eines Segelschiffs auf einem in der Sonne funkelnden Meer, was, wie Sie zugeben werden, eine ziemlich coole Beschreibung meiner Person ist.

Körperlich gleiche ich offenbar meiner echten Großmutter Rose, Halbschwester von Omi Soize, Mutter meines Vaters, die lange vor meiner Geburt starb. In den Dreißigerjahren erlangte diese Dame an einem Tag mit zum Schneiden dichtem Nebel mit einer verrückten Aktion Berühmtheit, als sie etwa zwanzig Seeleute von einem auf Grund gelaufenen Handelsschiff rettete. Sie sprang in voller Montur ins Wasser und schleppte das Wrack einer riesigen Schaluppe, in dem sie alle Zuflucht fanden, mit der Kraft ihrer Arme an Land. Postkarten aus der Zeit, die das Ereignis feiern, sind im Zeitschriftenladen erhältlich. Darauf ist Rose zu sehen, mit Spitzhaube und in traditioneller Tracht, die Brust mit Orden behängt. Als ich klein war, haben die Erwachsenen in meinem Umfeld mir prophezeit, dass ich ihr eines Tages sehr ähnlich sehen würde, was mir insoweit schmeichelte, als ich sie wirklich ungemein hübsch fand. Nur dass das auf den Fotos gar nicht meine Großmutter war. Der Fotograf fand wohl, eine Frau mit Charakter zu sein sei mit der dem Anlass geziemenden Anmut unvereinbar, denn er wählte eine Inselschönheit mit dümmlicher Ausstrahlung, um ihm an Roses Stelle und mit ihren Medaillen Modell zu stehen …

Tatsächlich existiert nur ein einziges Foto dieser kühnen Bretonin. Es zeigt sie, wie sie strahlend neben ihrem Ehemann steht, denn im Gegensatz zu Omi Soize und mir hatte meine Großmutter Rose wahnsinnig Glück in der Liebe. Zwar sieht sie auf dieser Aufnahme nicht sehr umgänglich aus und es gibt eine gewisse Familienähnlichkeit, aber es ist vor allem mein Großvater, der den Blick auf sich zieht: ein Klumpen Mensch, wie man ihn nur auf Bildtafeln in kriegsmedizinischen Fachbüchern sieht. Ein alter Krüppel von 14/18, den man auf ein Fass gesetzt hatte, weil ihm die Beine und auch ein Stück vom Gesicht fehlten. Renan de Rigny, die perfekte Illustration für unser

Inselsprichwort zum Thema Männerknappheit: *Greif zu, wenn du kannst, es gibt nicht für jede einen!* Diesem Frontsoldaten aus dem Ersten Weltkrieg verdankten wir unseren eigentümlichen Familiennamen, während die Leute hier, da sie bei der Partnerwahl hart am Wind segeln, alle Cozan, Botquelen, Tual, Miniou, Malgorn oder Jezequel heißen. Das hätte mich stutzig machen müssen, aber da unsere Zugehörigkeit zur Inselgemeinschaft nie infrage stand, weil wir bei den Dorffesten beim Kartoffelschälen halfen, zu allen Beerdigungen gingen und sämtliche Zerwürfnisse von tausend Generationen kannten, waren wir von hier, basta.

»Also, wie geht es Juliette?«

Mit Omi Soize ist es bei meiner Ankunft immer der gleiche Einstieg, dabei beherrscht sie WhatsApp wie eine Göttin und spricht ständig mit meiner Tochter. Es liegt wohl daran, dass sie fernmündlich nur jedes fünfte Wort von ihr versteht, denn sie ist stocktaub, aber zu eitel, das zuzugeben.

»Und dir?«

»Bestens. Ich bin Chefin der Reproabteilung geworden, aber das habe ich dir schon x-mal erzählt, oder?«

»Du hast dich nicht verändert, was? Triffst du denn wenigstens Leute?«

»Wenn du mit *Leute* meinst: *Hast du einen Kerl gefunden, der sich um Juliette kümmert?*, lautet die Antwort nein. Ich brauche keinen. Meine Freundin Hildegarde und ihre Familie sind vollkommen ausreichend. Und meine Nachbarn. Der sechste Stock in meinem Haus ist wie hier, er ist wie ein kleines Dorf.«

Zeit, über meine Behinderung zu reden. Nach drei super-schmerzhaften Operationen mit sechzehn, achtzehn und einundzwanzig und durch eine Reihe Metallplatten ist mein Rückenmark schwer beschädigt. Daran liegt es, dass ich nur so schleppend vorankomme und mich mit bis über die Oberschenkel reichenden Beinorthesen und zwei Stöcken aufrecht halte, die mir das Gehen ermöglichen. Ich habe ständig Schmerzen, aber dank der Härte von Omi Soize und weil man mich so oft *Heulsuse* geschimpft hat, habe ich gelernt, mich nicht zu beklagen, so nach-haltig, dass ich gar nicht mehr weiß, ob mir überhaupt was wehtut.

Solange ich im Rehazentrum oder auf der Insel war, lief alles gut, aber als ich mich dem wahren Leben auf dem Kontinent stellen musste, der geballten jugendlichen Dummheit gepaart mit dem binären Denken am Gymna-sium, war das ein anderes Paar Stiefel. Da ich mit meinen Krücken und meinen eingerüsteten Beinen für eine »1« nicht infrage kam, war ich eine »0«, eine bizarre Karotte, die immer aussortiert wird, weil sie nicht ins Kalibrier-normal passt. Ein mieses Gemüse, das auf den Müll gehört.

Heutzutage mag ich einen Dr. phil. haben, wirklich geändert hat sich dadurch nichts; die Erwachsenen sind bloß höflicher. Leute, die mich nicht kennen, ignorie-ren mich instinktiv, als wäre ich unfähig, einen Weg zu beschreiben, eine Frage zu beantworten, eine Meinung zu haben, nur weil ich auf Krücken durch die Gegend watschle. Als wäre ich im Grunde beschränkt. Wenn sie mich ausnahmsweise doch mal ansprechen, dann fixieren sie einen Bereich auf Kinnhöhe, um nicht meinem Blick zu begegnen, denn sie haben Angst. Wovor? Weiß der

Henker. Immerhin könnte ich vielleicht ansteckend sein. Oder ihnen Unglück bringen.

Ich halte mich nicht lange mit dem Geburtstagsessen meines Vaters auf, das am Abend meiner Ankunft stattfand und an sich nicht weiter spannend war. Dafür wurde das, was im Anschluss folgte, zum Ausgangspunkt für dieses ganze Abenteuer.

Das Abendessen wurde hinuntergeschlungen. Omi Soize hatte uns Bratkartoffeln und Makrele mit Senf und zum Nachtisch einen fluffigen Gâteau de Savoie gemacht. Ohne ein freundliches Wort und ohne seinen Arsch zu heben, um ihr zu helfen, stopfte mein Vater das alles in sich hinein, während er uns mit seinen Verschwörungsmythen von der Sorte *wir werden belogen – alle korrupt – ich kenne einen, der …* nervte. Und ich nickte dazu mit der üblichen Toleranz derer, die weiß, dass sie gleich abhaut, was ich auch schleunigst tat, sobald der Tisch abgeräumt war.

Ich ging also raus, um unter Menschen zu kommen.

Zwei schlafende Schafe schwankten im Halbdunkel auf ihren Hufen und ein paar Katzen auf Abfallsuche machten ein bisschen Radau, aber bis auf das *Le Kastel* mit seinem erleuchteten Schaufenster, das ein helles Rechteck auf die Fahrbahn warf, war die Dorfmitte absolut ausgestorben. Man muss wissen, dass außerhalb der Saison auf der Insel eine so trostlose Atmosphäre herrscht, dass es einen wirklich guten Grund braucht, um nicht auf den Kontinent zu flüchten. So eine Stimmung müsste Touristen eigentlich abschrecken; aber im Gegenteil, sie zieht sie an. Es ist sogar die Lieblingszeit der depressiven Deppen auf der Suche nach Authentizität, die herkommen, um im Kontakt mit den Felsen, dem tosenden Meer und kübelweise Regen aufzutanken.

Le Kastel ist eine über zweihundert Jahre alte Kneipe, von der man sagt, anhand der dort geschluckten Menge Alkohol lasse sich die Traurigkeit und Fröhlichkeit der Inselbewohner messen. Wie dem auch sei, sie ist einen Umweg wert, und sei es nur wegen der Deko. Der Wirt – den alle sinnig *Sohn vom Boche* nennen, mit Bezug auf seinen Vater *den Boche*, der während der Besatzung gezeugt wurde – hat seine Wände mit grauenhaften Plakaten vom Tro Bro Léon plakatiert, der bretonischen Variante des Radklassikers Paris–Roubaix, auf denen jeweils in unterschiedlichen Positionen ein schlammverschmierter Radsportler – mit einem Schwein zu sehen ist. Hier und dort lassen sich auch kleine Schweinefigürchen entdecken, die aus einer mutmaßlich gigantischen Sammlung stammen.

Ich grüßte in die Runde und hockte mich in eine Ecke vor ein Glas Cidre, während ich mich beim *Enkel vom Boche*, fünfzehn Jahre und schon einen Ellbogen auf der Theke, nach dem Grund für die allgemeine Niedergeschlagenheit erkundigte: Die Kicker von Stade Brestois hatten mal wieder eine demütigende Schlappe erlitten.

Es waren immer die Gleichen, die sich hier volllaufen ließen. Brieg mit seinem um den Hals gewickelten Baumwolltuch, der in seiner eigenen Vorstellung ein großer Skipper war. *Demnächst holen wir sie ab.* Wen oder was? Um wohin zu fahren? Wir sind nie dahintergekommen! Roger Orion, Gesichtsfarbe rohes Steak, immer am Motzen … an diesem Abend motzte er über die Robben, die seinen Fisch gefressen hatten, weshalb er davon träumte, sie mit dem Jagdgewehr abzuknallen (was er im Übrigen tut), verfickter Meeresnaturpark! Lebivic, Lokalkorrespondent von *Ouest-France*, dessen letzte Heldentat darin bestand, die Verliererliste bei den Kommunalwahlen als Wahlsieger anzugeben. Le Héron, Ex-DJ der ehemaligen Inseldisco, die in den Neunzigern nach wiederholten Alkoholkomas unter ihrem Asbesthimmel dichtgemacht wurde.

Natürlich waren auch die drei aus Paris mit von der Partie, sie erlebten ihren großen Moment der Verbrüderung mit dem Autochthonen, insbesondere der depressive Brillenträger, der gerade seine Katharsis durchmachte. Stockbesoffen schilderte er den Kanaillen mit vielen widerlichen Details, wie seine Freundin Alice beim Einsturz eines Steinstupas zu Tode kam.

Um ihn abzulenken, versprach ihm Brieg nachdrücklich, er werde, *wenn wir sie abholen*, Kathmandu anlaufen – stand eh auf dem Plan – und diesen armen Menschen helfen, einen Brunnen zu bohren. Er hatte schon einen in seinem Garten gebaut, so dass er vergangenen Sommer seine Kartoffeln gießen konnte, als die Stadtverwaltung Wasserrationierungen verhängt hatte. Roger Orion machte die sachdienliche Anmerkung, dass Kathmandu siebenhundert Kilometer vom Meer entfernt lag und man dort, am Fuße des Himalaya, zudem nicht eben an Wassermangel leide. »Dein Brunnen geht den Nepalesen am Arsch vorbei«, fügte er wenig nett hinzu. Der Witwer erklärte ihnen mit schwerer Zunge, seine Freundin habe die ganzen Arschlöcher in ihrer Familie kategorisch abgelehnt, was sie ihr heimzahlten, indem sie sie zur linken Socke erklärten, die ihres Standes unwürdig sei und die Ihren verrate. »Die sind schuld, dass sie tot ist«, plärrte er, denn sie sei ans Ende der Welt gereist, um ihnen zu entkommen.

Die Säufer nahmen Anteil, indem sie gravitätisch den Kopf wiegten, ein wahrer Unglückstag, an dem Brest erneut den Aufstieg in die erste Liga verpasste.

Die schmucklose große junge Frau fügte hinzu, dass Lili, ihre tote Freundin, so ein tolles, süßes, intelligentes, großzügiges Wesen – lass gut sein, dachte ich bei mir –, sich inniglich gewünscht habe, dass man ihre Asche von den Felsen der Insel übers Meer verstreut. Obwohl sie keine Asche zum Verstreuen hatten, da man Lili, Zitat, »zwangsbeerdigt« hatte, waren sie hergekommen, um ihre Lieblingsstofftiere ins Wasser zu werfen!

»Mit etwas Glück erstickt eine Robbe an einem Teddy«, fühlte sich Roger Orion zu schließen bemüßigt.

Da ich für einen Abend genug Schwachsinn gehört hatte, trank ich aus und ging nach Hause ins Bett. Aber als ich erst mal lag, fand ich keinen Schlaf, als würde ein Ding durch meinen Kopf kriechen und mir die Ruhe rauben; ein Gefühl von *Unheimlichkeit*. Und als ich es endlich schaffte einzuschlafen, hatte ich einen scheußlichen Albtraum, der mich sofort wieder aufweckte.

Superverängstigt tastete ich nach meinem Smartphone, um auf die Uhr zu schauen, und da ich nicht wieder einschlafen konnte, tippte ich, um die Zeit totzuschlagen, bei Google die Wörter *Erdbeben, Nepal, gestorben, Abgeordneter* ein und erhielt Dutzende Treffer: Alice de Rigny, Tochter des ehemaligen Abgeordneten und Geschäftsmanns Philippe de Rigny, war vierzig Kilometer von Kathmandu entfernt auf grässliche Weise ums Leben gekommen.

Alice de Rigny … Philippe de Rigny … Blanche de Rigny … Jetzt war ich vollends hellwach.

Ich setzte meine Nachforschungen fort. Philippe de Rigny war der Boss der Öltradingfirma Oilofina. Seinen Sohn Pierre-Alexandre hatte man kürzlich am Flughafen von Abidjan verhaftet, als er gerade seinen Privatjet besteigen wollte. 2014 war gegen ihn ein Verfahren wegen Bestechung eingeleitet worden, es ging dabei um Kontaminierung mehrerer Mülldeponien der Stadt mit Giftabfällen. Den Beinamen *Riesenarschloch* hatte man ihm also nicht leichtfertig gegeben.

Jetzt stand ich auf und begann die Sachen von Omi Soize hektisch nach Spuren meiner Familie väterlicherseits zu durchsuchen. Ich fand nur das Foto von meiner Großmutter und ihrem Stumpf von Gatten, das ich schon kannte, aber diesmal beäugte ich es mit einem ganz neuen Blick. Zum Beispiel hatte ich nie wahrgenommen, wie sehr das Bild dieser stolzen großen Frau in traditioneller Tracht und ihres auf einem Fass thronenden alten Mannes, beider Brust mit Orden behängt, wie sehr dieses Bild eines in einer Samtschachtel aufgespießten unwahrscheinlichen Schmetterlingspaars gleichzeitig berührend und trashig war.

Omi Soize schreckte mich auf. »Bist du in Paris auch zu so unchristlicher Zeit auf den Beinen?«

»Sag, kanntest du den Großvater?«

»Ist das eine Frage, die du mir morgens um sechs stellen musst? Ja, ich kannte ihn, aber da war ich noch klein. Wenn meine Schwester mit ihm auf dem Rücken ins Waschhaus kam, keilte sie ihn zwischen zwei Wäschestapeln ein, damit er nicht umfiel. Ich war ein Dreikäsehoch und hörte nicht auf, das Loch in seinem Gesicht anzustarren, das mit meinem auf gleicher Höhe war, darum wurde ich immer ausgeschimpft, und ihn brachte das zum Lachen, so was von zum Lachen … und glaub mir, das war furchterregend!«

»Das hast du mir schon erzählt, was ich wissen will, ist, wo er herkam.«

»Was soll das heißen, *wo er herkam*? Na, von hier, woher sonst!«

»Omi, *de Rigny*, das ist doch kein Name von hier!«

»Dein Großvater, der war ein Bastard. Ein Kind, das sich eine ledige Frau, eine Malgorn, in Paris hat machen lassen, wo sie hin war, um Arbeit zu suchen. Er wurde 1916 in der Schlacht an der Somme verwundet. Danach hat sich seine Mutter Corentine jahrelang um ihn gekümmert, aber als das zu schwer wurde, kam sie hierher zurück, um eine Frau für ihn zu finden und ihr den Staffelstab zu übergeben. Da war er schon ein alter Mann, und es war meine Schwester, die er geheiratet hat. Aber sie hat ihn wirklich geliebt, deine Großmutter, scheint's war er sehr lustig.«

»Das Grab von Corentine kenne ich gar nicht, zeigst du es mir?«

… Und da waren wir, nach einer Runde zur Bäckerei, zum kleinen Supermarkt und zum Zeitschriftenladen standen wir auf dem Friedhof. Die Grabstelle oder eher die Grabkapelle meiner Urgroßmutter, eine Art Häuschen zum Schutz vor dem Regen, befand sich gleich am Eingang.

»Das ist es?«

»Ja, natürlich.«

»Das ist unglaublich!« Ich verkniff mir: In diesem Mausoleum habe ich mit meinen Kumpels heimlich meine ersten Kippen geraucht und Ether geschnüffelt. Danke, Corentine Malgorn, geboren 1850, dass du die Jugend seit 1924 vor Regen und den Blicken ihrer Eltern beschützt!

Ich betrat das Gebäude, das ich in- und auswendig kannte. Das Porzellanmedaillon mit ihrem Foto mochte Zeuge meiner sämtlichen Dummheiten gewesen sein, trotzdem hatte ich nie einen Zusammenhang mit jemandem aus meiner Familie hergestellt. Anders als bei den anderen alten Gräbern war Corentine nicht mit weißer Haube und in schwarzer Tracht abgebildet, sondern als schicke, wirtschaftlich erfolgreiche Bürgerin.

»Sag mal, sie hatte die Mittel, um sich so ein Teil bauen zu lassen. Warum ist sie ganz alleine begraben und nicht in der Malgorn-Sektion des Friedhofs?«

»Weil sie sich mit denen überworfen hat, glaube ich. Frag deinen Vater, es ist schließlich seine Großmutter.«

Letzteren traf ich an, wie ich ihn seit jeher kannte, in seinem Anbau, wo er still an seinen Körben herumbastelte. Obwohl er mit seinen buschigen weißen Brauen wie ein Satyr und seinem gegerbten Gesicht immer noch ein gutaussehender Mann war, tat er mir unendlich leid. Wie unsere Insel, deren Felder mit Brombeergestrüpp überwuchert waren, nachdem sie über Jahrhunderte eine Beinahe-Zivilisation ernährt hatten, war er verwahrlost. Seine arthrosesteifen Hände mit den zu langen Nägeln waren ungeschickt geworden und seine Kleider total fadenscheinig, denn es gab keine Läden mehr, um neue zu kaufen, und Internet kannte er nicht. In einem Moment der Schwäche sagte ich mir, dass es vielleicht an der Zeit war, Frieden zu schließen.

»Was willst du zu Mittag essen, Papa?«

»Nichts. Wann fährst du?«

»Ich nehme nachher das Boot.«

Schweigen. »Gut.«

Also ging ich zum Angriff über. »Was ich dich fragen wollte: Warum ist deine Großmutter Corentine allein begraben und nicht bei den anderen Malgorns?«

»Weil sie sie auf ein Jahrhundert verflucht hat.«

»Warum?«

»Keine Ahnung, das sind alte Geschichten!«

»Warum hat sie die Malgorns auf ein Jahrhundert verflucht?«

»Seit wann interessiert dich das?«

»Seit heute!«

»Die Malgorns sind immer Großkotze gewesen, wahrscheinlich deshalb.«

»Und dein Vater, warum hast du mir nie von ihm erzählt …«

»Der war ein alter Krüppel.«

»Ja, das weiß ich, aber wo wurde er geboren?«

»In Paris.«

»Omi Soize hat mir das auch erklärt: Corentine Malgorn ging zum Arbeiten nach Paris und hat sich von einem de Rigny schwängern lassen.«

Er lachte hämisch. »Die hat vor den Malgorns vielleicht geprotzt, als sie wiederkam. Hast du dich nie gefragt, warum wir als Einzige auf der Insel Zentralheizung hatten?«

»Nein, sie hat nie funktioniert.«

»Die Corentine hat ein Auto übers Meer schaffen lassen, um ihren Sohn rumzukutschieren. Ein Auto, in den Zwanzigern. Kannst du dir das vorstellen?! Es gab nur eine einzige Straße und sie hatte ein Auto! In dem Film *Finis Terrae* von Epstein ist es im Hintergrund zu sehen.«

»Aber de Rigny, wer war das?«

»Woher soll ich das wissen. Der Kerl, der ihr ein Kind angedreht hat.«

»Hast du ihn denn nie danach gefragt?«

»Wen?«

»Deinen Vater.«

»Meinen Vater ... Mit welchem Mund hätte der mir wohl geantwortet, hä?!«

»Stimmt!«

»Dein Problem ist, dass du nie nachdenkst, wenn du redest! Im Haus in der Schublade mit den wichtigen Dokumenten ist seine Geburtsurkunde, nimm sie dir, wenn du willst. So ... So ...«

So ... So ... Meine Anwesenheit vollkommen ausblendend, bastelte er weiter an seinen Körben, sein Blick verloren in der Betrachtung eines Ölteppichs auf dem Meer. Die Regenbögen, die sich auf der Oberfläche bildeten, mussten Erinnerungen an ähnliche irgendwo bei Valparaíso, Pointe-Noire oder Pondicherry in ihm wecken. Ich schaute schweigend zu, wie er sich geistig ins Labyrinth der Laufgänge von einem der Schiffe verdrückte, auf denen er Dienst getan hat, dann ging ich rüber in sein ... in unser ... Zuhause. Ich weiß nicht, wie ich diesen Ort nennen soll, der seit dem Tag meines Weggangs eingefroren ist.

Dem unüberschaubaren Durcheinander auf seinem Schreibtisch entnahm ich, dass er schon lange keinen einzigen Brief mehr geöffnet hatte; Kontoauszüge, Rechnungen, Schreiben der Rentenversicherung für Seeleute vermischt mit Werbung für Angelzubehör türmten sich zu riesigen Stapeln. Ansonsten nichts als die Überbleibsel eines Seemannslebens: Gruppenfotos von ehemaligen Crews, Postkarten von fernen Häfen und Geschäftskarten von Bars und Bordellen am Ende der Welt. Er hatte es endgültig aufgegeben, ein soziales Wesen zu sein, und ich muss zugeben, dass ich ihn beneidete.

Ich hatte keinerlei Mühe, das besagte Dokument zu finden, das paradoxerweise ordentlich wegsortiert neben seinen Papieren und meinem Stammbuch in einer Schublade lag, dann verließ ich diesen Ort, der mir immer Angst eingejagt hatte.

Die Zeit bis zu meiner Abfahrt verbrachte ich mit Omi Soize. Wir redeten noch ein bisschen über Corentine Malgorn. Sie wusste nicht viel über sie, außer dass sie 1871 in Montparnasse die Crêperie *À la mouette gourmande* eröffnet hatte, wo die Bretonen zum Essen hingingen – siehe die in unendlichen Auflagen gedruckte Postkarte *La petite Bretagne au XIXe siècle*, auf der meine Urgroßmutter als stolze junge Frau mit einem kleinen Jungen vor der Tür ihres Lokals posiert. Als sie auf die Insel zurückkehrte, ließ sie von dem Geld, das sie gehortet hatte, das schönste Haus des Marktfleckens bauen; das, in dem ich aufgewachsen bin und das mein Vater verfallen ließ. Das Mobiliar hat meine Großmutter in den Fünfzigerjahren ausgewechselt, zu einer Zeit, als man die schönen Dinge gegen Resopal austauschte, weil es magisch und mit einem Schwammwisch zu reinigen war. Von Corentine war nichts geblieben außer einem Medaillon ganz hinten in einem flechtenbewachsenen Mausoleum und einer alten Wanduhr mit aufgemalten Paradiesvögeln, die schon lange nicht mehr ging.

Paris, 12. Juni 1870

Ergänzend zu ihren Vorlesungen an der Sorbonne besuchten Auguste und seine Freunde die Cafés, die gerade in Mode waren, um die Welt neu zu erschaffen. Es ging dabei, ebenso wie bei ihrem Studium, um echte Sachkompetenz, wobei die Schwierigkeit darin bestand zu wissen, welches Café just in dem Moment, in dem man es aufzusuchen beschloss, en vogue war. Und man musste stets auf dem Laufenden sein, denn ein einzelner Literat, ein einzelner Politiker konnte die Atmosphäre eines Ortes erschaffen oder zerstören, indem er in seinem Kielwasser sämtliche Anhänger mitriss.

War man Proudhonist, Bakunist, Marxist, Blanquist oder wollte man schlicht das Kaiserreich zerschlagen, wobei man das Leid des Volkes im Munde führte, empfahl sich in diesem Augenblick das Café de Madrid auf dem Boulevard Montmartre. Man ging hin, wenn die Spaziergänger es verließen; niemals vor 17 Uhr. Man hängte seinen Hut an einen Garderobenhaken, dann bestellte man ein Bier oder einen Absinth und suchte dabei die Menge ab, um sich zu vergewissern, dass man nicht von einem Spitzel der Sûreté belauscht wurde, der vor Ort Informationen sammelte. Schließlich nahm man an den Gesprächen teil, man polierte seine Argumente, indem man sie an denen der anderen rieb, man brachte dort seine Abende und Nächte mit Diskussionen zu. Und man musste seine Ellbogen einzusetzen wissen, denn üblicherweise drängten sich dort doppelt so viele Gäste, wie es Sitzplätze gab – nicht mitgerechnet natürlich die Frauen, die, wie jedermann weiß, wie Kinder sind und nur etwas knabbern, wenn sie auf dem Schoß der Männer sitzen.

An diesem Abend kommentierte ein Journalist, ein magerer, schmerzerfüllter, bärtiger alter Sozialist, der von jungen Leuten umringt an einem Tisch saß, eine Glosse zum Artikel 35 der Verfassung von 1793 über die Pflicht des Volkes zum Aufstand, die am morgigen Tag in *Le Réveil* erscheinen sollte.

»*Wenn die Regierung die Rechte des Volkes verletzt, ist für das Volk und jeden Teil des Volkes der Aufstand das heiligste seiner Rechte und die unerlässlichste seiner Pflichten ...* In meinem Artikel lege ich den Mechanismus der Revolte dar; sie beginnt, wenn sich die Erfahrung des Unerträglichen so weit verdichtet, dass sie zur einzig möglichen Lösung wird. Und wir sind fast so weit! Wir stehen so kurz davor!«, rief der Quarante-Huitard und illustrierte seine Worte mit der entsprechenden Geste.

»Wenn wir alles niedergebrannt haben, bauen wir eine gerechte und egalitäre Gesellschaft auf, indem wir die Produktionsmittel der Kapitalisten konfiszieren und vergemeinschaften«, skandierte Perrachon, ein mit Auguste befreundeter Jurastudent. Ein Junge mit freundlichem rundem Gesicht, ein berüchtigter Organisator von Randale an der Sorbonne.

Auguste schaltete sich ein. »Aber wenn du deine Arbeiterkooperativen erst hast, haben sie keine andere Wahl: Um die Kosten für ihre neuen Maschinen zu amortisieren, müssen sie in Konkurrenz zueinander treten, tonnenweise Waren herstellen, die mit den Bedürfnissen der Menschen nichts zu tun haben, und den Staat anflehen, einen Krieg anzuzetteln, um die Überschüsse abzubauen. Und immer so weiter, bis die Welt explodiert.«

Der Quarante-Huitard begann herzlich zu lachen. »Typisch Jugend, die Katastrophe zu hofieren! Ich mag drei Revolutionen mitgemacht haben, aber die Apokalypse habe ich noch nicht erlebt.«

All diese Debatten, die Auguste im Café de Madrid verfolgte, waren geistig fesselnd und weit entfernt von den Ansichten seiner Familie; einer Familie, deren Missionierung vorerst gescheitert war. Immerhin verbrachte sein Bruder Ferdinand neuesten Nachrichten zufolge jeden Sonntagnachmittag im Salon der Familie Reinach, engen Freunden von Adolphe Thiers, um daraus wer weiß welche Vorteile zu ziehen, wahrscheinlich um noch mehr Geld zu verdienen. Das hatte im Übrigen Tradition, denn es war Thiers persönlich, der in seiner Zeit als Minister für Bauwesen das Eisenbahnprojekt zwischen Paris und Saint-Germain verfochten und den Bauauftrag für die Bahnhöfe an seinen Großvater, später an seinen Vater vergeben hatte.

Als der Journalist vom *Réveil* abzog, setzte sich Auguste an einen Tisch mit Perrachon und dem Medizinstudenten Trousselier, einem großen Dunkelhaarigen, dessen Riesennase über seinem Walrossbart aufragte.

Ein oder zwei Jahre älter als Auguste und noch unter dem alten Wehrpflichtgesetz volljährig geworden, hatten seine beiden Kommilitonen gerade noch von der Regelung der Dienstbefreiung durch Loskauf profitiert. Ihre Eltern hatten das Erforderliche bezahlt, womit die Sache erledigt war. Sie waren seine engsten Freunde; in ihrer Gegenwart verspürte er keinerlei Befangenheit.

»Wo hast du denn diese Geschichte vom Weltende her?«, fragte Perrachon.

»Von einem meiner Philosophieprofessoren, einem Elsässer, der einen Text von Marx für uns übersetzt hat, *Der Fetischcharakter der Ware*. Es ist ein furchterregender und prophetischer Text über den Mechanismus der Geldakkumulation und -konzentration. Und da meine Familie sich anschickt, einen Mann für mich zu kaufen, denkt der Philosoph, der zu sein ich behaupte, derzeit viel über die Geldfrage nach«, bemerkte Auguste ironisch.

»In *La Marseillaise* steht, dass Bismarck bei Wilhelm I. intrigiert, um einen preußischen Cousin auf dem spanischen Thron zu installieren, weil er die Franzosen dazu treiben will, ihm den Krieg zu erklären«, sagte Perrachon.

»Das weiß ich nur zu gut; ich lese zweimal täglich die Zeitungen und es raubt mir den Schlaf.«

Da ergriff Trousselier das Wort, um den Freund zu beruhigen: »Es wird sicher nicht viel ändern an diesem Krieg, der auf beiden Seiten von Spekulanten heraufbeschworen wird, wenn du dich opferst.«

»Wie du dir vorstellen kannst, verspüre ich nicht die geringste Lust, diesen Krieg zu führen, aber wenn ich mich weigere, wird man mich erschießen.«

»Tröste dich, du bist nicht der Einzige deines Jahrgangs, der in der Tinte sitzt. Samstagmorgen wurde ich von den markerschütternden Schreien meiner Nachbarin geweckt, die sich auf dem Treppenabsatz an ihren Sohn klammerte, der von Militärs abgeholt wurde. Sein Vater stand mit hängenden Armen auf der Türschwelle, erdrückt von der Schuld, keine Lösung gefunden zu haben. Ein paar Monate zuvor hatte er einem Menschenhändler die Hälfte des Preises, nämlich 5000 Franc für einen Stellvertreter gezahlt, der bei der Einberufung wegen Tuberkulose durchfiel: Das Gesundheitszeugnis war gefälscht!«

»Der Ärmste! Hat das mit dieser Geschichte von dem Militärchirurgen zu tun, die in allen Zeitungen stand?«, fragte Auguste.

»Ganz genau! Der Kerl hat Gefälligkeitsgutachten für Anwerber ausgestellt und sechzig krankheitsbefallene Einstandsmänner für tauglich erklärt. Man hat 70 000 Franc bei ihm gefunden! Du weißt selbst, dass mein Nachbar sich dafür nichts kaufen kann. Da es zu spät war, umzukehren, musste er auf der Stelle einrücken.«

Perrachon zögerte einen Moment, dann hob er mit Verschwörermiene an: »Gut, Freunde, ich erzähle euch etwas Lustiges, aber ihr sagt es niemandem weiter, denn es geht um Leute aus meiner Familie ... Schwört ihr es mir?«

»Versprochen«, raunten die beiden anderen.

Da setzte er sich aufrecht hin, um die Pose dessen einzunehmen, der sich anschickt, pikante Enthüllungen zu machen.

»Nachdem mein Onkel Henry monatelang einen Mann für meinen euch bekannten Cousin Camille gesucht hatte, ergatterte er endlich einen. Für die Anerkennung durch die Musterungskommission musste er den Kauf beurkunden lassen. Aber bis er einen Wagen rufen konnte, um zwecks Vertragsschluss mit ihm zum Notar zu fahren, wurde er ihm gestohlen. Durch wer weiß welches Wunder hat er ein paar Tage später einen anderen gefunden; einen großartigen Rekruten, 5 Fuß 11 Zoll, ein prachtvoller Dragoner. Die ganze Familie kam, um ihn zu bewundern, so schön war er! Mein Onkel unterschreibt und beherbergt ihn bis zur Rekrutierung bei sich, um nicht dasselbe Missgeschick erleben zu müssen. Der Kerl lebt zwei Monate in Saus und Braus, läuft während der freitäglichen Teestunde meiner Tante in Unterhosen durch den Salon, brennt mit seinem Tabak Löcher in die Sitzbezüge, weigert sich, mit den Dienstboten zu essen, schnappt sich die leckersten Bissen, rülpst und furzt bei Tisch und erzählt dabei im Jargon eines Droschkenkutschers grässliche Geschichten. Und …«

Hier legte Perrachon eine effektvolle Pause ein.

»… und schwängert meine Cousine.«

»Deine Cousine? Welche Cousine?«, fragte Trousselier gebannt.

»Meine Cousine Pauline.«

»Nein!«

»Doch! Die erhabene Pauline. Höchstpersönlich! Und – er dreht ihr die Syphilis an. Wartet, es geht noch weiter. Ein wahrer Fortsetzungsroman! Nachdem er der gesamten Familie das Leben zur Hölle gemacht hat, streift unser Mann vor dem Musterungsoffizier lässig sein Hemd ab, damit man seine herrliche Tätowierung aus dem Straflager von Toulon bewundern kann. Dann geht er mit den Händen in den Taschen davon, glücklich, seine erste Abschlagszahlung sowie Kost und Logis genossen zu haben, und sucht sich eine neue Familie von Dummen.«

»Und?«

»Nun, mein Cousin ist gestern eingerückt.«

»Das ist ja furchtbar!«, rief Auguste entsetzt und schlug sich die Jungmädchenhände vor den Mund.

»Hast du es mal in der Rue Piat versucht?«, regte Perrachon an.

»Was ist in der Rue Piat?«

»Es gibt da diese mysteriösen Anzeigen. Sieh mal …« Damit zog der junge Mann zwei Zeitungen aus einem herumliegenden Stapel. »Schau, da unten, die erscheinen jeden Tag: *Aus dem Dienst entlassener Militär erbietet sich, einen zum Studium berufenen jungen Soldaten zu ersetzen: Wenden Sie sich an die Rue Piat Nr. 12. – Mehrere junge Männer mit dem Wunsch, als Einsteher zur Armee zu gehen: Wenden Sie sich an die Rue Piat Nr. 12.*«

»Wo ist die Rue Piat?«

»Oben an der Rue de Belleville, zwischen den Buttes-Chaumont und den Zollhäusern.«

Auguste schaute auf die Uhr. »Wenn ich jetzt einen Wagen nehme, kann ich noch vor Einbruch der Nacht dort sein.«

Ohne Umschweife lief der junge Mann hinaus und rief eine Droschke, um zu der genannten Adresse zu fahren.

Der Wagen rollte in Richtung Boulevard Poissonnière, bog dann ab in die Rue du Faubourg du Temple, um nach Belleville hinaufzufahren, denn die Rue Piat lag weit jenseits der von den Boulevards de Strasbourg, Sébastopol und Saint-Michel gebildeten unsichtbaren Grenze, die Paris in zwei teilte, auf der einen Seite die Reichen, auf der anderen die Armen.

Obwohl er sich noch nie so weit in die Vorstädte hineingewagt hatte, wusste er, wie man dort lebte, seit Haussmann seine Schneisen geschlagen hatte und die Mieten in schwindelerregende Höhen gestiegen waren. Tausende Menschen zusammengepfercht in überfüllten, wackeligen Gebäuden oder in behelfsmäßigen Behausungen, kaum mehr als ein Haufen Bretter, das Ganze unter unbeschreiblichen hygienischen Bedingungen. Er wusste, dass die Männer, die sich jeden Morgen zur Arbeit ins Zentrum begaben, aus diesen Vierteln kamen. Dass sie ausgebeutet wurden – nicht mal 3 Franc Tageslohn, für ihre Frauen noch mal die Hälfte weniger, obwohl eine Familie für Essen und Wohnen mindestens 4 Franc aufbringen musste, selbst für nur ein Zimmer bei einem Mietwucherer in Belleville.

Er hätte blind sein müssen, um nicht die Horden zerlumpter und völlig sich selbst überlassener Kinder zu sehen, die kleinen Mädchen, die sich als Prostituierte verkauften, die ledigen Mütter, von ihren Herren geschwängert und dann fortgeschickt, an deren Rock sich schmächtige Knirpse klammerten; sie alle streunten an dieser Grenzlinie entlang, um dem Reichtum ganz nahe zu kommen und ihm ein paar Sous zu entwinden.

Er hätte blöd sein müssen, um nicht zu erkennen, dass in der menschlichen Gesellschaft etwas nicht richtig funktionierte.

Empfänglich zu sein für die Not derer, die arm sind, während man selbst vermögend ist, war ein Unterfangen voller Verrenkungen, das seine Familie offenkundig nicht verstand, das Auguste jedoch verlockte. Er leugnete weder seine gesellschaftliche Stellung noch den Graben, der zwischen ihm und den Proletariern, deren Sache er verfocht, liegen mochte, aber er wollte ein Mittel finden, ihn wenn nicht zu schließen, so doch zumindest durch Austausch und Kontakt zu überschreiten.

Er war überzeugt, dass es Leute wie ihn brauchte, um über den Zugang der Ärmsten zu Bildung nachzudenken und ihnen vor allem zu helfen, von der Kirche loszukommen; dass reich zu sein ihn nicht daran hinderte, im Namen derer, die zum Aufbegehren ökonomisch zu schwach waren, Überlegungen anzustellen und Theorien auszuarbeiten: Étienne de la Boétie, Thoreau, Marx, Engels waren allesamt Bürgersöhne, und doch entwickelten sie brillante brüderliche Ideen.

Genug Stoff, um ausführlich über das Schicksal der Menschheit zu philosophieren – nur dass sein Problem mit der Wehrpflicht, indem es seine Zukunft völlig verdunkelte, ihn daran hinderte, über was auch immer nachzusinnen. Das wurde allmählich zur Obsession. Es ging so weit, dass er nicht mehr mit Gleichaltrigen zusammen sein konnte, ohne zu überlegen, wie sie sich wohl beholfen hatten … Ohne dass er jedoch wagte, sie zu fragen, denn das Thema des Kaufs eines Menschen, ein für einen Sozialisten unüberwindbares Paradox, erwies sich als nicht ansprechbar. Wenn er seine Familie besuchte – ohnehin kein Honigschlecken –, war es noch schlimmer: Kein Tischgespräch schien auf etwas anderes hinzuführen als die Konskription. Man erwähnte diesen oder jenen und schon fiel einem sein Sohn ein und damit dessen Einrücken oder Freistellung. Man erwähnte das kommende Jahr und dachte an Augustes Abwesenheit, oder schlimmer: seinen Tod, und brach in Schluchzen aus. Er fühlte sich, als wäre er verdammt.

Das alles ging ihm durch den Kopf, während sein Blick über die chaotischen Bruchbuden, die rußgeschwärzten Fassaden und die zum Trocknen in den Fenstern hängenden Lumpen schweifte.

Der Kutscher riss ihn aus seinen Gedanken, als er an der Rue de Belleville hielt, da die Straße eine Weiterfahrt nicht zuließ. Auguste musste den Rest des Weges zu Fuß gehen, aber kaum hatte er ein paar Schritte vom Wagen weg getan, da stach ihm ein widerlicher Geruch nach Exkrementen und Verwesung in die Nase, der ihm Brechreiz verursachte und ihn torkeln ließ.

Die angegebene Adresse gehörte zu einer dreckigen Spelunke, in der er einen im ganzen Viertel bekannten Stammgast fragte, wo man hier einen Menschenhandel tätigen könne.

Monsieur Anquetin empfing ihn in einem Kabuff, während er zu Abend aß. Klein und massig, das bartlose Gesicht von einem ins Violette spielenden Rot, war der Rosstäuscher gerade dabei, mit Lust und Appetit eine riesige Wurst zu verschlingen. Die Kerze neben ihm brannte fett, als nährte sie sich nicht nur von Wachs, sondern auch von seinen stinkenden Ausdünstungen, die das Zimmer erfüllten.

Während Auguste, gegen die Übelkeit ankämpfend, ihm mit zittriger Stimme und unsicheren Worten seinen Fall darlegte, bedachte der Händler seinen fiebrigen Gesprächspartner dann und wann mit einem amüsierten, wurstgeschwängerten Blick.

»Für 15 000 habe ich einen 5 Fuß 8 Zoll aus dem Anjou, ein prächtiger Mann, der schon gedient hat«, sagte er schließlich mit fettverschmiertem Mund. »Er wurde wegen einer Beinverletzung aus dem Dienst entlassen, aber inzwischen ist er vollkommen geheilt.«

»Mein Schwager ist selbst ein Militär und hat mich vor solchen Exemplaren gewarnt. Nachdem die Musterungskommission sie akzeptiert hat, lassen sie sich bei ihrer Einheit oft als dienstuntauglich einstufen, indem sie behaupten, ihr Bein sei zwar tatsächlich geheilt, aber das angegriffene Glied habe eine Schwäche zurückbehalten, die ihnen den Dienst unmöglich mache. Daraufhin würde meine Familie ihre Anzahlung verlieren und ich wäre verpflichtet einzurücken.«

»Gut … Also für weniger, 11 000, habe ich einen Kleineren da: 4 Fuß 11 Zoll, aber wenn man ihm das Haar toupiert, passt es. Er hat gute Füße und keine Krampfadern. Ich beanspruche dreißig Prozent für mich. Ich brauche 500 Franc für Ausstaffierung, Tabak und Wein, und Sie übernehmen die für den Vertrag anfallenden Notarkosten. Ein Drittel bei Unterschrift, das ich einbehalte. Ein zweites Drittel am Tag, an dem die Musterungskommission den Einsteher akzeptiert. Das letzte Drittel ein Jahr nach der Konskription bei Erhalt der Bescheinigung seitens der Verwaltung seiner Einheit, dass er tatsächlich auf seinem Posten ist.«

»11 000 für einen winzigen Mann, das ist horrend …«

Anquetin verlor die Geduld und erhob die Stimme. »Die Zeiten, als die Familienväter uns mit dem Vertragsschluss ewig hingehalten haben, sind vorbei. In wenigen Wochen ist Krieg, dann werden mich die Eltern von Stutzern Ihres Schlags darum anflehen, dass ich ihnen meine Zwerge verkaufe. Für das Doppelte.«

»Ich habe gehört, dass wegen all der Fabrikschließungen der Männermangel in Paris weniger ausgeprägt ist. Dass ein Tagelöhner mit 3 Franc Verdienst es bei weitem vorzieht, Einstandsmann zu werden …«

»Ach ja? Das haben Sie gehört? Nun, da es doch so einfach ist, warum suchen Sie sich nicht selbst einen Arbeiter, der Lust hat, sich an Ihrer Stelle töten zu lassen?«

»Mein Vater wird diese Summe niemals investieren«, sagte Auguste, das Gesicht in seinen feinen Jungmädchenhänden vergraben. »Er hat 10 000 Franc für einen einwandfreien Rekruten kalkuliert«, fügte er ganz leise hinzu.

Er versuchte wohl seinen samtigen Blick eines waidwunden Rehs, aber was bei seiner Mutter so gut wirkte, brachte den Rosstäuscher nur zum Lachen.

»Mir scheint, mit Ihrem falschen Mädchengetue wird das Kasernenleben nicht leicht. Aber wie sagt man: Was nicht tötet, härtet ab!« Anquetin schluckte seinen letzten Bissen Wurst hinunter, wischte sich den Mund mit dem Ärmelaufschlag ab und warf Auguste mit einem hämischen Feixen seine Rechnung hin. »Geben Sie beim Heimweg gut auf sich acht, das Viertel soll nicht sicher sein.«

3

Der zweite April achtzehnhunderteinundsiebzig um sechzehn Uhr dreißig.

Bei uns vorgeführt und angemeldet das Kind männlichen Geschlechts Renan Astyanax de Rigny, geboren im Haushalt der Clothilde de Rigny, Rue du 4-Septembre Nr. 43. Eltern: Auguste de Rigny, geboren in Saint-Germain-en-Laye, einundzwanzig Jahre, Sohn des Casimir de Rigny, Student, und Corentine Malgorn, geboren in Brest, zwanzig Jahre, Tochter des Yann Malgorn, Bäuerin. Die Anmeldung wird vorgenommen von Vater und Mutter in Anwesenheit von Aimée Perrachon, zweiundzwanzig Jahre, Student, wohnhaft Paris, Rue de Port-Mahon Nr. 10, und Albert Trousselier, dreiundzwanzig Jahre, Student, wohnhaft Paris, Boulevard de la Madeleine Nr. 8, die nach Verlesen der Urkunde gemeinsam mit uns, Standesbeamter, unterzeichnet haben.

Renan, Corentine, Auguste und Casimir: meine Vorfahren; Perrachon und Trousselier: die Studienfreunde von Auguste; Clothilde de Rigny: die Tante, die ihn in Paris beherbergte … Kein Stil der Welt drückte die Sache besser aus als diese mit der Feder geschriebene Urkunde mit ihrem beschränkten Vokabular und ihrer primitiven Syntax.

Noch mal ganz konzentriert:

Dank der Verkehrsanbindung ihrer Region durch die Eisenbahn wäre meine Urgroßmutter Corentine demnach wie viele bettelarme Bretoninnen in die Hauptstadt gegangen, um sich als Dienstmädchen zu verdingen. Dann war sie in den Dienst einer großbürgerlichen Familie getreten, wo sie sich von einem der Männer schwängern ließ, vermutlich von dem gleichaltrigen Knaben, Auguste. Letzterer brachte sie zum Entbinden zu seiner alleinstehenden Tante ins angesagteste Viertel im Paris der Haussmann-Ära, den Grands Boulevards, mit anderen Worten: zu den *beautiful people*. Mit seinen Kumpels als Zeugen erkannte er das Kind an und gab ihm zwar einen bretonischen Namen: Renan, aber auch einen unaussprechlichen revolutionären: Astyanax, was für die antiken Griechen *Beschützer der Stadt* bedeutete. Als ihr Kind zur Welt gebracht war, eröffnete Corentine noch im selben Jahr ein Restaurant ... Das alles mitten während der preußischen Besatzung und vor dem Hintergrund der Niederschlagung der Pariser Commune?!

Das war es, was diese alte Verwaltungsurkunde mir erzählte. Wenn Sie wollen, wiederhole ich es gern ...

Sie werden zugeben, dass die Geschichte, die man mir aufgetischt hat, nicht eine Sekunde standhielt. Um das zu erkennen, brauchte es keinen Dr. phil., es reichte, wenn man *Ein feines Haus* von Zola gelesen hatte:

War es denn nicht genug, sich niemals satt essen zu können, der ungeschickte Schmutzlappen zu sein, auf dem das ganze Haus herumtrat; musste es auch noch geschehen, dass die Herrenleute ihr ein Kind machten! Ha, diese Schweinekerle!

Sie hätte nicht einmal sagen können, ob es vom Jungen war oder vom Alten; denn der Alte hatte sie nach dem Karnevals-dienstag wieder einmal gemartert. Übrigens kümmerten sich beide jetzt nicht mehr um sie, wenn sie nur ihr Vergnügen hatten und sie das Leid!

Im Anschluss schildert der Schriftsteller die Entbindung des kleinen Dienstmädchens im gleichen klinischen Stil, den er verwendet hätte, um das Werfen eines Tieres zu beschreiben. Allein und geräuschlos, um nicht hinaus-geworfen zu werden, bringt sie in ihrem Zimmer unter dem Dach ihr Kind zur Welt und setzt es in der Passage Choiseul auf dem Boden aus, froh, dass sie dies eine Mal Glück hat und niemand sie dabei sieht ...

Das war die Situation der Dienstbotinnen im 19. Jahr-hundert! Aber niemals, nie und nimmer, setzte man sich über das Gesetz der Klassenreproduktion hinweg. Trotz-dem hatte sich Auguste de Rigny am 2. April 1871 diese äußerste Übertretung geleistet, indem er meinen Groß-vater anerkannte und obendrein einen Vornamen für ihn wählte, denn ich konnte mir beim besten Willen nicht vorstellen, dass eine Bretonin von meiner Insel ihren Sohn Astyanax genannt hätte.

Warum tat er das? Wollte er etwas wiedergutmachen, eine Schuld begleichen? War es eine politische Geste? Oder all das gleichzeitig?

Und das war noch nicht alles. Da hatten wir eine katho-lische und angeblich bettelarme Bretonin, aufgebrochen, um fern von zu Hause ihren Lebensunterhalt zu verdienen, die im Geburtsjahr ihres Bankerts von Sohn das Restau-rant *À la mouette gourmande* eröffnete ... Von welchem

Geld hatte sie die Investition in diesen Laden bestritten, der, glaubt man der Postkarte, die Omi Soize mir gezeigt hat, von beachtlicher Größe war? Und zu guter Letzt: Warum firmierte sie in der Geburtsurkunde meines Großvaters als Bäuerin und nicht als Dienstmädchen?

Auf jenem Foto von 1875 posierte Corentine im baugleichen Kleidungsstil wie fünfzig Jahre später auf dem Medaillon in ihrer Gruft, nämlich tadellos frisiert und in ihr Korsett geschnürt. Selbst in ihrer Jugend wirkte sie wie eine siegreiche Geschäftsfrau. Es fiel schwer, sich vorzustellen, sie könnte irgendwann in jemand anderes Diensten gestanden haben.

Die Erklärungen, die meine Familie mir geliefert hatte, ließen diese Geschichte wie ein Puzzle erscheinen, in das man einzelne Teile mit dem Hammer hineingerammt hatte: Es ergab keinen Sinn. Mein Verstand, oder eher meine Phantasie, dürstete nach mehr. Ich sagte mir, dass es mitnichten ein Zufall war, dass diese Pariser zum Teddyertränken auf unsere Insel gekommen waren, sondern eine Art verborgene Wahrheit, die nur auf einen günstigen Moment gewartet hatte, um wie eine Bombe zu platzen …

Auf der Zugfahrt rekonstruierte ich mit Hilfe der Mormonen-Website *familysearch.com*, die zum Zweck der Totentaufe seit den Sechzigerjahren unermüdlich die weltweiten Kirchenregister scannt, für ein paar Euro und mit ein paar Clicks den Stammbaum der Familie de Rigny.

An seine Basis setzte ich Casimir, Vater von Auguste, der wiederum meinen Großvater *den Krüppel* anerkannt hatte. Casimir hatte drei Kinder gehabt, Berthe, Ferdinand und den berühmten Auguste. Berthe hatte keine Kinder, Ferdinand dagegen vier: ein Mädchen und drei Jungs. Bei den Frauen der Familie de Rigny schien es genetisch bedingte Geburtsprobleme gegeben zu haben, denn Berthe war nicht die Einzige ohne Nachkommenschaft, ihre Nichte Agnès, Tochter von Ferdinand, hatte im Kirchenbuch von Saint-Germain-de-Paris fünf Totgeburten eintragen lassen. Von Ferdinands drei Söhnen waren zwei sehr jung und kinderlos im Ersten Weltkrieg gefallen, der eine 1916, der andere 1917. Nur sein Jüngster, der 1905 geborene Guillaume de Rigny, hatte überlebt. Er heiratete eine jüngere Frau, Yvonne, die 1945 unseren Freund Philippe alias *Arschloch* und dann ein Zwillingspaar zur Welt brachte, Pierre und Marianne. Philippe bekam zwei Kinder, Marianne eins und Pierre keins. Über meinen mutmaßlichen Urgroßvater Auguste fand ich sonst nichts heraus, genauso wenig wie über den Sohn, den er der Geburtsurkunde in meinen Händen zufolge anerkannt hatte. Daran war nichts Ungewöhnliches, denn die Kommunarden hatten sämtliche seit dem 16. Jahrhundert im Hôtel de Ville lagernden Pariser Personenstandsakten in Brand gesteckt, ebenso wie die in der Avenue Victoria archivierten Dubletten; eine politische Tat, um ein für alle Mal aufzuräumen mit der bürgerlichen Abstammung und dem bürgerlichen Erbrecht. Auch keinerlei Hinweis zu Datum oder Ort seines Todes, der mir erlaubt hätte, sein Schicksal zu erfahren. Abzweigend vom Auguste-Ast ergänzte ich daher den kleinen Trieb, den die Geschichte vergessen hatte: uns, die Bettler aus der Bretagne, mit einer hübschen kleinen Blume am Ende, meiner Tochter Juliette.

Alice

Pierre-Alexandre · Adrienne

Philippe · Marianne · Pierre

Agnès

Eudes (†1916)

Odilon (†1917)

Guillaume —— Yvonne (Tantchen)

Ferdinand

Bertha

Auguste —— Corentine (meine Urgroßmutter)

Casimir

Renaa (im Kriegskrüppel von 14–18)

Rose (österreichische Hälften; meine Großmutter)

mein Vater

ich

Juliette

Der Zweig von Alice de Rigny, der *unschuldigen Touristin*, war durch das Toben der Elemente zerbrochen, und der verkümmerte Ast der Pflanze sprang ins Auge. Er bestand aus nur sechs Personen: Yvonne de Rigny, 1921 geborene Guyot, *mit einem Fuß im Grab, der andere schon am Rutschen,* ihrem Sohn Philippe und ihrer Tochter Marianne, beide geschieden, sowie deren Kindern, die alle um die Achtziger herum geboren und damit etwa in meinem Alter waren. Niemand von ihnen war verheiratet oder hatte Kinder. Dann war da noch Pierre, Mariannes Zwilling, ebenfalls unverheiratet und kinderlos.

Ein schmächtiges, krummes Bäumchen, wie man sie auf kargem Boden antrifft.

Binnen weniger Minuten hatte ich sie fast alle identifiziert. Da war die steinreiche Hundertjährige, die ihre Tochter Marianne aushielt sowie ihre Enkelin Adrienne, eine jetsettige Kunstfotografin in Ultra-Markenklamotten, die in den sozialen Netzwerken überkokst und sehr, sehr dämlich rüberkam. In der Familie *Riesenarschloch* gab es außer der Toten den Vater Philippe und den Sohn Pierre-Alexandre, beide bei Oilofina und Angeklagte im Fall um die Verseuchung der afrikanischen Mülldeponien; Pierre-Alexandre residierte seit kurzem im Maca, dem Gefängnis von Abidjan. Allein Pierre widersetzte sich meinen Recherchen, ich fand im Internet nicht die geringste Spur von ihm.

Die Familie besaß zahlreiche Liegenschaften und eine höchst luxuriöse 35-Meter-Yacht, die *Sunday Morning*, die man auf dem Instagram-Account von Adrienne der Fotografin anlässlich sehr vornehmer Feste von vorn und hinten bewundern konnte. Wenn man den Thread ihrer

Fotos nach unten verfolgte, stellte man fest, dass die ganze Familie davon profitierte oder profitiert hatte, auch die Tote ... Und sogar der Brillenhipster, den ich besoffen im *Kastel* getroffen hatte und der, nebenbei bemerkt, vielleicht links war und im humanitären Bereich tätig, aber hier ganz zu Hause wirkte. Nur Marianne, Adriennes Mutter, die im Hintergrund dieser paar Schnappschüsse mit den zusammengekniffenen Augen der Alkoholikerin ins Leere schaute, sah nicht aus, als würde sie sich sonderlich amüsieren.

Paris, 14. Juli 1870

Auguste war zum zweiten Mal an diesem Tag zum Zeitungskiosk am Ende seiner Straße gegenüber der Baustelle der neuen Oper geeilt, um die jüngsten Wendungen in der Affäre um den spanischen Thron zu erfahren sowie deren logische Konsequenz: Krieg.

Es war achtundvierzig Stunden her, da hatte der zur Kur in Bad Ems weilende König Wilhelm I., um den Franzosen die Angst vor einer Umzingelung durch preußische Monarchien zu nehmen, auf Bitten des französischen Botschafters zugesichert, dass sein Cousin Prinz Leopold von Hohenzollern seine Thronkandidatur endgültig zurückziehen werde.

Auguste hatte wieder Atem geschöpft, als er das Gespenst eines Konflikts zwischen Frankreich und Preußen schwinden sah.

Aber die nationalistische Presse mit ihren kriegshetzerischen Parolen drängte die Abgeordnetenkammer, mehr zu fordern: Wilhelm I. sollte so weit gehen zu versprechen, dass es für alle Zukunft keine preußischen Kandidaturen geben werde. Letzterer hatte geantwortet, er habe niemandem etwas zu versprechen und die Angelegenheit der spanischen Thronfolge sei erledigt. Der Botschafter hatte dennoch um eine neuerliche Unterredung ersucht, um die genannte Zusage von ihm zu verlangen. Er hatte sich sogar dazu verstiegen, ihn beim Morgenspaziergang im Park seines Hotels zu verfolgen. Eine herrliche Karikatur von diesem Vorkommnis, in der man den französischen Diplomaten jämmerlich am Ärmel des preußischen Monarchen zerren sah, war noch am selben Nachmittag des 13. Juli in den deutschen Zeitungen erschienen. Parallel dazu hatte der Botschafter von Bad Ems ein Telegramm nach Paris geschickt, in dem er diesen ärgerlichen Vorfall schilderte. Darin war nachzulesen, wie er, ein enger Freund Napoleons III. und Vertreter Frankreichs, von einem simplen Adjutanten wie ein Nichtsnutz abgewiesen wurde, wo er doch gekommen war, um dem preußischen König ein mehr als legitimes Ansuchen vorzutragen.

Am gestrigen Abend hatten die französischen Zeitungen kein anderes Thema gehabt als dieses Telegramm, wobei die einen erklärten, Krieg sei die einzige Lösung, um diesen Affront zu rächen, während die anderen ganz im Gegenteil versicherten, dass das Schlimmste verhindert wurde, dass alles in Ordnung sei und die Börse um drei Punkte zugelegt habe.

Aus dem Fenster der Wohnung seiner Tante gelehnt hatte Auguste miterlebt, wie Banden von Studenten und Arbeitern seine Straße überrannten, die Trikolore am ausgestreckten Arm und aus vollem Hals *Nieder mit Preußen! Auf nach Berlin!* brüllend.

Bei Einbruch der Nacht war ganz Paris auf den Boulevards. Aus Fenstern, auf Terrassen, allenthalben wurden Taschentücher geschwenkt, um den Demonstranten Beifall zu spenden. Die Straßen hatten sich bis zum Morgen nicht wieder geleert, das Land geeint in dem Wunsch, die dem Botschafter Frankreichs zugefügte Beleidigung zu rächen.

Heute um 17 Uhr stimmten die Zeitungen in die Rufe ein und machten mit Kriegs-Schlagzeilen auf, selbst *Le Figaro*, der berichtete, dass die Kurse seit Börsenbeginn eingebrochen waren … Und zu alledem keine Nachricht von Schwager Jules, der nach Brest aufgebrochen war, um einen Mann für ihn zu kaufen. Die Musterungskommission tagte am 18., es blieben nur noch vier kurze Tage!

Sein Freund Trousselier hatte es geschafft, einer Broschüre habhaft zu werden, die an der Medizinfakultät kursierte: *Leitfaden für Gesundheitsoffiziere zur Beurteilung von Gebrechen und Krankheiten, die zur Dienstuntauglichkeit führen.* »Schau hinein, vielleicht findest du etwas, um dich aus der Klemme zu ziehen«, hatte sein Kamerad gesagt in dem Versuch, ihm ein wenig Hoffnung zu geben.

In der Einleitung wurde erklärt, dass *die Armee angesichts der Strapazen, Entbehrungen und Gefahren, denen sie den künftigen Soldaten aussetzt, von ihm eine starke Konstitution verlangt, aber ebenso eine gewisse organische Reserve, aus der er die notwendige Energie schöpfen kann, um schlechtem Wetter zu trotzen, Entbehrungen zu verkraften, Hürden und Gefahren zu bezwingen.*

Organische Reserve, was für ein abscheulicher medizinischer Ausdruck!, dachte Auguste. Achtete das Vaterland seine Söhne denn so gering, dass es sie als reine Organreserve ansah, die man endlos plündern konnte? Und doch konnten diese jungen Männer, die er durch die Straßen hatte ziehen sehen, es gar nicht erwarten, gegen die Preußen zu kämpfen. *Auf nach Berlin! Auf nach Berlin!*, schrien sie alle, diese Unschuldigen, diese Leichtgläubigen; bis zur Weißglut erhitztes Kanonenfutter, das man auf die Gegner werfen würde zu dem einzigen Zweck, ökonomischen Interessen zu dienen, von denen diese armen Kerle nichts verstanden. Mochte das Gemetzel auch Familien dezimieren, Generation für Generation, mochten Mütter bisweilen sämtliche Söhne verlieren, die ganze Welt schien sich damit abzufinden – schlimmer, sie verlangte immer noch nach mehr, so dass ein historisches Trauma das andere jagte.

Neben einer beeindruckenden Liste von Missbildungen, aufgrund deren Wehrpflichtige bei der Musterung freigestellt werden konnten – *Kropf, Substanzverlust, chronische Verstopfung, angeborene Idiotie, mangelhafte Knochenbildung, Skrofulose, Enddarmvorfall, überzähliges Körperglied –*, gab es auch eine lange Liste mit Krankheiten wie *Syphilis, Krebs, Pocken, Tuberkulose* oder *Skorbut,* die davon betroffenen jungen Männern die Chance eröffneten, im Bett statt auf dem Schlachtfeld zu sterben.

Äußerste Hässlichkeit aufgrund einer abartigen Gestalt, insofern sie bei den Kameraden des jungen Soldaten Ekel und eine gewisse Verzweiflung weckt, ist mit dem Militärleben, in dem die meisten Handlungen gemeinschaftlich ausgeführt werden, als unvereinbar zu betrachten, stand dort ebenfalls zu lesen ... Zu seinem Pech fanden die Frauen ihn sehr hübsch, und nachdem er sich als Kind alle nur möglichen Krankheiten geholt hatte, erfreute er sich heute einer eisernen Gesundheit!

Folglich galt es bei den Geisteskrankheiten nach einem Hintertürchen zu suchen. Die Broschüre unterschied den mit bloßem Auge erkennbaren Wahnsinn – *Verrenkung der Glieder, geräuschvolle Raserei, unmotivierte Schreie, Geifer, Inkontinenz ...* (in diesem Fall stand die Krankheit außer Zweifel) – von der unsichtbaren, nur sehr schwer nachweisbaren Geistesstörung. Bei einem solchen Irren war besondere Obacht geboten, versteckte sich dahinter doch häufig ein Simulant. So sollte man das Subjekt beobachten, wenn es sich allein und vor Blicken geschützt wähnte. Deshalb musste man *ihn sich über längere Zeit zur Verfügung halten, um sich eine sichere Vorstellung zu machen, ihn in Gespräche verwickeln, durch verschiedenste Vernehmungen aushorchen, ihm in schneller Folge zahllose Fragen stellen, die sich auf mannigfaltige Zusammenhänge beziehen, damit er keine Zeit hat, seine Antworten vorzubereiten.* Und war der Militärarzt sich trotz allem unschlüssig bei seiner Diagnose, durfte er nicht zögern, *drastische und schmerzhafte Mittel* anzuwenden, *ohne dass diese jedoch allzu grausam sind.*

Auguste sah sich ganz und gar nicht eine solche Posse inszenieren, zumal er seine Familie mit einspannen müsste, die man vorladen würde, um sie zu seinen Krisen zu befragen. Wenn er sich ausmalte, wie sein Bruder Ferdinand der Musterungskommission berichtete, was er schon zu normalen Zeiten seine *linksradikalen und vegetarischen Wahnvorstellungen* nannte, lief es ihm kalt den Rücken hinunter.

Blieb nur das Heimweh. Die Broschüre stellte klar, dass Heimweh dann ein Grund für eine Entlassung wegen Dienstunfähigkeit, nicht für eine Freistellung sein konnte, wenn und nur wenn der Soldat sich so sehr nach Hause zurücksehnte, dass er *tiefgreifende organische Beeinträchtigungen* aufwies. Mit anderen Worten: wenn es in seiner armen Organreserve für das Vaterland nichts mehr zu plündern gab.

Die vorgeschriebene Körpergröße war seit Ludwig XIV. um 14 Zentimeter gesunken, zum einen wegen der zahlreichen Konflikte mit England und Österreich, vor allem aber wegen der napoleonischen Feldzüge, verbrauchsintensiv, was gesunde junge Männer betraf. Angesichts des Mangels an schmucken Mannsbildern hatte man die Ansprüche heruntergeschraubt: Derzeit musste ein Junge, um einberufen zu werden, mindestens 5 Fuß 1 Zoll messen, also 1,55 Meter. Auguste maß 1,77 Meter. Ein herrlicher Dragoner.

Da fragte man sich doch, wer nach diesem neuerlichen Krieg außer Winzlingen und Verrückten hierzulande noch übrig sein würde, um den Frauen ein Kind zu machen. Und sollten diese ruhmsüchtigen Gemetzel noch lange andauern, konnte man von der vielbeschworenen Schönheit der *französischen Rasse*, mit der sich die Nationalisten aller Couleur brüsteten, nur noch träumen … Mit diesen Betrachtungen zur Zukunft Frankreichs schlug Auguste die Broschüre zu.

4

Hildegarde.

Meine beste Freundin. Meine Seelenschwester, wie die Tussis sagen.

Wenn ich mit Hildegarde ausgehe, hält man uns für Lesben, vermutlich weil wir auf je eigene Weise aus dem Raster fallen und also in der Vorstellung der meisten Leute gar nicht anders können, als übereinander herzufallen, sobald wir zusammen sind. Wie Tiere.

Wenn ich mit Hildegarde ausgehe, bleiben die Blicke zuerst an ihr hängen, denn sie ist eine erstaunliche Erscheinung mit ihrem sehr langen Haar, ihrem wunderhübschen Madonnengesicht und ihren Trainingsanzügen, die sie in allen Lebenslagen trägt, die einzigen Klamotten, die ihren zu großen Körper fassen. Danach werde ich angeschaut, aber der Blick verweilt nicht gern, da es irgendwie Mitleid erregt, meine Krücken und meine eingerüsteten Beine, dann wendet man sich wieder ihr zu und fragt sich, was genau hier nicht stimmt. Starrt sie an, um herauszufinden, was es ist; es hat mit ihrer Größe und ihren Proportionen zu tun ... Und die Walze dreht sich, die Festplatte rotiert: Könnte ich, könnte ich nicht, törnt es mich ab oder macht es mich an? Ihr geht das am Arsch vorbei, aber mich lässt diese Dreistigkeit ausflippen. Hildegarde hat außer langen Gliedmaßen einen Giraffenhals und Hände wie Spinnen, plus einen Haufen Zeug innen drin, das nicht funktioniert, aber das sieht man nicht.

Ich bin ihr im Reha-Zentrum von Lorient begegnet, wo man mich hinschickte, damit ich wieder laufen lernte. Wir waren sechzehn und kamen beide frisch aus dem Krankenhaus: ich nach meinem Unfall und sie im Anschluss an die x-te Operation, um ihre Wirbelsäule zu begradigen.

Als man mich am Tag meiner Ankunft zum ersten Mal in den Speisesaal an einen freien Platz zwischen zwei Duchenne-Muskeldystrophiker schob, zwei Jungs am Ende ihrer Lebenserwartung, gekreuzigt in ihren Rollstühlen, fing ich dermaßen an zu weinen, dass mich eine Pflegehelferin auf mein Zimmer zurückbrachte, wo ich mich mit dem Gesicht zur Wand auf meinem Bett zusammenkrümmte. Am nächsten Tag das Gleiche. Am übernächsten dito. Nach drei Tagen streckte eine unwahrscheinliche Gestalt ihren Kopf zu mir herein; dieser Kopf war in einen Heiligenschein aus Metall eingefasst, der mit in den Schädel eingeschlagenen Drahtstiften gehalten wurde und von dem in ein Gipskorsett eingerammte Traktionsstangen ausgingen: ein mittelalterliches Gemälde reinsten Horrors.

Und dann lächelte die blöde Kuh auch noch.

Hildegarde eben!

»Warum weinst du«, fragte sie mich mit einem Hauch Genervtheit in der Stimme.

Was konnte ich ihr schon antworten? Dass meine Tränen ein Cocktail aus Scham und Ekel waren angesichts der Behinderten um mich herum? Angst, für immer in einem Rollstuhl festgenagelt zu sein. Wut, zu dieser Freakshow zu gehören. Befremden, weil ich sie als von ihrem Pech nicht im Entferntesten betroffen wahrnahm, während ich über die Ungerechtigkeit plärrte … kurz, eine eher unrühmliche Gemengelage, echte menschliche Gefühle eben. Stellen Sie sich vor, Sie sind invalide, vor allem mit sechzehn, ich garantiere Ihnen, dass Ihr Geist blockiert. Und es ist nicht dasselbe wie einarmig spielen, einen Arm auf den Rücken gebunden, oder blind mit einer Binde um die Augen; es hat mit den Begriffen Ohnmacht zu tun, Schildkröte auf dem Rücken ... Verstoßung.

Ich glotzte sie mit großen Augen an. In einer solchen Situation, wenige Zentimeter vor einer am Marfan-Syndrom erkrankten Person mit Nägeln im Kopf, die einen mit vollem Ernst »Warum weinst du?« fragt, fehlt jede Art von Kompass, denn so eine Situation kommt im echten Leben nicht vor.

Sie rief nach der Krankenschwester, damit man mich in meinen Rollstuhl setzte, und schob mich in den Speisesaal. Es war Fischtag, ein Freitag. Sie platzierte mich wieder zwischen zwei Muskeldystrophikern und befahl dem einen: »Los, beweg deinen Rolli«, mit der gleichen Grobheit, die ein Durchschnitts-Teenager einem anderen angedeihen lässt, dann setzte sie sich neben mich. Als Vorspeise servierte man uns Garnelen, und als die Teller auf den Tisch kamen, fingen alle an zu lachen. Ich verstand erst nicht warum, dann erkannte ich, dass die Querschnittsgelähmten, die Muskeldystrophiker und die Amputierten um uns herum sie nicht schälen konnten, weil ihre Hände entweder zu ungeschickt, nicht gebrauchsfähig oder inexistent waren. »Mach dich nützlich!«, sagte Hildegarde zu mir, und ich machte mich schweigend ans Pulen, die Nase auf meine Finger gesenkt.

Mit ihrer fortwährenden Fröhlichkeit, ihrem schlichten Naturell und ihrem Wunsch, immerzu Freude zu bereiten, diente sie mir in meiner neuen Welt als Führerin, und

nach zwei Wochen baute ich mit den Duchenne-Muskel-
dystrophikern denselben Mist wie mit den Jugendlichen
auf meiner Insel. Sie half mir, meinen neuen Körper zu
zähmen. Genauer gesagt brachte sie mir bei, diese morsche alte Schrottkarre liebevoll zu warten, mit der ich
meinen Weg von nun an fortsetzen würde. Mit keiner
anderen. Nie wieder einer anderen.

Kurzum, als ich mich bereit fühlte, das Ganze zu akzeptieren, ging ich ins Internat und Hildegarde zurück nach
Hause. Wir telefonierten oft, und als man mir mein Sti-
pendium und mein Zimmer in der Studentensiedlung
bewilligte, kehrte ich meiner Insel den Rücken, denn weiß
der Henker, was mir dort sonst noch zugestoßen wäre. Ich
zog also nach Paris, wo sie lebte, und seitdem haben wir
uns fast täglich gesehen.

Juliette.

Meine Tochter mit den großen ernsten Augen voller
Licht.

Eines Abends, als Freunde von der Uni in ihrer Wohnung mehrere Geburtstage gleichzeitig feierten, ließ ich
mich so volllaufen, dass ich vollkommen verpasste, wie
ich offenbar – ich sage bewusst *offenbar*, denn es handelt
sich um eine reine Hypothese – einen Typen im Stehen
gegen einen Badezimmerschrank gebumst habe. Damals
fürchtete ich mich vor dem Alleinsein in meiner Dienst-
botenkammer, deshalb ging ich viel aus und verließ die
Partys benebelt und quasi als Letzte, wenn es wirklich
keine Hoffnung mehr gab, dass noch irgendwas abging.
Anderthalb Monate später fühlte ich mich so schlecht,
dass ich zum Arzt ging, der mich nur anschaute und sagte:

»Also bitte, Mademoiselle, Sie sind schwanger!« Er verschrieb mir verschiedene Blutuntersuchungen, und als die Laborantin mir eröffnete, dass er recht hatte, war ich platt. An dem Punkt fing ich an, Daten abzugleichen, bis ich am Ende bei diesem Mehrfachgeburtstag landete.

Jemand meinte, mich in besagtem Badezimmer verschwinden gesehen zu haben, daher meine induzierte Erinnerung, aber nichts ist unsicherer als das. Dazu muss man sagen, dass ich in der Zwischenzeit mehrere andere Partner hatte; Narben am Rücken, Orthesen, Halbstiefel, Minirock, weiß der Teufel, warum die Männer mich mit meinen eingerüsteten Beinen immer sexy fanden.

Ich hockte mich in das dem Medizinlabor nächstgelegene Bistro und rief Hildegarde an, damit sie zu mir kam.

Während ich auf sie wartete, kam ein Typ um die fünfzig, fünfundfünfzig – Eierquetscher-Jeans, schlecht rasiert, jugendlicher Blouson, rote Converse – mit einem weinerlichen Balg, das in einer Art Trekkingrucksack steckte, und setzte sich an den Tresen. Die Kleine trug eine Mini-Daunenjacke und eine riesige Mütze, die ihr über die Augen rutschte, und sie quengelte, weil ihr zu warm war. Ihr Vater versuchte erfolglos, seine Tasse an die Lippen zu führen, während das Mädchen sich mit verzerrtem Gesicht auf seinem Rücken wand ... Gnaaa, gnaaa ... Es war unerträglich! Der Arsch spürte sehr wohl, dass er uns mit seinem Kind nervte ... Gnaaa, gnaaa ... Er war sich dessen umso mehr bewusst, weil er selbst vor ihrer Geburt eine solche Situation keine Sekunde lang hingenommen hätte.

Mit dem Kreischen dieses Kindes wenige Meter von meinem Ohr sinnierte ich über meine vaterlose Schwanger-

schaft und darüber, dieses Martyrium ganz allein durch-
zustehen. Von Blagen hatte ich keine Ahnung. Ich war ein
Einzelkind, aufgezogen von einer alte Tante mit schroffem
und ungeduldigem Gebaren. Ich wusste gar nicht, woher
ich die Energie nehmen sollte, einem Kind die Aufmerksamkeit und Liebe zu schenken, die es verdiente.

»Geht das noch lange so?«, versetzte sein Tresennachbar.

»Sie will runter …«

»Na, dann lassen Sie sie doch runter!«

Der Typ löste sein Rückending und stellte es mit dem
Kind darin auf dem Boden ab, wobei er es zwischen seinen
Beinen und der Theke einklemmte, inmitten von Zucker-
tütchen, alten Métrotickets und Rubbellos-Nieten.

Gnaaa, gnaaa … Es ging gleich wieder los, nur noch
heftiger.

Ich starrte die Kleine an, wie sie um die Aufmerksamkeit ihres Vaters bettelte. Sie zerrte an seiner Jeans, und er
reagierte, ohne auch nur den Blick zu senken, mit kleinen
Beschwichtigungsgesten, wie man sie Kötern zugesteht.
Irgendwann griff er sogar zum *Parisien* und fing an zu
lesen, während er ihr gleichzeitig tastend ein Stück Crois-
sant nach unten reichte, wobei er ihren Mund verfehlte
und es ihr ins Ohr zu stopfen versuchte.

In diesem Moment erschien mein Vater vor meinem
inneren Auge, und eine Art bittere Galle stieg mir hoch
bis zu den Lippen.

»Du kannst machen, was du willst, um seine Aufmerksamkeit zu kriegen, er wird dich nicht anschauen. Alles,
was er wollte, war deine Mutter flachlegen, ein fünfundzwanzig Jahre jüngerer hübscher kleiner Arsch, um für
einen Augenblick zu vergessen, dass er sterblich ist. Man

muss ihn verstehen, ein junger Arsch ist was Schönes, was Feines ... Aber jetzt bist du da und das stinkt ihm! Als du ein Baby warst, war es noch halbwegs amüsant, es war nett, dieses ganze Herumgealber an deiner Vintage-Wiege, aber die Tatsache, dass du wächst, zeugt nur noch mehr von seinem Verfall, und das findet der Alte gar nicht witzig! Kurz: Du hast alles verdorben, du bist eine Bürde! Eine Bürde, die er am Boden abgesetzt hat, um sich für eine Kaffeelänge daran zu erinnern, wie das Leben ohne dich sein könnte. Ohne Balg. Und du nimmst das alles tatenlos hin. Mach was, verdammt, handle. Na los, du Loserin, so weckst du nur Verachtung in mir. Jetzt schau ihn dir an, der scherzt glatt mit dem Wirt, während du dir die Nase an seinem Schienbein plattdrückst ...« Gnaaa, gnaaa ... Und ab in den Staub.

Ich weiß, sie las das alles in meinem Blick, denn sie trat in Aktion. Nachdem sie am Fuß des Tresens unverhofft eine Stütze gefunden hatte, stieß sie sich kräftig ab und ließ sich mit dem Gesicht voran umkippen. Es folgte ein markerschütternder Schrei, eine blutende Nase ... das volle Programm! Sie hatte es geschafft, ihrem Vater den Kaffee zu verderben und mit etwas Glück den kompletten Tag, wenn er sie mit geschwollenem Gesicht nach Hause brachte und sich von seiner jungen besseren Hälfte als *verantwortungsloser Scheißkerl* beschimpfen lassen musste.

»Glückwunsch, meine Große! Nerv ihn weiter zu Tode. Alles besser, als dir dein Leben zu versauen, indem du dich von einer Klippe stürzt!«

Ein Papa, eine Mama, mit diesem Schwachsinn hatte ich nichts am Hut; was ich brauchte, war eine liebevolle, wohlmeinende Gehilfin. Als Hildegarde endlich kam und mich total niedergeschlagen vorfand, fragte ich sie darum schlicht, ob sie bereit wäre, mir zu helfen. Sie versprach mir, dass sie und besonders ihre Eltern, die schon zwei Kinder wegen des Marfan-Syndroms verloren hatten, immer für uns da sein würden ... Und das waren sie. Kompetent obendrein.

Tante Hildi wird niemals ein Kind kriegen, aber sie hat Juliette.

Hildegarde war es, die mich vor zehn Jahren zur Gerichtsreprografie geholt hat. Zehn Jahre, so alt ist auch meine Tochter, und es war genau die Zeit, als ich meine ikarischen Träume und die damit einhergehende Prekarität begrub. Mit anderen Worten, bei Juliettes Geburt hörte ich auf, egal wie zu leben, und besorgte mir eine richtige Arbeit. Hildegarde selbst war schon ewig bei der Repro. Anders als ich hat sie nicht studiert und sah darin den idealen Brotjob, denn das Einzige, was sie im Leben je interessiert hat, ist der Kampf gegen Tierleid und ihr Engagement bei der Tierschutzorganisation L214. Alles andere ist ihr scheißegal. Man könnte denken, sie müsste ungewöhnlich hart im Nehmen sein, um sich so intensiv mit der unerträglichen Brutalität der Schlachthöfe und Intensivhaltung zu befassen, aber wer sie gut kennt, ist zwangläufig beeindruckt vom tiefen Einklang zwischen ihrem Temperament und ihrem Commitment.

Der Brotjob gehörte zur Liste der sogenannten *vorbehaltenen Stellen*, eine Arbeit für Grobmotoriker also, die aufgrund ihres Sujets jedoch große Gewissenhaftigkeit erforderte. Konkret bestand sie darin, die Akten sämtlicher Verfahren zu Verbrechen und Vergehen, die in die

Zuständigkeit der Pariser Gerichtsbarkeit fielen, Blatt für Blatt zu scannen. Ich mochte die Arbeit. Ich hatte einen gesicherten Beamtenstatus, das Gehalt war nicht toll, aber wir arbeiteten in unserem eigenen Rhythmus. Jedenfalls herrschte dort eine von starkem Gemeinschaftssinn geprägte fröhlich-freakige Atmosphäre nach dem Motto: *Stellen Sie Behinderte ein, es ist so lustig, ihnen beim Arbeiten zuzusehen!*

Das Gros der Arbeit kam direkt von den Kommissariaten und der Rest aus den Büros der Ermittlungsrichter. Vernehmungs-, Durchsuchungs- und Sicherstellungsprotokolle, Transkripte von Telefonüberwachungen, Abmarkungen, DNA-Analysen, Autopsien, Screenshots von Facebook-Seiten, Aufzeichnungen aus verwanzten Autos, Rechtshilfeersuchen aller Art … bergeweise polizeilicher Papierkram, in Akten gebündelt und zu uns expediert, um digitalisiert und in Form von CD-ROMs an die Anwälte ausgegeben zu werden, damit sie ihre Klienten vernünftig verteidigen konnten.

Ein paar Monate vor Beginn des hier geschilderten Abenteuers war ich zur Leiterin meiner Abteilung befördert worden und musste nur noch Daten verwalten und die Arbeit verteilen. Ich war auf der Île de la Cité stationiert, wo Strafsachen behandelt wurden, die der ordentlichen Gerichtsbarkeit unterlagen, und von Zeit zu Zeit ging ich am Boulevard des Italiens meine Freundin Hildegarde besuchen, die den Wirtschaftsstrafsachen zugeteilt war.

War die Digitalisierung der Akten der Woche abgeschlossen, kam es vor, dass wir uns ein paar CDs kopierten, um am Wochenende zu Hause darin zu schmökern wie in einem Roman. Hildegarde fand das unterhaltsamer als Fernsehsendungen wie *Faites entrer l'accusé* oder *Complément d'enquête*. Mich wiederum erinnerte es – sofern die Bullen, die die Zeugenaussagen niederschrieben, eine Schriftstellerseele besaßen – an diese Romane des 19. Jahrhunderts, die ich so liebte und für meine Doktorarbeit *Gesellschaftlicher Groll und literarisches Proletariat im 19. Jahrhundert* ausführlich untersucht hatte. Auch sie erzählten uns von der gnadenlosen Wirkung der Habsucht auf das Schicksal ihrer Figuren: Bankrott, Eifersucht, Betrug, Erbschleicherei, unerlaubte Einflussnahme, Gebührenüberhebung, Beraubung, Steuerhinterziehung … Es ging immer einzig und allein um Geld.

Octave Mirbeau zum Beispiel, der zu einem Zeitpunkt seines Lebens einem ähnlichen Beruf nachging wie ich, lässt eine seiner Figuren sagen:

Ich schrieb für den Notar die Rollen ab; und ich verfolgte mit Interesse die Reihe all der Sünden, all der Verbrechen, all der Morde, die der Wunsch, Land zu besitzen, in der Seele der Menschen wachsen ließ.

Tja, die Lektüre dieser digitalisierten Prozessakten hinterließ bei mir den gleichen Eindruck. Man prügelte sich unter Dealern wegen einer gemopsten kleinen Stange Hasch oder Revierstreitigkeiten, man folterte für die Geheimzahl einer EC-Karte oder tötete für eine Handtasche … Und das Glück, auf das man eines Tages Anspruch zu haben meinte, weil man so eine verdammt gute Seele war, bestand im Besitz eines Porsche Panamera mit Vollausstattung, um sich unten vor seinem Plattenbau aufzuspielen. Bei der sogenannten »intelligenten« Kriminalität drüben bei Hildegarde war die Gewalt vielleicht nicht so direkt, aber die Folgen konnten sich als noch viel verheerender erweisen mit Firmenschließungen, gefeuerten Belegschaften oder Steuerbetrug in Millionenhöhe. Was das Ziel anging, lief es auf in etwa das gleiche hinaus. Im Porsche durch Gstaad oder Le Blanc-Mesnil zu gondeln – ich konnte nicht sagen, was ordinärer war.

Ein sensationslüsterner Geist würde prompt annehmen, dass wir, Hildegarde und ich, Geld aus den medienwirksamen Akten zogen, die wir uns krallten.

Wo mag die undichte Stelle sein? Wie konnten sich die Journalisten diese durch das Ermittlungsgeheimnis geschützten Prozessunterlagen beschaffen, obgleich noch niemand Zugang dazu hatte? Die Staatsanwaltschaft ermittelt ...

Die Richter, die Bullen, die Anwälte, man verdächtigte alle und jeden, aber wer würde auch nur eine Sekunde an die zwei Bekloppten aus der Reprografie denken? Sicher nicht der degenerierte Staatsanwalt mit den schuppenübersäten schmalen Schultern, der unsere Abteilungen kontrollierte und den man höchstens einmal im Quartal zu Gesicht bekam. Für den unwahrscheinlichen Fall, dass wir doch unter Verdacht gerieten, konnte niemand besser als wir auf geistig behindert machen. Es war so banal.

Was die Vernehmungen dieser Leute betrifft – die einen verdienten das Dreißigfache vom gesetzlich garantierten Mindestlohn, ohne überhaupt ihre Arbeitsadresse zu kennen, andere wohnten günstig in Dienstappartements mit Parkett und Stuck und zahlten nicht mehr Miete als für eine Sozialwohnung in der Banlieue ... manche waren Freunde des Rechts der ersten Nacht oder nutzten bloß ihre Stellung aus, um ihre Verpflegungskosten, ihre Taxifahrten, ihre Bauarbeiten oder ihre Wahlkämpfe zu finanzieren ... Aus keinem dieser ziemlich widerlichen Protokolle haben wir je Profit geschlagen. Hätten wir uns bei der Übergabe mit unserer mehr als wiedererkennbaren Physis gezeigt, wäre das der beste Weg gewesen, uns schnappen zu lassen. Außerdem hatte die Presse schon nicht die Mittel, ihre Journalisten korrekt zu bezahlen, also können Sie sich vorstellen, was das für ihre Quellen hieß ... Hildegarde und ich haben sie nicht verkauft, aber es kam vor, dass wir sie in einen Umschlag steckten und vorzugsweise an den *Canard,* die *Libé, Mediapart* oder den *Figaro* schickten, das hing von der politischen Couleur des mit Schande bekleckerten Kandidaten ab. Wir taten es aus reiner Schadenfreude, nur um zu sehen, wie Leute panisch ein Fresko aus Dominosteinen umkreisten, das sie monatelang errichtet hatten und das jetzt vor ihren Augen einstürzte. Um zu beobachten, wie die kleinen schwarzen Rechtecke fielen, ohne dass es mehr bedurft hätte als des ersten Stupsers, da jeder Dominostein bei seinem Sturz einen doppelt so großen mitreißen konnte. Es war einfach geil – dieses massenhafte In-Ungnade-Fallen und all die Köpfe, die ins Sägemehl rollten. Packende Fortsetzungsromane, die uns wochenlang in Atem hielten; besser als jede Netflix-Serie. Wir verbrachten gemütliche Fernseh-Pizza-Abende vor dem Nachrichtenkanal auf dem Sofa meiner Freundin.

Brest, 14. Juli 1870

Wenn Jules seit drei Wochen kein Lebenszeichen mehr von sich gab, dann weil er sich bestens amüsierte.

Ah, Brest!

Brest und seine fünfundzwanzigtausend Soldaten. Brest und seine tausend Prostituierten. Er fand, dass in Brest selbst die Meeresbrise irgendwie nach Vulva roch.

Als die Rede davon war, jemanden auszuschicken, um einen Mann für seinen Dummkopf von Schwager aufzutreiben, hatte er sich umgehend zur Verfügung gestellt, sah er doch die Gelegenheit, der Familie de Rigny zu entfleuchen. Er hatte Toulon vorgeschlagen, doch seine Gattin Berthe hatte ihr Veto eingelegt und als Argument die Gefährlichkeit des Ortes angeführt. Unter dem Vorwand, er habe dort Bekannte, hatte er daraufhin Brest ins Spiel gebracht, das gleichzeitig fern von Paris und mit dem Zug direkt zu erreichen war.

Jules hatte stets Freudenhäuser besucht, und er musste zugeben, seit einigen Jahren waren sie nicht mehr das, was sie einst gewesen waren. Der Aspekt Samenabtritt, wo man seine körperlichen Bedürfnisse befriedigen konnte, lockte nicht mehr. Der moderne Mann war auf *neue Erlebnisse* aus; man sollte *ihm zuhören*, er suchte *nach Liebe*. Jeder wollte seine eigene kleine Grisette, vierzehn bis neunzehn Jahre, in ihrem billigen möblierten Kämmerchen und wenn möglich mit einer Mama, um sie sauber zu halten. Was die Bordelle anging, so waren sie heillos kleinbürgerlich geworden mit ihrem Nippes, ihren Chinoiserien, ihren Wandbehängen und ihren gewienerten Mädchen. Einem rauen Mann wie Jules, der an das virile Klima der Garnison gewöhnt war, missfiel das alles zutiefst.

Sein Ding waren die Bordsteinschwalben, die auf den Baustellen und Brachen im Schatten der Zollhäuser von Paris ihre Röcke hoben. Ihr tierischer Geruch, ihre Schlampigkeit erinnerten ihn an sein primitives Selbst, seine verlorene barbarische Seite. In Brest traf man allenthalben solche Mädchen, sie trieben sich buchstäblich zu hunderten im Viertel Sept-Saints herum oder hockten oben auf der Stadtmauer. Sogar auf den umliegenden Feldern standen sie, wo sie Schilder mit ihrem Namen hochhielten. Besonders schätzte er die Léonerinnen. Ihr erdiger Geschmack, ihre für die bretonische Bauernschaft typische Einfalt, verstärkt durch die Tatsache, dass sie kaum drei Worte Französisch verstanden, erregten ihn ungemein. Er fand sie auch spontaner, weniger mechanisch als die Pariserinnen, für die es Ehrensache war, ihre Lustlosigkeit zu zeigen, während man sich an ihnen abarbeitete. Die Léonerin dagegen bekundete ehrliche erotische Freude. Und war obendrein nicht einmal teuer. Nein, wirklich, Jules amüsierte sich bestens.

Nach drei ausschweifenden Wochen rief ihn ein am Hotelempfang für ihn hinterlegter Brief zur Ordnung: *Wie steht es um den Kauf eines Einstandsmannes für Auguste?*, fragte sein Schwiegervater.

Es war sonst nicht seine Art, aber diese Angelegenheit hatte er tatsächlich nur zögerlich verfolgt.

Jules war der Typ Mann, der die Ansicht vertrat, der Krieg sei der schönste Ausdruck der menschlichen Intelligenz. Der Krieg und die Armee. Sie allein vermochten den Menschen zu zügeln und zu lenken, ihm Schwung, eine Ordnung und ein Ziel zu geben. Folglich fand er die Idee abscheulich, einen Einstandsmann für Auguste zu suchen, dem der Militärdienst nur guttun konnte. Er liebte das Volk? Na, dann sollte er es sich doch aufhalsen, und nach neun Jahren Armee würde man ja sehen, ob er es immer noch genauso liebte! Was ihn dennoch dazu antrieb, es zu versuchen, das war seine liebe, seine zärtliche, seine arme Berthe. Verlöre sie ihren Bruder an den Krieg, würde sie auch ihren Verstand verlieren, um den es nach drei Fehlgeburten ohnehin nicht gut stand. Außerdem hatte sein Schwiegervater ihm 11 000 Franc gegeben; da er 1000 bereits für diverse Orgien verpulvert hatte, würde er, sollte er wider Erwarten einen Mann finden, ihm 8000 anbieten und könnte sich die Differenz in die eigene Tasche stecken. Er müsste ihn nur direkt zur Musterungskommission bringen, damit die Stellvertretung schriftlich festgehalten und niemand auf die Idee kommen würde, Rechenschaft von ihm zu fordern. Was die Zahlung des Soldes an besagten Einsteher anging, das würde man in einem Jahr schon sehen; im Krieg konnte alles passieren.

Also begrub er seine Überzeugungen und wandte sich an den Portier seines Hotels, einen Kerl mit einem Gesicht wie aus der Verbrecherkartei, der in puncto Prostituierte den Erwartungen mehr als gerecht geworden war. Er konnte ihm in Sachen Männerkauf sicherlich raten, war es doch ein verwandtes Gebiet.

»Ich brauche vor dem 16. ein schönes Subjekt mit guten Zähnen und von einwandfreier moralischer Güte. Das ist kurzfristig, ich weiß, aber in ein paar Tagen muss mein junger Schwager vor der Musterungskommission erscheinen, und er wird wohl auf keinen Fall durchfallen. Danach bleibt uns kein anderer Weg, als in der auf seine Einberufung folgenden Woche einen Ersatz von gleicher Größe zu finden. Er misst 1,77 Meter, Sie sehen das Problem …«

»Aber, Monsieur, wir stehen kurz vor dem Krieg, es ist die Rede davon, die Reserve heranzuziehen.«

»Ja und? Dieser verdammte Krieg ist eine reine Formalität! Haben Sie gelesen, was Lebœuf kundtut: Wir sind mehr als bereit, unserer Armee fehlt kein einziger Gamaschenknopf. Und das Chassepotgewehr … Ich habe es ausprobiert: ein vorzüglicher Hinterlader … Und die Reichweite: 1700 Meter! Einfach wunderbar. Damit schießen Sie sich einen Preußen wie ein Perlhuhn! Beschaffen Sie mir einen Mann und ich werde gut dafür bezahlen.«

»Sie werden niemanden finden, die Anwerber der Stellvertreteragenturen haben das gesamte Finistère leergekauft.«

»Dann beschaffen Sie mir eine Idee …«

»Die Inseln.«

»Wie, die Inseln?«

»Niemand fährt je auf die Inseln, um nach Männern zu suchen, weil es zu hohe Ausgaben mit sich bringt.«

»Aber gibt es dort viel Volk?«

»Dreitausend Seelen. Man muss hinsegeln, und das ist gefährlich.«

»Dann beschaffen Sie mir ein Boot.«

5

Die Idee für mein kleines Business kam mir an dem Tag, als ich die Akte eines Anwalts bearbeitete, der von seinen Klienten zusammengeschlagen worden war.

Das war ein noch nie da gewesener Fall, und da ich nicht wenige Leute kannte, zumindest dem Namen nach, wollte ich wissen, wer sich da hatte verdreschen lassen. Ich hatte gerade Pause und nutzte sie, um auf meinem Hocker die besagte Akte zu überfliegen.

Das Opfer erzählte den Bullen, wie die Dealer in seine Kanzlei gekommen waren, um das Dossier eines ihrer Kumpel zu verlangen. Eingedenk der erwartbaren Sanktionen gegen die Zuträger, deren Daten üblicherweise am Anfang des Vernehmungsprotokolls stehen – *Sie heißen sowieso, Sie sind wohnhaft unter …* –, weigerte er sich natürlich. Daraufhin schlugen die Typen ihn nieder und stellten seine gesamte Kanzlei auf den Kopf, um die fragliche CD-ROM zu finden. Irgendwann hatten sie sie, und da solche digitalisierten Dokumente schwer verständlich sind, wenn man mit Justizjargon nicht vertraut ist, verlangten sie, dass der Anwalt ihnen die Seiten mit der Liste der Drogenkonsumenten ausdruckte, die die Polizei aus dem Handy gezogen hatte. In Wirklichkeit waren sie nicht gekommen, um ihren Kumpel zu rächen, sondern nur, um seine Aktivitäten dort wieder aufzunehmen, wo er sie bei seiner Verhaftung abgebrochen hatte.

In der Reprografie scannte ich wöchentlich Dutzende Adresslisten aus den Akten der Drogenfahndung, aber nie hatte ich ihren Marktwert ermessen. Mit einem Schlag schien es mir so offensichtlich, dass ich mich fragte, warum nie jemand auf die Idee gekommen war, dieses Manna zu Geld zu machen.

Auf diese Entdeckung hin machte ich mich, nachdem ich Juliette ins Bett gebracht hatte, in unserem Zimmerchen unter dem Dach daran, den ganzen Dreck durchzusieben, um daraus meinen Rohstoff zu extrahieren.

Ich verkaufte diese Listen zu 1000 Euro je 100 Kontakte, was wirklich nicht teuer war. Stellen wir uns vor, auch nur die Hälfte der Nummern in einem Adressbuch sind aktiv und der Besitzer einer Nummer kauft pro Woche durchschnittlich für 40 Euro Kokain oder Hasch, dann amortisierte sich eine Nummer folglich binnen einer Woche, wobei ein Dealer einen Kunden durchaus zwei Jahre behalten konnte und dieser ihm weitere zuführte. Manchmal hatte ich riesige Adressbücher und machte 3000 Euro auf einen Schlag, aber in der Regel enthielt ein beschlagnahmtes Dealer-Handy nicht mehr als fünfzig Namen. Wir reden hier von einer ultraverderblichen Ware, denn Drogenkonsumenten bilden eine höchst volatile Kundschaft. Da sie nach dem Prinzip Trieb/Frustration funktionieren, wechseln sie, wenn sie das begehrte Produkt nicht umgehend kriegen, Knall auf Fall den Dealer, und ihre Nummer ist nichts mehr wert. Man muss also superschnell sein ... Und da seit meiner Beförderung ich diejenige war, die die Papierakten verteilte, ging es noch schneller: Sobald eine vom Drogendezernat durch meine Hände ging, ließ ich sie bevorzugt scannen. Da ich auch diejenige war, die die Abteilung abends dichtmachte, kopierte ich die CD-ROM, die mich interessierte, und nahm sie mit nach Hause.

Binnen vier Jahren hatte ich mir eine Excel-Tabelle mit etwa 15 000 nach unterschiedlichen Kriterien sortierten Handynummern gebastelt: Details zu den konsumierten Drogen, Lieferanten, Verbrauchsmenge, und wenn die Käufer ins Kommissariat einbestellt wurden, um ihren Dealer zu verpfeifen, notierte ich vor allem ihre richtigen Namen (und nicht nur *Fred 32*, *die Blonde* oder *der Schwarze*, wie sie in den Adressbüchern geführt wurden). Ich hatte keine Dubletten, dafür etliche Berühmtheiten, die die Bullen systematisch vorluden, weil sie zu gern Promis begaffen, die sich in die Hose machen. Das Ganze war in meiner Cloud gespeichert. Mit dem Abstand von heute frage ich mich, warum ich so viel Zeit darauf verschwendet habe, das Ding zu erstellen. Ich denke, die Erklärung findet sich bei den verrückten Kriegswaffensammlern in den USA (ich bin sehr selbstkritisch). Auf die Frage, wozu dieses Arsenal ihnen dient, antworten sie einhellig, dass sie bereit sein wollen. Bereit wofür? Das wissen sie nicht mal selbst. Meiner Meinung nach brauchen sie es, um sich einreden zu können, mit ihren vollen Waffenschränken hätten sie irgendein Gewicht. Eine Art narzisstische Rückversicherung in einer Welt, in der man sich schwach fühlt, weil man nichts mehr unter Kontrolle hat. In gleicher Weise war diese Massenvernichtungs-Cloud dazu da, die Schildkröte auf dem Rücken damit zu beruhigen, dass sie den Laden jederzeit nach Lust und Laune aufmischen könnte.

Da zwielichtige Geschäfte den Einsatz loyaler Männer und Frauen erfordern, die durch gemeinsame Herkunft geeint sind, arbeitete ich mit Nachbarn.

Meine Businesspartner Ahmed und Mohamed kamen vom Treppenabsatz gegenüber. Diese beiden, Dupont und Dupond, wie ich sie liebevoll nannte, gehörten zu der Sorte Araber, die man zu Pariser Partys einlädt, um auf Diversität zu machen, denn sie sind schwul, elegant und hip. Als ich ihnen meine Masche präsentierte, schauten sie mich mit verzückten Augen an. Der eine sagte: »Zu schön!«, der andere: »Zu cool!« Sie kannten viele Leute und hatten daher keine Mühe, meine Adressbücher an Dealer zu verkloppen, vermutlich mit einer Wahnsinns-marge, aber das war mir egal – was für mich zählte, war eine vertrauensvolle und langfristige Zusammenarbeit, und die hatten wir. Ich wusste zudem, dass sie alles taten, damit nichts bis zu ihnen zurückverfolgbar war; erst recht nicht bis zu mir.

Um mein Geld zu waschen, zog ich zunächst mit Diou-lou ein Geschäft auf, dem malischen Familienvater auf meinem Stock (zweite Tür links von den Toiletten), den ich bar auf die Kralle bezahlte.

Wenn der Immigrant ausschließlich als Schadenspoten-zial wahrgenommen wird, dann weil man ihn so darstellt, als sei er für die aufnehmende Bevölkerung hauptsächlich eine Belastung. Dioulou und ich haben ein System der perfekten Osmose, der Geschwisterlichkeit entwickelt, das Modellcharakter haben sollte, da es beiden Seiten erlaubt, einander zu helfen und reich zu werden.

Haben Sie nie die Schwarzen bemerkt, die in dreimal zu großen Anoraks, morschen Turnschuhen ohne Socken und mit Thermowürfeln auf dem Rücken kreuz und quer durch Paris radeln? Das sind Sans-Papiers, und das an ihrem Lenker befestigte Handy ist nicht ihr eigenes. Jemand bestellt Hamburger und Fritten und zahlt die Lieferung per Handy an die Plattform, die mir als offizieller Inhaberin des Kurierjobs meinen Anteil aufs Konto überweist. Ich wiederum zahle, was ich wöchentlich ganz legal verdiene, Dioulou in bar aus, und zwar centgenau. Ihn freut das, denn er hat einen Job und ein Einkommen, ohne unbedingt die dazugehörige Aufenthaltsgenehmigung zu haben, und mir erlaubt es, mein Geld zu waschen.

Da ich hyperkorrekt war und für die Benutzung meines Kontos keine Gebühr nahm, gab es nach Dioulou bei Uber Eats noch seine Cousins Dembelé und Diara bei Deliveroo. Später, als es mit den Kontrollen losging, wechselten sie alle zu Stuart. Dann bekam Dioulou seine Papiere und ging zu Uber, und ich kaufte ihm ein Auto, das ich ihm vermietete. Ich war das, was sich »Micro-Entrepreneur« nennt, eine behinderte Kleinstunternehmerin, die richtig viel schuftete. Die drei Online-Konten besaß, zwei Fahrräder und einen Wagen, rund um die Uhr von Maliern betrieben.

Ich hatte nie Schuldgefühle, weil ich mit so einem Geschäft Kohle mache. Zum einen konnte ich mit meinen 1320,92 Euro netto, die ich vom Ministerium bezog, bei 900 Euro Miete für meine zwölf Quadratmeter nicht zurande kommen, nicht zuletzt wegen der Taxis, die zu nehmen ich gezwungen war, um mich in dieser verfickten, kein Stück barrierefreien Stadt fortzubewegen, und wegen der Privatschule, an der ich meine Tochter angemeldet hatte, damit sie nicht einen Haufen Sozialfälle mitschleifen musste. Zum anderen, weil ich mich nach einem ermüdenden Tag, wenn Juliette schlief, bei schönem Wetter gern mit einem Joint auf unseren kleinen Balkon setzte, um für einen Moment meine Rückenschmerzen zu vergessen, ohne dass mir jemand deswegen Stress machte.

Den Kritikern von rechts, die mir vorwerfen würden, dass ich das freie Spiel der Marktkräfte verfälsche, oder mir verbieten wollten, so zu leben, wie ich lebe, den freundlichen Leuten von links, die zu meinem Besten versucht wären, mir die Leviten zu lesen oder mich mit schwachsinnigen Präventionsbotschaften zu traktieren, würde ich Folgendes antworten: Wenn es bei einem Vergehen kein Opfer gibt, wenn weder Leib noch Hab und Gut oder die Rechte eines anderen in Gefahr sind, geht es einzig und allein darum, *die Ordnung* zu schützen, und *die Ordnung* geht mir schon lange am Arsch vorbei. Und soweit ich weiß, habe nicht ich diesen scheiß Status des Micro-Entrepreneurs erschaffen. Und man komme mir in Sachen Drogen bloß nicht mit Volksgesundheit angesichts dessen, was wir tagtäglich essen und einatmen.

Wie alle anderen hatte ich Träume: eine hübsche Wohnung für uns zwei mit Balkon und vor allem einem Aufzug, denn sich als Behinderte sechs Etagen hochzuquälen ist ein wahrer Kreuzweg. Ich könnte doch im Erdgeschoss wohnen, werden Sie sagen … Als Juliette geboren wurde, habe ich das auch, ich tauschte meine Dienstmädchenkammer gegen die düstere Hausmeisterloge, aber sobald sie alt genug zum Treppensteigen war, zogen wir wieder nach oben.

In meiner Kindheit hat nur Amerika den Horizont vor meinen Augen begrenzt, deshalb ist es mir unmöglich, ohne Aussicht zu leben, mit einem Fenster, das am nächsten Gebäude klebt. Von meiner winzigen Wohnung aus konnten wir, wenn wir uns auf unseren klitzekleinen Balkon stellten und ein bisschen den Hals verrenkten, die Seine sehen. Und seit der Hauptstadthimmel wegen des Fischsterbens von Möwen bevölkert war, die von wer weiß woher kamen, erfüllte es seinen Zweck. Woandershin ziehen, sei es auch in ein billigeres Arrondissement – ausgeschlossen. Schlicht und einfach, weil das Zentrum konzentriert und die Peripherie zerstreut: Vor unserer Haustür gab es alles, was es an Grundlegendem braucht, wenn man nicht gut zu Fuß ist.

Ich hatte noch einen anderen Traum: das besonders schicke und leichte japanische Exoskelett aus Titan, das ich mittlerweile trage und das ich seinerzeit auf Instagram entdeckt hatte. Es hat mich eine Stange Geld gekostet und ich musste mehrere Hin- und Rückflüge machen, um es anpassen zu lassen, und meine Bewegungen koordinieren lernen. Zum Glück hatte mir die Betreuung von Tante Yvonne eine kleine Anschubfinanzierung verschafft, andernfalls hätte ich reichlich Adressverzeichnisse verkaufen müssen, um mir so ein Teil zu leisten. Dank dieser Vorrichtung kann ich Juliette endlich begleiten, statt an meine Krücken geklammert zuzuschauen, wie sie sich entfernt, und dabei so zu tun, als machte es mir nichts aus.

Dieses Geschäft ist das einzige Geheimnis, das ich je vor Hildegarde hatte. Gut, sie ist nicht blöd, sie hat die überall verstreuten CD-ROMs sehr wohl gesehen, wenn sie mal überraschend aufkreuzte oder mir Juliette zurückbrachte. Sie hat immer gespürt, dass irgendwas Unkoscheres vor sich ging. Manchmal klaubte sie sogar eine CD vom

Boden auf und quetschte mich aus, aber angesichts der Zurückhaltung, mit der sie ihre Verhöre führte, habe ich immer angenommen, dass sie mich gar nicht überführen, sondern lediglich sichergehen wollte, dass im Ernstfall meine Märchen hieb- und stichfest waren.

Nicht dass ich Angst hatte, sie könnte mich verurteilen, weit gefehlt. Wenn ich ihr damals nichts von den Drogen erzählt habe, dann nur aus Furcht, sie könnte mir Druck machen, damit ich das Geld, das ich mühselig Cent für Cent auf die hohe Kante zu legen schaffte, ihrem Verein überließ. Ich wollte es ihr einfach nicht abschlagen müssen. Denn in ihrem Leben hat nie etwas anderes Platz gehabt als ihr Engagement für den Tierschutz, und da ihr wegen ihrer Krankheit die Zeit davonläuft, vergeudet sie sie nicht mit Zaudern. Mit anderen Worten: Wenn Hildegarde etwas will, kann sie sehr nervig werden.

Aber mit einem Mal drohte ein Ereignis – wie soll ich es ausdrücken – meinen Alltag zu versauen und sogar meine Projekte zu gefährden. Der neue Justizpalast, von dem alle gedacht hatten, er würde es nie an die Erdoberfläche schaffen, war wider Erwarten gerade eingeweiht worden, und der sogenannte historische Umzug der Île de la Cité und sechs weiterer Standorte nach Batignolles mit eintausenddreihundert Lastern und hunderttausend Kartons hatte begonnen. Im alten Justizpalast, wo ich arbeitete, war als erste Phase eine Art Austrudeln der richterlichen Tätigkeit geplant. Dann im zweiten Schritt eine Phase, in der die Tätigkeit in Batignolles binnen vierzehn Tagen sukzessive auf dreißig Prozent erhöht werden sollte, gefolgt von einer dritten Phase, in der die Tätigkeit zu hundert Prozent wieder aufgenommen und gleichzeitig die Trennung in zwei Standorte besiegelt würde: das Tribunal de Grande Instance de Paris am Arsch der Welt an der Porte de Clichy und das Berufungsgericht im Zentrum von Paris.

Es hieß, für die Staatsanwaltschaften würde durch die Zusammenlegung von Militärstraftaten, Cyberkriminalität und Terrorismus einerseits mit dem organisierten Verbrechen und der Finanzkriminalität andererseits der Staatsschutz wie auch der Kampf gegen Geldwäsche völlig umgekrempelt. Meine Reprografieabteilung auf der Île de la Cité fusionierte also mit der vom Finanztrakt am Boulevard des Italiens, und Hildegarde und ich würden endlich zusammenarbeiten. Das alles versprach großartig zu werden, effizient und so weiter und so fort, bloß dass dieses babylonische Gebäude nur mit der elenden Linie 13 erreichbar war, wo jetzt schon Anschieber in orangefarbenen Westen die Fahrgäste hineinpressten, obwohl der Justizpalast noch gar nicht eröffnet war. Mit zusätzlichen fünfzehntausend Personen jeden Morgen war das schlicht undenkbar für mich, die ich mich schon zu normalen Zeiten in der Métro kaum aufrecht halten konnte.

Nach mehreren tastenden Versuchen, die um ein Haar in einem Drama geendet hätten, fand ich schließlich eine Verbindung. Ich nahm die Métro gegenüber meinem Haus bis zur Starthaltestelle der Buslinie 74 an der Rue de Rivoli, und nachdem ich mir mit meinem Schwerbehindertenausweis den Sonderplatz neben dem Fahrer erobert hatte, verbrachte ich über anderthalb Stunden im Kampf mit den Staus. Irgendwann am Ziel, schaffte ich es an der Porte de Clichy leidlich nach draußen, ohne zu stürzen. Dort humpelte ich die 300 Meter, die mich vom Gericht trennten, mühsam durch die Stolperfallen einer grauenhaften Baustelle. Nassgeschwitzt und erschöpft kam ich an. Am Abend, wenn der Verkehr sich beruhigt hatte, nahm ich völlig erschlagen ein Uber nach Hause. Ich konnte meiner Tochter nicht mehr bei den Hausaufgaben helfen, und zum Glück holte Hildegardes Mutter sie von der Schule ab und hütete sie, sonst weiß ich nicht, was ich getan hätte.

Auf diese Weise hielt ich die zwei Wochen bis zur dritten Umzugsphase durch, mit zusammengebissenen Zähnen und kleine Bemerkungen einsteckend, weil ich unabhängig davon, wann ich aufbrach, systematisch zu spät kam. Und dann reichte es mir eines Morgens und ich nahm die Métro, wobei ich mir sagte, dass die kompakte Menge mich schon aufrecht halten würde. Aber als sich an der Porte de Clichy die Türen öffneten, riss mich der Strom der aussteigenden Menschen so gewaltsam mit, dass eins meiner Beine samt Rüstung sich zwischen Trittbrett und Bahnsteig verklemmte, und hätte nicht jemand die Geistesgegenwart besessen, die Notbremse zu ziehen, hätte der Zug es mir im Losfahren abgerissen.

Ich traf zitternd bei der Arbeit ein und fing an zu heulen, ohne wieder aufhören zu können. Hildegarde rief meinen Chef, der mich für einen Monat krankschreiben ließ.

Bei dieser Gelegenheit fuhr ich zum Geburtstag meines Vater, und was dann kam, wissen Sie ja schon.

Iroise-See, 15. Juli 1870

Jules konnte es nicht fassen, dass er seinen Zielort erreicht hatte, so furchterregend war die Überfahrt gewesen.

Der Portier seines Hotels hatte am Vorabend eine Chasse-Marée-Lugger für ihn aufgetrieben, die nach Brest gekommen war, um Krustentiere zu liefern und während der Zeit bis zur nächsten Flut Fässer mit Alkohol zu verladen. Begeistert über diesen Ausflug, ging er bei Sonnenaufgang bestens gelaunt an Bord. Es versprach eine herrliche Überfahrt zu werden, das Meer war spiegelglatt und ein sanfter Wind deutete auf eine Ankunft ohne Zwischenfälle am späten Vormittag hin.

Sobald sie die Reede verlassen und Kurs auf die Insel genommen hatten, versuchte er mit den Matrosen ein Gespräch anzuknüpfen, aber beim Anblick der zahllosen Felsen, mit denen ihre Route übersät war, begriff er sehr schnell, dass diese deshalb die Zähne nicht auseinanderbrachten, weil sie unablässig die Wasseroberfläche im Visier behielten, um sich zwischen den im Takt der Dünung enthüllten Riffs einen Weg zu bahnen.

Man hatte ihn vorgewarnt, dass er ins Land der Schiffbrüche reiste, aber er hatte das als Seemannsgarn für Touristen abgetan, denen so preiswert das große Abenteuer-Erlebnis angeboten werden konnte. Leider hatte man ihn nicht belogen: Er wähnte sich auf einer zerbrechlichen Nussschale, die nur darauf wartete, an einem der unzähligen aus dem Wasser stechenden Felsen zu zerschellen.

Also schwieg er und ließ sich von der Großartigkeit dieser ebenso schönen wie unwirtlichen Landschaft ergreifen.

Das Schiff fuhr die Küste der Insel entlang, deren Felswände so freundlich wirkten wie eine Herde Dickhäuter kurz vor dem Angriff, umschiffte dann die Spitze, um in eine vor Wind und Strömung geschützte Bucht einzulaufen, wo es Anker warf. Die Matrosen ließen ein Ruderboot zu Wasser, und zwischen Alkoholfässern stehend erreichte Jules wieder festen Boden.

Nachdem er an einer verlassenen Mole ausgestiegen war, steuerte er zu Fuß die Dorfmitte an. Er begegnete keiner lebenden Seele bis auf ein paar neugierige ausgehungerte schwarze Schafe, die ihm träge Platz machten, als er vorüberging.

Von der Kirche läutete es zum Ende der Messe.

Die Türen öffneten sich weit, und mit einem Mal war der eben noch verwaiste Platz mit Frauen überflutet.

Hunderten.

Frauen überall. Frauen, wie er sie noch nie gesehen hatte: groß, das Haar im Nacken ausrasiert, mager und dunkel, mit von der Sonne gemeißelten Gesichtern. Alle trugen die gleiche schwarze Tracht, so wie die Frauen, die er in Korsika erlebt hatte, nur dass bei diesen hier die Röcke knapp über dem Knie endeten. Während die Älteren sich in endlosen schwarzen Kolonnen in alle Winkel der Insel verstreuten, scharten sich die Jüngeren um diesen Mann mit dem flammenden Schnurrbart und Haarschopf, der wie durch ein Wunder in der Mitte ihres Marktfleckens aufgetaucht war. Alle lächelten ihm unmissverständlich zu und legten in ihr Augenzwinkern und ihre Gesten die wissende Erfahrung der schamlosesten Dirnen. Bis auf ein paar Greise und kleine Kinder kein einziger Mann weit und breit. Ein Garten Eden, gänzlich bevölkert von schönen, aufreizenden Bäuerinnen mit kräftigem Geruch und zerzaustem Haar unter der kleinen weißen Haube.

Es war eine raue Überfahrt gewesen, aber Jules de Brassac war im Paradies gelandet.

Überwältigt ließ er sich von einem Trupp vergnügter junger Mädchen zu einer Schenke namens *Le Kastel* ziehen, wo bereits die virile Atmosphäre einer Wachstube herrschte. Familienmütter, junge Mädchen und alte Weiber verleibten sich gläserweise Alkohol ein, während sie einander von Tisch zu Tisch in einem unverständlichen Kauderwelsch fröhlich beschimpften. Die Matrone hinter dem Tresen rief ihn kameradschaftlich an und servierte ihm ein Glas mit einer ätzenden Flüssigkeit, die er die bedauerliche Idee hatte in einem Zug hinunterzustürzen. Sie schenkte gleich wieder nach und schlug ihm dabei energisch auf die Schulter, damit das Zeug besser rutschte. »Trinken Sie, schöner Reisender, die Gläser dürfen hier nicht voll bleiben«, sagte sie auf Französisch.

Alle Blicke im Raum waren auf ihn gerichtet.

Mit der belegten Stimme betrunkener Frauen brüllten die Älteren, wobei sie die Jüngeren mit den Ellbogen anstießen: *Krog pa gavi … Krog pa gavi …* Alle krümmten sich vor Lachen, die Münder in ihren Gläsern verborgen.

Er hatte gerade sein zweites geleert, als krachend ein hünenhafter Mann Einzug hielt, der unmittelbar einer Bauernlegende entsprungen schien. Er erkannte in ihm den Pfarrer, denn er trug noch sein Messgewand. Der aufgebrachte Mann beschimpfte Jules' junge Eskorte auf

Bretonisch und packte den Letzteren mit Macht, um ihn aus der Schenke und zum Pfarrhaus zu bugsieren.

»Es ist nicht gesund für einen Mann, ohne Begleitung hier herumzulaufen«, knurrte er mit dunkler Stimme.

»Himmel, was für ein Ort! Ich habe dergleichen noch nicht gesehen, und ich bin weiß Gott viel herumgekommen«, sagte Jules mit einem strahlenden Lächeln auf den Lippen. »Sie sagen alle das Gleiche … *Krogpagavi* … Ist das der Name, den sie mir gegeben haben?«

»*Krog pa gavi, ne vezo ket peh a ini: Greif zu, wenn du kannst, es gibt nicht für jede einen.* Sie haben sicher schon verstanden, dass Männer hier eine seltene Ware sind. Sie wecken Begehrlichkeiten und sorgen unter den Mädchen für viel Zank.« Er machte eine Pause und sah seinem Gesprächspartner eindringlich in die Augen. »Das wollen wir doch nicht, oder?«

Während sie durchs Städtchen gingen und sich unterhielten, folgte ihnen ein Schwarm Mädchen in respektvollem Abstand, außer Reichweite der ausladenden Gesten, mit denen der Pfarrer sie zu verscheuchen suchte, wie man es bei Fliegen tut. Sie begleiteten die beiden Männer bis zur Schwelle des Pfarrhauses und warteten draußen auf Jules.

Mit schweren Bewegungen und Händen wie Pratzen zog der Kirchenmann Messgewand und Stola aus und faltete sie sorgsam, während sein Besucher ihm den Grund für seine Anwesenheit auf der Insel darlegte.

»Da hat man Sie schlecht beraten, Monsieur: Männer gibt es hier keine. Kaum den Kinderschuhen entwachsen, heuern sie auf Handelsschiffen oder bei der Marine an und kommen nur zweimal im Jahr hierher zurück.«

»Seien Sie versichert, dass ich kein Rosstäuscher bin. Ich habe ein direktes Mandat seitens meiner Schwiegerfamilie, höchst ehrbare Leute. Sie suchen einen Einsteher für ihren jungen Sohn, der ein schlechtes Los gezogen hat.«

»Wie viel ist der Vater aufzuwenden bereit?«

»Casimir de Rigny hat 8000 Franc vorgesehen. Die Hälfte bei Unterschrift bei einem Notar in Brest, der Rest ein Jahr und einen Tag nach dem Datum der Einberufung in die Armee. Ich übernehme die Bahnreise nach Paris sowie Tabak und Ausstaffierung, plus fünfzig Franc für Ihren Opferstock.«

»Ich will hundert!«

»Meinetwegen auch hundert, wenn Sie einen Hübschen für mich auftreiben.«

»Einen Hübschen, einen Hübschen … Vielleicht kann ich ihn für Sie hübsch machen, ja … Mal sehen. Wann reisen Sie ab?«

»Morgen früh wäre perfekt. Heute haben wir den 15., am 17. morgens muss ich unter allen Umständen wieder in Paris sein, mit oder ohne Mann.«

»Oh nein, so läuft das hier nicht! Entweder Sie besteigen bei Flut wieder die Lugger, oder Sie weilen eine Woche unter uns – bei schlechtem Wetter auch länger.«

»Ach«, machte Jules bedauernd, der sich bereits zügellose Bilder ausgemalt hatte, wie all die schönen Bäuerinnen vor seiner Tür Schlange standen. Er seufzte. »Ich habe zugesagt, vor dem Musterungstermin meines Schwagers zu Hause zu sein. Ich bin daher zur Abreise gezwungen.«

»Ich habe da einen Tangfischer, der soeben sein Boot verloren hat … Vielleicht ist er einverstanden damit, sich zu verkaufen. Ich gehe ihn sauber schrubben, um ihn Ihnen vorzuführen.«

Dann bahnte sich der Pfarrer in seiner ganzen Hünenhaftigkeit einen Weg durch die Mädchen, indem er sie buchstäblich mit Ohrfeigen auseinandertrieb, und geleitete Jules bis zum Eingang einer kleinen Pension gleich gegenüber dem Pfarrhaus.

»Ich spute mich, aber ich bitte Sie nachdrücklich, bis zu meiner Rückkehr nicht auszugehen.«

Der Ort, wo er auf seinen Mann warten sollte, war erstaunlich eingerichtet. Dort türmte sich alles, was die Handelsmatrosen dieser Familie von ihren Reisen mitgebracht hatten – nicht nach dem Gesichtspunkt, was hübsch zusammenpasste, sondern einzig, was sich noch unterbringen ließ. Über dem Kamin fraternisierte ein sechs Fuß hoher venezianischer Spiegel mit zwei Teeservicen aus Porzellan und einer Sammlung entzückender Netsukes, wie man sie bei einem kundigen Japonismus-Händler im Palais-Royal finden mochte. Als Jules dem Pfarrer seine Verwunderung ausdrückte, sagte dieser matt:

»Chinoiserien … Derzeit bringen sie alle Chinoiserien mit … Und Palmen. Die Gärten der Insel sind voll mit bedrückenden Palmen. Jeder will seine eigene haben. Sie akklimatisieren sich ganz und gar nicht an den Wind und die salzige Luft, aber sterben tun sie dennoch nicht. Jahreszeit um Jahreszeit ringen sie mit dem Tod. Trotzdem bringen die Leute weiter welche mit, um sie hier krepieren zu lassen. Ich bin gebürtig von der Île Bourbon, wissen Sie, und die Palmen dort sind etwas ganz anderes«, sagte der Kirchenmann traurig.

Welch sonderbare Verdammung!, sinnierte Jules, während er ihm nachsah, wie er davonging. Was mag der arme Kerl verbrochen haben, dass man ihn so fern von daheim ins Exil geschickt hat, in diesen wasserumtosten und windgepeitschten Harem?

Man servierte ihm ein hervorragendes Mahl auf Hummerbasis, und es waren kaum zwei Stunden vergangen, da tauchte der Pfarrer mit einem Mann auf, der mit äußerster Sorgfalt zurechtgemacht war, schön gekämmt, glattrasiert und herausgeputzt in seinem Sonntagsstaat.

So wie dieser einstige Bewohner des Indischen Ozeans den Tangfischer im besten Licht präsentierte, ihn routiniert den Mund öffnen ließ zwecks Überprüfung der Zähne, ihn von einem Fuß auf den anderen hüpfen ließ zwecks Zurschaustellung seiner beweglichen Gliedmaßen, fiel Jules unwillkürlich auf, dass er ganz in seinem Element war, wenn es um die Vorführung menschlicher Handelsware ging.

»Breval Botquelen, vierundzwanzig Jahre. Sein Boot ist auf Grund gelaufen, und die Familie des Mädchens, in das er verliebt ist, will ihn nicht zum Schwiegersohn, weil er zu arm ist. Er hat mir gesagt, er ist einverstanden, anstelle Ihres Schwagers zum angebotenen Preis Wehrdienst zu leisten.«

Als der arme Teufel seinen Namen hörte, deutete er ein schüchternes Lächeln an, um sich für seinen Käufer liebenswürdig zu machen.

»Er wirkt kerngesund.« Dann, näher heranrückend: »Er glänzt sogar.«

»Sie wollten, dass er hübsch ist; ich habe ihn mit Palmöl eingeschmiert.«

»Gut, er gefällt mir, ich nehme ihn.«

Der Kirchenmann übersetzte die Modalitäten des Handels für Botquelen ins Bretonische, der abwesend zustimmte, wobei er in Mundart eine Einzelheit hinzufügte, die für ihn ausschlaggebend zu sein schien.

»Er wünscht, dass in der notariellen Urkunde, die Sie in Brest aufsetzen lassen, steht, dass die bei Unterschrift fällige Hälfte des Preises an Corentine Malgorn ausgezahlt wird, das Mädchen, das um seine Hand angehalten hat. Ich soll Ihnen sagen, dass er jetzt von ihr Abschied nimmt und bei Abfahrt des Bootes zu Ihnen stößt.«

»Habe ich richtig gehört: *das Mädchen, das um seine Hand angehalten hat …*«

Der Pfarrer seufzte fatalistisch. »Nun ja, auch das tun sie!«

Gegen 17 Uhr war Jules wieder an Bord der Lugger und schaute zu, wie die Insel sich entfernte. Er sah sich wie einen dieser Forscher in den Romanen von Jules Verne, die er so liebte. Diese Reisenden, die man für verrückt hielt, wenn sie nach ihrer Heimkehr zu erzählen versuchten, was sie bei ihren extravaganten Abenteuern erlebt hatten.

Eine Insel, wo die Frauen um die Hand der Männer anhalten; wer würde so etwas glauben? Er schwor sich, eines Tages in dieses Schlaraffenland zurückzukehren oder zumindest seine Abenteuer aufzuschreiben und an ein Pariser Käseblatt zu verkaufen. Er hatte keine Angst mehr vor einem Schiffbruch. Er fühlte sich in lyrischer Stimmung in dieser grandiosen Szenerie, durch deren Gefahren ihn kundige Seeleute hindurchmanövrierten. Er betrachtete den schönen 5 Fuß 6 Zoll, den er seiner Familie mitbrachte, und beglückwünschte sich, der Armee einen so stattlichen Rekruten zu schenken. Zum Glück gab es das Volk, das in seinem Schoß die uralte Kraft und Stärke der französischen Rasse bewahrte, denn müsste man sich auf die Bourgeoisie verlassen, die nur noch schwächliche Sprösslinge wie seinen Schwager Auguste hervorbrachte, könnte man diesen verdammten Krieg gegen Preußen nicht annähernd gewinnen.

Was Breval anbetraf, der hatte noch nie einen Fuß auf den Kontinent gesetzt und keine Vorstellung davon, wie diese Welt aussehen mochte; sei es nun Paris oder der Mond … Er beschloss, sich in seinem Sonntagsanzug in einen Winkel des Bootes zu setzen und in der Erinnerung an die süße Hitze von Corentines Körper zu schwelgen, Corentine, mit der er sich eben zum ersten Mal geliebt hatte.

Ich brauchte nicht lange, um eine sehr viel plausiblere Erklärung für die Herkunft meines Namens zu finden als die, die man mir vorgesetzt hatte. Es ging los mit einer ganz dummen Frage: Wenn Augustes Personenstandsakte kein Sterbedatum aufführte und er 1869, also ein Jahr vor der Kriegserklärung an Preußen, zwanzig Jahre alt war, dann vielleicht einfach deshalb, weil er an die Front gegangen und dort umgekommen war ... Die Männer trugen damals keine Erkennungsmarken, und wenn sie getötet wurden und man ihre Leiche fand, wurden sie flüchtig durchsucht, ob sie Papiere bei sich trugen, anhand deren man sie hätte identifizieren können, dann warf man sie zusammen mit denen vom gegnerischen Lager in eine Grube, um Krankheiten vorzubeugen.

Weil ich zumindest die Geschichte des Regiments erfahren wollte, in das er eingezogen worden war, um mir so ein Bild von seinen letzten Stunden zu machen, fing ich an zu wühlen.

Ich musste mich nicht mal von zu Hause wegbewegen, denn die Einberufungsregister des Départements Seine-et-Oise – er stammte ja aus Saint-Germain-en-Laye – sind mit den dazugehörigen Wehrstammkarten ab 1867 für Fans der Ahnenforschung im Internet abrufbar. Und wissen Sie, was ich unter dem Namen de Rigny gefunden habe? Na raten Sie mal ...

Auguste, ein großes mageres Elend von 1,77 Metern, blonde Haare, braune Augen, gerade Nase, breite Stirn und ovales Gesicht, hatte am 18. Januar 1870 am Losverfahren teilgenommen und wurde am 18. Juli, also am Tag vor der Kriegserklärung Frankreichs an Preußen, ins 28. Linienregiment eingezogen. Und dann in der Rubrik *Entscheidung der Kommission und Begründung*, unterhalb seiner Personenstandsdaten und Körperbeschreibung, stand die folgende Bemerkung: *ersetzt durch Herrn Breval Botquelen, geboren am 14. August 1845, Tangfischer, gemäß notariellem Vertrag vom 16. Juli 1870, geschlossen vor Maître Hippolyte Marie de Kersauzon de Pennendreff, Notar zu Brest.*

Da war es, das passende Puzzleteil!

Breval Botquelen.

Ein echter Name von daheim, aus der Zeit aufgetaucht, wie ein wasserdurchtränktes Stück Holz eines Tages aus den Tiefen aufsteigt.

Einst hatte ich für meine Doktorarbeit den Roman *Sébastien Roch* von Octave Mirbeau untersucht, und ich fühlte mich unmittelbar daran erinnert:

Heute habe ich, wie man zu sagen pflegt, das Los gezogen, das Schicksal war mir nicht günstig. Ich habe die Nummer fünf erhalten. (…) Mein Vater hat mir also einen Ersatzmann gekauft. Nie werde ich das Gesicht dieses Menschenhändlers vergessen, dieses Krämers in menschlichem Fleisch, als mein Vater und er die Loskaufung in einer kleinen Kammer des Rathauses abmachten. (…) Sie feilschten lange zusammen, Franc um Franc, Sous um Sous, wurden erregt, beschimpften sich, ganz als ob es sich um ein Stück Vieh gehandelt hätte und nicht um einen Mann, den ich nicht einmal kenne, den ich aber lieb habe, um einen armen Teufel, der für mich dulden muss, der vielleicht für mich getötet werden wird, weil er kein Geld hat. Zwanzigmal war ich auf dem Punkt, diesem ekligen, quälenden Feilschen Halt zu gebieten und auszurufen: »Ich werde selbst ausrücken!« Aber eine Regung der Feigheit hielt mich zurück. In einem plötzlichen Lichtstrahl erblickte ich das Dasein der Kasernen, die Roheit der Vorgesetzten, die barbarische Tyrannei der Disziplin, diesen Niedergang des Menschen, der zum Stand eines gepeitschten Tieres herabgedrückt wird. Beschämt über mich ließ ich den Vater und den Sklavenhändler diese Niedertracht weiter aushandeln.

Ich schrieb sofort ans Notariatsarchiv des Départements, um mir eine Kopie der Kaufurkunde vom 16. Juli 1870 zu besorgen, auf die die Wehrstammkarte Bezug nahm.

Bei meiner Rückkehr aus der Bretagne, während meiner Krankschreibung, begnügte ich mich nicht damit, mich in historische Recherchen zu meiner Familie zu stürzen, darüber hinaus tat ich etwas Gutes.

Ich sage es klipp und klar: *Ich tat etwas Gutes!*

Um meine Arbeitsunfähigkeitsbescheinigung abzugeben und Hildegarde ein paar Anweisungen zu erteilen, damit sie mich während meiner Abwesenheit vertrat, nahm ich noch einmal den Weg zu diesem verfluchten neuen Justizpalast auf mich. Ich nutzte die Gelegenheit und griff mir ein paar CD-ROMs von der Drogenfahndung – ich wollte nicht untätig rumsitzen müssen – und dazu die Akte *Oilofina/de Rigny*, auf die ich neuerdings, ohne meine Freundin bemühen zu müssen, Zugriff hatte, seit die Datenbanken der Abteilung Finanzkriminalität mit unseren zusammengelegt worden waren. Ich tat das einfach so, aus Neugier, ohne Hintergedanken. Am Abend, als Juliette im Bett war, setzte ich mich mit meinem Laptop auf den Knien ins Bett. Ich schob die CD ins Laufwerk, anfänglich mit der Idee, vor dem Einschlafen noch einen guten Abenteuerroman zu lesen.

Anfang 2013 bekam Cousin Philippe Wind von 30000 lagernden Tonnen Kohlenwasserstoff aus einer missglückten Rohölraffination. Weil es zu viel Schwefel enthielt, war dieses *Naphtha* – so die Bezeichnung für das Destillat – auf dem Markt nicht absetzbar, außer man hätte es ein weiteres Mal aufbereitet. Es verstopfte die Tanks eines Ölhafens in den USA, und sein Besitzer wollte es zu einem konkurrenzlos günstigen Preis loswerden. Das weckte im Oilofina-Chef Erfindungsgeist und Dreistigkeit, er fand, er könnte dieses mangelhafte Naphtha kaufen und selbst für die Weiterverarbeitung zu Diesel mittelmäßiger Qualität sorgen, um es an die Afrikaner weiterzuverticken und sich nebenbei ein paar Scheinchen zu verdienen. Die in Europa vermarkteten Kraftstoffe dürfen wegen der Umweltschutzstandards eine bestimmte Schwefelkonzentration nicht überschreiten, aber in Afrika ist das anders, die Wracks, mit denen die Leute da herumkurven, werden mit Diesel betrieben, dessen Schwefelanteil ums Fünfhundertfache über der Abgasnorm liegt und der von Tradern als *afrikanische Qualität* bezeichnet wird. Jedes Jahr sterben Millionen an durch Schwefeldioxid verursachten Atemwegserkrankungen, aber niemand schert sich darum und Trader wie de Rigny zahlen Schmiergelder an die Regierungen, damit der Standard oder vielmehr das Fehlen von Standards so bleibt.

Damit beginnt die Odyssee.

Drei Hauptfiguren in dieser Geschichte: Der Cousin selbstverständlich mit seinem ererbten Geschäftssinn. Ein dubioser russischer Schiffskapitän, ein Kohlentrimmer des Globalisierungszeitalters, der es gewohnt ist, seine Weisungen per Satellitentelefon zu erhalten, ohne seine Arbeitgeber je kennenzulernen. Und natürlich Afrika. Afrika, das reimt sich auf Knete, Korruption, zur Rechenschaft gezogene Unterlinge, Straflosigkeit, Staatsstreich … fette Tortenstücke.

Philippe de Rignys Metier ist Erdöltrading und nicht Raffination, aber das tut nichts zur Sache, denn es gibt nichts, worauf ein de Rigny sich nicht versteht. Er beschließt also, sein Naphtha selbst zu entschwefeln, indem er es dem altertümlichen und umweltschädlichen Merox-Verfahren unterzieht, das darin besteht, es mit Natronlauge auszuwaschen. Man gibt das Naphtha und das Natron in einen offenen Tank, und vierundzwanzig Stunden später schwimmt an der Oberfläche mieser Diesel, während der Schwefel, verbunden mit dem Natron und dem Sauerstoff, sich am Boden des Tanks absetzt. Dieser Bodensatz ist ultragiftig und ätzend, er sieht aus wie dickflüssiger schwarzer Sirup, dem ein nach Tod stinkendes Gas entströmt: Methanthiol, das wir alle kennen, weil es dem Ferngas zugesetzt wird, um auf Lecks hinzuweisen. Der Cousin rechnete sich aus, wenn er seine 30 000 Tonnen Billig-Naphtha preisgünstig meroxiert und den so gewonnenen Diesel an die Afrikaner verkauft, kann er 7 Millionen Dollar einstreichen. Und um sich eine noch größere Marge zu verschaffen, beschließt er, die chemische Reaktion persönlich durchzuführen – und wo? – na wo wohl, auf hoher See, direkt auf einem Tanker, in internationalen Gewässern, wo niemand anrücken und Stress machen wird.

Zu diesem Zweck chartert er von einem Schrottplatz in Bangladesch eine schwimmende Ruine und wirbt eine Billig-Crew an, von deren Mitgliedern keine zwei dieselbe Sprache sprechen und niemand Fragen stellt. Der russische Kapitän hat Anweisung, einen Zwischenstopp in Europa einzulegen und 50 Kubikmeter flüssiges Natron zu laden, deklariert als Reinigungsmittel für die alten Schiffstanks. Der Kahn nimmt dann Kurs auf Afrika, hält aber eine Weile auf dem offenen Meer bei Gibraltar, wo mehrere andere Schiffe warten, die das Naphtha aus den USA abgeholt haben. Und hier, auf hoher See, *ship to ship*, wird die Mischung hergestellt, wobei morsche alte Fender dafür sorgen sollen, dass die Schiffsrümpfe nicht gegeneinanderschlagen. Das kann sich jeden Moment zu einer Umweltkatastrophe auswachsen, aber de Rigny ist das scheißegal; so was kommt eben vor, vor allem in internationalen Gewässern.

Um seine wilde Raffination persönlich zu überwachen, lässt er sich mit seinen knapp siebzig Jahren von einem Hubschrauber auf das Schiff abseilen, in seinen Armen 8 Kilogramm Kobaltkatalysator, der zum Auslösen der chemischen Reaktion dient. Dass er sich in seinem Alter so durch die Lüfte gondeln lässt, ist ein bemerkenswertes Detail, will man verstehen, wie viel Wonne ihm die Tatsache bereitet, live dabei zu sein, wenn sein Geld gemacht wird. Die Mischung zirkuliert von Tank zu Tank, und die

30 000 Tonnen Naphtha werden hübsch ausgewaschen, wobei der Schwefelgehalt so weit sinkt, dass ein sehr schlechter Diesel *afrikanischer Qualität* herauskommt.

Nach Abschluss der Operation fährt der Russe mit seinem Tanker weiter, um den Diesel, den de Rigny gerade telefonisch an Ghana und Nigeria verkauft hat, auszuliefern. Aber jetzt, wo das Schiff seinen Kohlenwasserstoff los ist, gilt es sich noch den ultratoxischen schwefeligen schwarzen Sirup vom Hals zu schaffen: den *Slop*. Das Problem ist, in Lagos, dem einzigen Hafen, der in der Lage ist, Raffinationsabfälle wiederaufzubereiten, will man das Zeug nicht – der Leiter des Ölhafens, Exmitarbeiter von Oilofina, kennt de Rigny offenbar zu gut, um es anzunehmen. In Ghana stellt man ihm eine Rechnung über 3 Millionen Euro in Aussicht, was dem Preis in Europa entspricht und de Rignys Marge zunichtemachen würde. Auf hoher See verklappen kann er seinen Slop auch nicht mehr, denn nun, da er schon den Fehler gemacht hat, ihn zur Wiederaufbereitung anzufragen, ist sein Giftmüll rückverfolgbar. Sollte man Oilofina wider Erwarten beim wilden Entsorgen von Ölrückständen erwischen, würde das in der kleinen Welt des Erdöls als unverzeihlicher Verstoß gegen den guten Geschmack angesehen.

Gott sei Dank gibt es ja noch die Françafrique. Dort hat de Rigny unerschütterliche Befürworter, an die er sich wendet, damit man ihn von seinem Dreck befreit.

Man ... politische Freunde, Leute im Außenministerium am Quai d'Orsay, wir werden es nie erfahren ... *Man* besorgt ihm in der Elfenbeinküste eine auf die Reinigung von Schiffsräumen spezialisierte Superfirma, die von einem total hirnlosen Unterling geführt wird und deren Aktionäre samt und sonders ultrakorrupte Leute vom Zoll oder der Hafenverwaltung sind. Nachdem er alle Einschlägigen bestochen hat, unterschreibt er einen Vertrag über eine Wiederaufbereitung seiner Abfälle *auf afrikanische Art* und zu einem lächerlichen Preis, ohne dass der Unterling ihn auch nur eine Sekunde zur Natur dieser Abfälle befragt. Der Geschäftsmann überträgt damit seine juristische Verantwortung auf den ehrbaren Unterling, und der Slop wird vom Schiff in eine Flottille rostiger Tanklaster gepumpt, die sich in alle Ecken der Stadt zerstreuen. Mit dem Gefühl der Befriedigung nach einer gut gemachten Arbeit kehrt de Rigny nach Hause zurück, und der Russe nimmt mit dem leeren Tanker wieder Kurs auf den Schrottplatz.

Dann passiert, was passieren musste: Der Slop wird so, wie er ist, auf die Mülldeponien von Abidjan gekippt. Der schwarze Sirup führt bei etlichen Menschen zu tödlichen Verätzungen, darunter Kinder, die den Abfall durchwühlen. Das Methanthiol wiederum vergiftet mehr als hunderttausend Anwohner schwer und löst eine Psychose aus, die mit der Zeit stark an einen Bürgerkrieg erinnert. Aber das ist nicht die Schuld von de Rigny, der nichts Illegales getan hat. Als daher *Transparency International* gegen ihn persönlich und gegen seine Firma Oilofina Anzeige wegen Bestechung ausländischer Amtsträger erstattet, um zu versuchen, die Streitsache dieser Umweltkatastrophe nach Frankreich zu holen und so zu verhindern, dass sie durch Schmiergeldzahlungen beigelegt wird, spricht Cousin Philippe von Ungerechtigkeit und Verfolgung.

Die Jahre vergehen, die NGO hat selbstverständlich Mühe, den Beweis für die Bestechung beizubringen, und das 2014 eingeleitete Verfahren zuckelt im Schnecken-tempo auf seine Einstellung zu. Und da man in der Françafrique ein sehr anpassungsfähiges Gedächtnis hat, nimmt de Rigny seine Ölgeschäfte mit der Elfenbeinküste getrost wieder auf.

Vor ein paar Monaten jedoch der Donnerschlag: Unsere afrikanischen Freunde sind plötzlich nachtragend gewor-den. Aus ungeklärten Gründen ist Oilofina in Ungnade gefallen und die aktuelle Regierung hat Sohn Pierre-Ale-xandre vom Rollfeld weg verhaften lassen, wo er, nach-dem er in Abidjan für Papa Verträge abgeschlossen hatte, gerade seinen Privatjet besteigen wollte. Und von der Anzahl alarmierender Briefe zu schließen, die der Letztere ans Außenministerium gerichtet hat, scheint es ihm im Maca-Gefängnis, wo er inhaftiert ist, nicht zu gefallen.

Statt mich abzulenken oder in den Schlaf zu wiegen, versetzte mich die Lektüre dieser Akte in äußerste Wut.

Wie kann man ostentativ an der Meinung festhalten, ein Teil der Menschheit sei nichts wert, weil er in einem armen und korrupten Land lebt? Das war für mich nicht hinnehmbar.

Zusätzlich empörte mich die massive Geringschätzung des Meeres. Für mich war das Meer nicht nichts. Meine ganze Kindheit über habe ich seinen Duft in mich auf-genommen, und wo immer ich auch bin, erfüllt er mich. Das Rauschen des Meeres, das unablässige Geräusch von Milliarden gegeneinanderrollender Kiesel, der Klang der Wellen, die gegen die Hafenmole schlagen, ich höre das alles bis heute im Schlaf. Das Meer und die darin lebenden Tiere – kein Mensch macht sich die Mühe, sie vor skrupel-losen Dreckskerlen wie de Rigny und seinem Sprössling zu beschützen. Wenn niemand diese Leute aufhält, werden sie sich das wenige, das noch herauszuholen ist, weiter einverleiben, bis alles verschwindet, während die Umweltschützer ohne jede Handhabe erfolglos darum kämpfen, zu retten, was zu retten ist.

Was mich schließlich am meisten aufbrachte, war Frust, meine Unfähigkeit zu verstehen, was diese Geschäftemacher dazu trieb, die Zukunft unserer Kinder zu zerstören, um noch mehr Geld zu verdienen, wo sie sich doch schon genug unter den Nagel gerissen hatten, um vierhundert Generationen lang davon zu leben. Welches Ziel verfolgten sie damit, das Leben derer zu versauen, die fast nichts hatten, und ihnen noch das letzte bisschen zu nehmen? Taten sie das zum Spaß? Um sich zu sagen, dass sie die Besten waren? Für die trunkene Ekstase, die Schmerz und Zerstörung bewirkten?

War es so eine Situation, die Jesus im Auge hatte, als er in einem grandiosen Anflug von Ironie, die man allerdings verkannte, sprach: *Denn wer da hat, dem wird gegeben werden, und er wird die Fülle haben; wer aber nicht hat, dem wird auch, was er hat, genommen werden*?

Die Antwort auf die Frage nach dem Motiv ging bestürzend ins Leere: Die de Rignys verfolgten mit ihrer Geldvermehrung keinerlei Ziel, die Akkumulation von Reichtum war für sie einfach nur ein Prozess. Nachdem im 19. Jahrhundert der Grundstein für ihr Vermögen gelegt war, wirkte die kapitalistische Dynamik wie ein Schneeball. Je größer ihr Reichtum, desto mehr Geld häuften sie an, wenn sie es über die Finanzmärkte vagabundieren ließen. Und die paar Extravaganzen, die sie sich von ihren Riesendividenden leisteten – die Yacht, der vom gerade angesagten Toparchitekten entworfene Familiensitz auf den Dingsbums-Inseln, die Klamotten, der Schmuck, die Gemälde und was weiß ich noch –, hinderten sie gewiss nicht daran, ihr Geld zu reinvestieren, um es weiter zu vermehren.

Es war eine Bewegung, die seit anderthalb Jahrhunderten aus sich selbst schöpfte und sich ihrem Wesen nach stetig verstärkte – bis sich in ihrem Räderwerk lästigerweise eine kleine Hinkekäferin festsetzte.

Die letzte Seite der Akte war erst vor zwei Tagen digitalisiert worden. Es handelte sich um einen Gnadenerlass des Justizministers zur Entlassung von Pierre-Alexandre, der nächste Woche aus dem Maca-Gefängnis freikommen sollte. Ich stellte mir die Anzahl an Mittelsleuten vor, die man hatte mobil machen, die Höhe der Zuwendungen, die man hatte versprechen müssen, um einen solchen Geheimbefehl zu erwirken!

Für mich lag auf der Hand, dass das aufhören musste. Ich zögerte keine Sekunde. Ich blieb bis zum Morgen wach, dann brachte ich meine Tochter in die Schule und fuhr zum alten Justizpalast, dessen Büros praktisch ausgestorben waren. Um nicht anhand meiner IP trackbar zu sein, nutzte ich einen noch angeschlossenen alten Terminal im Untersuchungstrakt und überschwemmte die Social-Media-Seiten afrikanischer Zeitungen mit diesem Dokument, ebenso die Mailpostfächer der Opferverbände, deren Adressen ich der Akte entnommen hatte.

Bisher war ich noch nie aus Frankreich rausgekommen, aber ich hatte immer gehört, wie mein Vater und seine Kumpel von der Handelsmarine über die verschiedenen Häfen sprachen, in denen sie während ihrer Laufbahn angelegt hatten, insbesondere über die in Afrika. Sie sagten alle das Gleiche: Egal wo, die Atmosphäre war immer dermaßen brenzlig, dass sie sich nie richtig sicher fühlten. Ein Ort mochte ganz ruhig sein, die Leute mochten still ihren Beschäftigungen nachgehen, und plötzlich zogen aufgrund eines aus dem Nichts aufgetauchten Gerüchts Horden zorniger Aufrührer durch die Straßen und drohten mit allen möglichen Waffen. Dass ständig eine Wahl bevorstand und die Kandidaten bereit waren, über die Medien ihre Gehässigkeiten zu verbreiten, war ein fruchtbarer Nährboden für Revolten. Wenn es dazu kam, war es nie gut, ein Weißer zu sein, der stets mehr oder weniger im Verdacht stand, ausschließlich zum Geldscheffeln dort zu sein.

Genau das war 2014 passiert, als der pestilenzartig stinkende Oilofina-Slop auf den Müllhalden der Stadt auftauchte. Ohne Vorwarnung, im Handumdrehen, weil das Unerträgliche einen Höhepunkt erreicht hatte, war eine hasserfüllte Menge zu den Villen des Umweltministers und des Hafenleiters von Abidjan geströmt, hatte die Leibwachen in die Flucht geschlagen, geplündert, was sie im Innern zusammenklauben konnten, und den Rest in Brand gesteckt. Als vier Jahre später in den sozialen Netzwerken ruchbar wurde, an welchem Datum und zu welcher Uhrzeit eine Delegation bestehend aus Philippe de Rigny in Begleitung eines Diplomaten vom Quai d'Orsay und des ivorischen Justizministers eintreffen würde, alle drei mit großem Pomp nach Maca entsandt, um Pierre-Alexandre zu befreien, hatte das die gleiche entzündliche Wirkung.

Das Gerücht von der Straflosigkeit der für die Umweltkatastrophe Verantwortlichen sprang von Mund zu Mund und schwoll an bis zum Aufruhr … Und das Gefängnis wurde gestürmt. Die wütende Menge holte Vater und Sohn de Rigny ganz hinten aus dem Büro des Direktors, wo sie sich in Sicherheit gebracht hatten. In wildem Tumult schleppten die Aufrührer sie auf die Straße, während der Typ vom Außenministerium sich in einer Zelle einschloss und Justizminister und Gefängnisdirektor sich aus dem Staub machten. Sie fielen mit Stöcken und Steinen über Cousin Philippe und seinen Spross her, dann übergossen sie ihre verstümmelten Körper mit Benzin und steckten sie an.

In Afrika gibt es für solche Blitzexekutionen einen Namen: *instant justice*. Es wirkt wie ein Gewitter, und dann plötzlich, wenn die Spannung gefallen ist, ist es vorbei und alle wenden sich wieder ihren Angelegenheiten zu. Im Quai d'Orsay sieht man es gewissermaßen analytischer; man murmelt etwas wie: »In der globalisierten Wirtschaft lässt sich auf beliebige Weise Geld verdienen, vorausgesetzt, man wahrt ein Mindestmaß an Form und Diskretion. De Rigny war dazu nicht imstande; das ist bedauerlich.«

Die Hinkekäferin verfolgte ihren Schmetterlingseffekt live auf Facebook, wahrscheinlich gefilmt von einem Adressaten ihrer Mail, dann klappte sie ihren Laptop zu und widmete sich wieder ihren Recherchen über Auguste de Rigny und seinen Einstandsmann Breval Botquelen, mit dem zufriedenen Gefühl, etwas Gutes getan zu haben.

Saint-Germain-en-Laye, 18. Juli 1870

»Kommt schon, Kinder, ich bitte euch … Könnten wir nicht ein einziges Mal die stillen Freuden der Familie genießen?«, sagte Casimir und klopfte mit seinem Messer gegen den Tellerrand. Dann hob er sein Glas. »Also dann … Auf Auguste!«

Ferdinand überging den Trinkspruch und fuhr fort, seinen Bruder zu quälen. »Was wolltest du am Ende, ihn in die Arme schließen? Sie hätten ihn sehen sollen mit seinem Einsteher, Vater, man hätte ihn für eine ledige Mutter halten können, der man ihr Kind entreißt, um es der Fürsorge zu übergeben. Du warst grotesk!«

»Auf den Sieg!«, schaltete sich Augustes Schwester Berthe schüchtern ein und hob ihrerseits das Glas.

Auguste presste sich die Hände an den Kopf, er vermochte seine Wut kaum zu zügeln. »Ich hätte gern die Zeit gehabt, ihm zu danken, stell dir vor. Als die unteren Dienstgrade der Musterungskommission ihn vorhin zur Unterschrift aufforderten, hat er von dem, was man ihm sagte, nicht ein Wort verstanden. Hättet ihr, du und Jules, mir einen Tag gegeben, einen jämmerlichen Tag, den Tag, der mir noch zustand, dann hätte ich telegrafiert und einen Bretonen nach Saint-Germain kommen lassen …«

»Du hättest *telegrafiert und einen Bretonen kommen lassen*«, wiederholte Ferdinand ironisch, jede Silbe einzeln betonend.

»Genau! Einen Bretonen. Damit er ihm seinen Einsatzbefehl übersetzt. Aber nein, man musste ihn ja nach zwanzig Stunden Zugfahrt schnurstracks ins Schlachthaus schicken wie ein gemeines Tier.«

Schwager Jules hielt dagegen: »Ein Tier, das erster Klasse gereist ist, wie ich klarstellen möchte. Ich musste ihn bei mir behalten, damit er Ihnen nicht gestohlen wird.«

Ferdinand verdrehte die Augen zum Himmel. »Brest-Paris erster Klasse für das Lumpengesindel, das ist wahrhaftig unerhört! Und obendrein soll man ihm auch noch danken? Man dankt doch niemandem, dem man 10 000 Franc schenkt!«

Casimir versuchte noch einmal, einen Toast auf seinen Sohn auszubringen. »Auf Auguste«, sagte er mit etwas weniger Überzeugung.

»Auf Frankreich!«, schrie Jules mit Freude im Herzen, weil er seiner Schwiegerfamilie völlig ungestraft 2000 Franc sowie die Finanzierung seiner Orgien stibitzt hatte. »In weniger als einer Woche ist Ihr Einstandsmann in Berlin, und wenn sein Dienst beendet ist, kann er ruhmumglänzt auf seine Insel zurückkehren, um mit seiner Liebsten in den Hafen der Ehe einzulaufen. Sie werden ihn sogar besuchen können und mit eigenen Augen sehen, wie glücklich er ist in seinem kleinen Paradies, das Seemannshemd mit Medaillen behängt.«

Berthe versuchte das Thema zu wechseln, ehe das Gespräch neuerlich entgleiste. »Erzählen Sie doch, lieber Freund … Was haben Sie dort vorgefunden?«

»Die verlorene Unschuld aus den Anfängen der Menschheit, das ist es, meine Liebe, was ich auf dieser Insel vorgefunden habe. Einfache Leute, die von Ackerbau und Viehzucht leben, sehr fern der hässlichen Realitäten unserer modernen Welt. Ihr Leben ist hart, gewiss, aber sie haben sich ihre Fröhlichkeit bewahrt. Und dann das Meer – es ist dort ein Anblick von unbeschreiblicher Schönheit.«

»Wie reizvoll!«

»Das trifft den Nagel auf den Kopf: Es ist reizvoll. Aber dorthin zu gelangen ist ungemein gefährlich, denn wenn der Seegang die Felsen enthüllt, scheinen sie einen förmlich anzuziehen. Deshalb haben sich an dem Ort gewisse höchst erstaunliche Traditionen erhalten.«

Casimir war so erleichtert, seinen jüngeren Sohn der Konskription abgetrotzt zu haben, dass er ein Glas ums andere trank und sich ein wenig beschwipst fühlte. »Jetzt, wo diese Männerjagd ein so glückliches Ende gefunden hat, was willst du mit deiner Zukunft anfangen, Auguste?«, fragte er mit leichtem Sinn.

»Zwei meiner Freunde und ich erwägen zu unterrichten.«

»Unterrichten? Gut ... Und wo? An der Universität?«

»Ja, an der Volksuniversität.«

»Was ist denn das nun schon wieder?«, versetzte Ferdinand bissig.

»Ein Ort, wo man den Menschen Gelegenheit gibt, das Erlernte in politisches Wissen umzuwandeln. Wo man ihnen beibringt, selbst zu handeln, indem sie ihre Erfahrungen teilen. Ein Ort, wo man kurzerhand das Mögliche wahrmacht. Vor allem aber ein säkularer Ort, wo man sie nicht mit der trügerischen Hoffnung auf ein besseres Leben nach dem Tod korrumpiert, damit sie ihr gegenwärtiges Elend klaglos hinnehmen. Condorcet hat es gesagt: *Das Menschengeschlecht ist zweigeteilt in jene, die vernünftig denken, und jene, die glauben.*«

Das war zu viel für Ferdinand, dessen Gesicht sich bei

den begeisterten Ausführungen seines Bruders zu einer schrecklichen Grimasse verzerrte. »*Das Mögliche wahrmachen* ... Man versteht ja nicht mehr, wovon du sprichst, mein armer Auguste! Dein Problem ist: Du tust nichts und grübelst zu viel. Wie wär's, wenn du mit mir einmal unsere Baustellen besichtigst ... Weißt du zum Beispiel, was das Schlimmste auf einer Baustelle ist? Nein? Ich werde es dir sagen: ein Arbeiter, der lesen kann! Er schnappt hier und dort kleine Häppchen Wissen auf, das ihm zu Kopf steigt, bis er glaubt, dass ihm alles zusteht. Und er steckt die anderen an. Ihrer Klasse Entfremdete, rachsüchtige Verbitterte, gefährliche Menschen kommen dabei heraus, wenn man den Pöbel bildet. Thiers hat es ja gesagt: *Ein gebildetes Volk ist ein unregierbares Volk.*«

Nach der kurzen Verschnaufpause stürzte der alte Casimir prompt zurück in seine Seelennot: Wie hatte es nur dazu kommen können, dass aus einem de Rigny ein Roter geworden war?, grübelte er. Sein jüngster Sohn musste zusätzlich zu seiner schwachen Konstitution an einer angeborenen Verhaltensstörung leiden. Eine andere Erklärung sah er nicht. Eine Art organisches Verhängnis, das ihn im Mutterleib ereilt haben musste. Eine Krankheit, die zu all jenen hinzukam, die er sich als Kind geholt hatte.

Deshalb sagte er mit müder Stimme, die seine Verwirrung verriet: »Aber bitte, Auguste, die wahre Größe des Volkes liegt in seinem Gottesglauben und seiner Unwissenheit. Im freiwilligen Opfer des eigenen Lebens zu unserem Wohl. Dem ein Ende zu setzen, das Volk lesen und denken zu lehren, würde bedeuten, an dem Ast zu sägen, auf dem du sitzt. Warum solltest du dein Leben einer solchen Sache widmen wollen?«

7

Am heutigen Tag, dem 16. Juli 1870, erschienen vor Maître Hippolyte Marie de Kersauzon de Pennendreff, Notar zu Brest: Sieur Breval Botquelen, Tangfischer, geboren am 14. August 1845, braune Haare, graue Augen, gewölbte Stirn, große Nase, gerade Beine, rundes Gesicht, frische Gesichtsfarbe, mittelgroßer Mund, Zähne vollständig, Größe 1,68 Meter, gewillt, sich zu verpflichten, als Einsteher für Sieur Auguste de Rigny aus der Gemeinde Saint-Germain-en-Laye in der Armee zu dienen, und zwar für die Zeit, die dieser per Gesetz zum Wehrdienst verpflichtet ist. Monsieur Jules de Brassac, Bevollmächtigter, handelnd im Namen und im Auftrag von Monsieur Casimir de Rigny, Vater des vorgenannten Auguste de Rigny, Vollmachtgeber, wird ganz rechtmäßig den Betrag von 8000 Franc gemäß folgenden Fälligkeiten zahlen: 4000 Franc unmittelbar bei Unterschrift, auszuhändigen in gezähltem Geld und vor den Augen des unterzeichnenden Notars. Den Rest ein Jahr und einen Tag nach der Einberufung, Zeit, während der der Einsteller für seinen Einsteher gegenüber der Regierung haftet; außer bei Tod in Ausübung des Dienstes, in welchem Fall der Betrag unverzüglich gezahlt wird. Diese Zahlung erfolgt bei Vorlage einer Bescheinigung über die Anwesenheit bei der Truppe dreizehn Monate nach Aufnahme. Auf Bitten von Sieur Botquelen sei vermerkt, dass der in den Notariatsräumen gezahlte Betrag ebenso wie eine Abschrift der Urkunde alsbald an Mademoiselle Corentine Malgorn auszuhändigen sind.

Na bitte.

Mein echter Vorfahr, der biologische Vater meines Großvaters, war bestimmt nicht Auguste de Rigny, sondern Breval Botquelen, ein sehr hübsches Exemplar Kanonenfutter, 24 Jahre alt, 1,68 Meter groß, mit frischem Teint und braunem Haar, gutem Gebiss und tadellosen Beinen. Er war weder bei der Handelsschifffahrt noch bei der Marine, nicht mal ein richtiger Fischer, sondern Tangfischer. Ein Bauer des Meeres. Ein Armer.

Er ging mit einem Pariser, Jules de Brassac, um an einen Bürger namens de Rigny verkauft zu werden, und ließ eine Verlobte zurück, Corentine, meine Urgroßmutter. Vermutlich fasste er den Entschluss, sich als militärischer Ersatzmann zu verkaufen, weil die Malgorns ihn als Schwiegersohn ablehnten, daher das Zerwürfnis und die Verwünschung für ein Jahrhundert.

Als Abschiedsgeschenk hatte er ihr ganz offensichtlich ein Kind gemacht, denn Großvater Renan Astyanax wurde exakt neun Monate nach dem Handel geboren. Sobald ihre Schwangerschaft sichtbar war, muss ihre Familie Corentine hinausgeworfen haben. Deshalb hatte sie keine andere Wahl, als aufs Festland zu gehen, um ihren Schatz zu suchen, damit er die Vaterschaft anerkannte; nur dass in der Zwischenzeit der Krieg von 1870 ausbrach und er an der Front fiel. Also war es Auguste, der Typ, für den dessen Vater Botquelen gekauft hatte, der das Kind anerkannte, wahrscheinlich aus politischem Idealismus, aber auch und vor allem um wiedergutzumachen, dass ein anderer an seiner Stelle gestorben war.

Urgroßvater hatte die Familie de Rigny 8000 Franc gekostet. Ich mach mir nichts vor: Es war nicht das Leben meines Ahnen, eines bescheidenen Tangfischers, das mit diesem Preis beziffert wurde; es war die Summe, die sein Käufer berappen konnte, um zu verhindern, dass sein Sohn dem Risiko ausgesetzt wurde, getötet zu werden.

Bleibt festzuhalten, und das habe ich bei meinen Recherchen gründlich überprüft, dass es sich hier, am Vorabend des Krieges von 1870, um den einzigen Zeitpunkt in der Geschichte handelt, an dem der Kurswert der Armen ein solches Niveau erreichte. Ebenfalls im 19. Jahrhundert, mit der Entstehung des Kapitalismus, wie wir ihn heute kennen, begannen die Philosophen, insbesondere Marx und Engels, über den Begriff der Verdinglichung des Menschen nachzudenken. Abgesehen von den Sklaven der Antike und der Neuen Welt, die das geltende Recht nicht als Personen, sondern als bewegliche Güter betrachtete, wurde die Möglichkeit, für einen Menschen einen Preis festzusetzen, offiziell anerkannt, als das Rekrutierungsgesetz Gouvion-Saint-Cyr 1818 die Praxis der militärischen Stellvertretung reglementierte, die bereits seit dem Jahr VI praktiziert wurde, jedoch Anlass zu vielen Prozessen und Skandalen gegeben hatte.

Einen Preis für Menschen gibt es bis heute, aber seine Berechnung folgt nicht mehr so unverblümt dem Gesetz von Angebot und Nachfrage. Manche setzen ihn beim 120-Fachen des BIP eines Landes pro Einwohner an. Nach dieser Berechnungsmethode ist ein Franzose 5 Millionen Dollar wert, ein Amerikaner 6,5 und ein Eritreer 70 000, was in etwa dem Preis des Geländewagens entspricht, der ihn während einer Rallye potenziell überfahren könnte. Andere fixieren ihn anhand zweier Konzepte: des potenziellen Nutzens eines Individuums und der Geldsumme, die eine Gesellschaft auszugeben bereit ist, um ein Leben zu retten. Nach diesen Berechnungen wäre ein Franzose etwa 3 Millionen wert, während es bei einem Eritreer höflich ausgedrückt unmöglich ist, seinen Preis zu ermitteln. Ist diese Zahl einmal festgelegt, haben die Staaten ein Mittel an der Hand, um in Sachen Gesundheitsausgaben Kosten-Nutzen-Abwägungen zu treffen, weshalb sie sich nicht mehr für seltene Krankheiten wie die interessieren, an der meine Freundin Hildegarde leidet. Das Gleiche gilt für Bauarbeiten der öffentlichen Hand. Hinter jedem städtebaulichen Vorhaben wie zum Beispiel einer Kreuzung oder einem Bahnübergang, hinter jeder Infrastruktur, die den Erhalt eines Menschenlebens beinhaltet, steht zwangläufig dessen monetäre Bewertung.

In unserem Fall erkannte seine Familie Auguste de Rigny wohl einen derartigen Nutzen zu, dass es gerechtfertigt schien, ihn für teures Geld nicht dem Risiko auszusetzen … und sein Vater hat sein Geld nicht zum Fenster rausgeworfen, denn indem er meinen Vorfahren kaufte, konnte er vermutlich das Leben seines Sohns vor dem erbärmlichen Gemetzel retten, als das sich der Krieg von 1870 erwies.

Was wollte mir dieser blutjunge Mann sagen, der an einem bestimmten Ort der Vergangenheit die Arme schwenkte, damit ich ihn nicht vergaß? Was hatte er aus seinem Leben gemacht? Das Schuldgefühl, das er empfunden haben mag, weil irgendein zweifelhafter Tangfischer an seiner Stelle starb, schmälert die Größe seiner Geste nicht im Geringsten, denn 1870 hielt man sich mit derlei Nichtigkeiten nicht auf. Mehr noch, dass ein Armer anstelle eines Reichen starb, galt als unmittelbarer

Ausdruck der kosmischen Ordnung. Es gefiel mir, wenn schon nicht ihn kennenzulernen, so ihn mir zumindest vorzustellen …

Außerdem war es ziemlich beeindruckend, die Verkaufsurkunde meines Ahnen in der Hand zu halten. Armer Botquelen! Krepiert wie ein Hund am Straßenrand. Von der Zeit verschluckt, blieben von ihm nur schemenhafte Spuren: die oberflächliche Beschreibung eines Provinznotars und ein kleiner Junge, der nicht mal seinen Namen trug und dessen Abstammung ich als Einzige kannte. Ach, wo wir gerade von meinem Großvater sprechen, dem alten Krüppel auf seinem Fass: noch eine Generation Kanonenfutter, eine Organreserve, in der Frankreich sich reichlich bedient hat. Das Schicksal war bei dieser Familie ganz schön eigensinnig.

Paris, 19. September 1870

Es regnete in Strömen. Todmüde ruhte sich Clothilde mit hochgelegten Beinen aus, nachdem sie wieder kreuz und quer durch Paris gelaufen war, um in den Lebensmittelgeschäften die letzten verbliebenen Büchsen mit australischem Schaffleisch, Sardinen oder Pâté zu ergattern.

»Ah! Es gibt Post, wo ich uns schon von der Welt abgeschnitten wähnte, danke, Rosalie.«

»Madame, ich brauche Geld für das Abendessen morgen.«

Ihre Herrin zog ihre Börse aus dem Ärmel, um eine Handvoll Münzen zu entnehmen.

»Ah nein, Madame, dafür bekomme ich eine Stange Lauch und eine Zwiebel, und selbst um die zu finden, muss ich bis nach Les Halles laufen. Und mit dem Gemüse und den Eiern für Monsieur werden diese Einkäufe eine verflixt knifflige Aufgabe, das können Sie mir glauben.«

Auguste hob den Blick von seiner Zeitung. Die Sorbonne war geschlossen oder besser gesagt zur Kaserne umfunktioniert; er tat also nur noch das: Zeitung lesen.

»Ich bin kein Holzkopf, Rosalie! Ich weiß mich anzupassen. Angesichts der Umstände werde ich essen, was auf den Tisch kommt … Ich bin dabei, diesen Krieg bis zur bitteren Neige zu leeren, auf ein wenig mehr oder weniger kommt es beim Stand der Dinge nicht an …«

»Wo wir von Ihrer Kost sprechen, mein lieber Neffe, es gibt Soldaten, die für Frankreich sterben«, bemerkte Clothilde schroff.

»Was glauben Sie? Es vergeht kein Tag, ohne dass ich daran denke, an meinen Bretonen! Ich träume jede Nacht davon. Und da wir gerade dabei sind, Kost und Patriotismus zu verquicken, nehmen Sie Folgendes zur Kenntnis: Während Sie die Feinkosthändler aufgesucht haben, um Ihre Dienstags-Soiréen zu organisieren, müssen jene, die wirklich etwas tun in Paris, die Nationalgardisten, die unsere Stadtmauer bewachen, es mit leerem Magen tun, weil ihr Sold ihnen nicht erlaubt, all diese Viktualien zu kaufen.« Und da er sah, dass er seine Tante gekränkt hatte, fuhr er etwas milder fort: »Ich sage Ihnen das, weil ich nicht will, dass Ihre Freunde nur wegen eines gefüllten Tellers zu Ihren Abendessen kommen.«

Clothilde wühlte in ihrer Börse. »Ausgerechnet die Preußen werden mich nicht daran hindern, meine Dienstags-Soirée abzuhalten ... Wie viel kostet ein Kaninchen?«

»Ich habe welche zu fünfzig Franc gesehen!«, sagte Rosalie seufzend, auch sie müde von der ewigen Lauferei wegen einer Knolle Sellerie oder eines Stücks Fleisch. »Ich bin in eine Geschichte eingeweiht, wo jemand in der Wohnung Schweine hält; man hat mir einen Schweinsfuß versprochen, aber das ist nichts für sofort.«

»Was für ein Graus!«, stöhnte Auguste. »Fehlte nur noch, dass sich das in unserem Haus abspielt.«

»Tut es ja, bei den Blins.«

»Was für ein Graus!«

»Sie fallen uns allmählich lästig mit Ihrem *Was für ein Graus*! Fünfzig Franc für ein Kaninchen, aber das ist ja der zwanzigfache Preis! Wie kommen bloß die kleinen Geld-beutel zurecht?«

»Da Sie sich jetzt für die Armen interessieren, hat die Belagerung doch ihr Gutes!«

Wenn das Dienstmädchen ihr Gezänk nicht unterbrach, konnte das stundenlang so weitergehen.

»Sie wollen in den Rathäusern Öfen aufstellen, und sie reden davon, Lebensmittelkarten für Brot und Fleisch auszugeben, weil man jetzt schon die Tierherden im Bois de Boulogne, im Parc Monceau und im Jardin du Luxembourg tötet; scheint's krepieren die Viecher dort im Stehen.«

»Gut, Rosalie, nehmen Sie meine ganze Börse und ent-falten Sie all Ihre Hauswirtschaftskunst, um mir ein pas-sables Mahl zu bereiten. Und wenn Sie noch Konserven finden, kaufen Sie sie! Egal welche. Kaufen Sie alles, was Sie finden.«

Clothilde drehte Casimirs Brief hin und her.

»Er datiert von vor drei Tagen, dieser Brief. Ich weiß nicht, warum alle Welt verzweifelt, wo die Post noch nie so schnell war. Hier, lesen Sie vor. Erzählen Sie mir, wie es meinem Bruder geht.«

Auguste tat wie geheißen:

Mein lieber Sohn, werte Schwester,

es ist zu spät, wir werden nicht mehr nach Paris kommen, um bei euch Zuflucht zu suchen. Ich nutze die Gelegenheit, um euch mit dem letzten Zug, der Saint-Germain morgen verlassen wird, diesen Brief zu schicken. Für euch wird es einfacher sein, uns zu schreiben, denn offenbar richten sie ein Postsystem mit Zinkkugeln ein, die ähnlich einer Flaschen-

post auf See dem Seine-Verlauf folgen und bis zu 700 Briefe aufnehmen können. Oder aber per Ballon. Ich habe mich erkundigt: Am Ende jeder Woche wird von Montmartre oder La Villette ein Postballon starten. Lasst uns also nicht ohne Nachricht.

In unserer Umgebung haben zwar einige Verteidigungs- arbeiten stattgefunden, es wurden Bäume gefällt und Stra- ßenpflaster aufgerissen, um den Vormarsch der Preußen zu verlangsamen, aber ich glaube nicht recht daran, denn wir haben weder Heer noch Kanone, um den Ort zu verteidi- gen. Es sind auch keine Gendarmen und Forsthüter mehr da, und die Stadt ist so ausgestorben, dass man denken könnte, eine Epidemie hätte sie heimgesucht. Folglich sind wir derzeit ganz uns selbst überlassen.

Wie dem auch sei, jetzt, wo das Fieber der Verteidigung gefallen ist, steigt das Fieber der Erwartung, und das ist uner- träglich.

Seit einer Woche kampieren wir auf der Terrasse, um mit dem Fernrohr bequem den Horizont absuchen zu können. Es ist so weit gekommen, dass wir den Moment der Katastro- phe wie eine Erlösung herbeisehnen. Aber es ist geschafft, ich glaube, es ist so weit. Heute Morgen schneite der Bruder des Hausmädchens herein, er wohnt in Chanteloup-les-Vignes, und verkündet, dass sein Dorf von einem Ulanenbataillon besetzt wurde. Am Abend werden sie bei uns sein, sofern nie- mand daran denkt, die Brücke von Poissy zu sprengen, was angesichts der Nichtigkeit unserer Armee sehr wahrscheinlich ist.

Wie ihr vermutlich nicht wisst, hat sich Saint-Germain am 11. schließlich der Republik angeschlossen. Auguste, ich gebe dir zur Kenntnis, dass dein Bruder im neuen Gemeinderat sitzt; er hat die Gelegenheit ergriffen, um in die Politik zu gehen.

Die Preußen rücken immer weiter vor, ohne auf den geringsten Widerstand zu stoßen, und überschwemmen die Gegend mit ihren Truppen. Von jeder Stadt, in die sie kommen, wird Lösegeld verlangt, und man bedient sich aus den Taschen des Bürgertums. Ferdinand sagt, wir hätten nichts zu befürchten angesichts unserer Stellung und unserer besonders guten Beziehungen zu Monsieur Thiers, der, wie es heißt, bei diesen Leuten gut angesehen ist. Dennoch sind wir verpflichtet, ihnen unsere Türen zu öffnen, denn die Offiziere requirieren sämtliche komfortablen Privathäuser. Es wird erzählt, sie seien wohlerzogen und frankophil; immerhin etwas. Nimm es mir also nicht übel, Auguste: Ich werde dein Zimmer einem preußischen Offizier überlassen müssen.

Ich weiß, dass ihr euch eurerseits auf die Belagerung vorbereitet. Die Jüngsten von unseren Nachbarn, die nach Paris geflüchtet sind, haben ihrer Familie von den Rinder- und Schafherden erzählt, die in Parks und Gärten einfallen. Soldaten auf den Boulevards. Die Dörfer an der Kleinen Ringbahn dem Erdboden gleichgemacht, die riesigen Erdwälle und die Mauern der Stadtbefestigung mit Kanonen bewehrt. Das ist etwas Solides, diese Mauern, ich habe gesehen, wie sie gebaut wurden. Man hat Thiers ausgelacht damals, als er sie errichten ließ, aber wie durch Zufall sind jetzt alle froh, sie zu haben. Nur schöner Bruchstein und kein Schutt: Eine so gute Arbeit würde heutzutage nicht mehr gemacht.

Ansonsten bin ich gewiss, dass bis auf diese ausgefallenen Details bei euch alles beim Alten ist. Dass Paris immer noch genauso unbekümmert ist und die Cafés genauso voll. Jules *versichert mir, dass die Preußen euch nicht überrennen können, weil ihr zwei Millionen seid, sie dagegen, solange Bazaine und seine Armee sie wer weiß wo beschäftigt halten, weniger als 200 000. Dafür werden sie euch belagern und in die Entkräftung treiben, daher beschwöre ich euch, legt Reserven an. Kauft so viele Nahrungsmittel und Kerzen, wie ihr könnt, denn glaubt man unserem Freund Pélissier, der bei der Belagerung von Sewastopol dabei war, mangelt es daran als Erstes. Lasst auch Holz hinaufbringen, falls die Belagerung bis zum Winter dauert. Ich kenne dich gut genug, meine liebe Clothilde, um zu wissen, dass du eher erfrieren wirst, als auch nur einen Schemel zu opfern.*

Auguste machte eine Pause, um zu sehen, wie seine Tante darauf reagierte.

»Ah, ah, sehr witzig! Wenn uns kalt ist, gehen wir ins Folies-Bergère und tanzen, jawohl!«

»Der Polizeipräsident hat alle Theater und Varietés schließen lassen. Aus Gründen des Anstands, heißt es …«

»So etwas Dummes!«

»… Aber seit vergangener Woche sind die Zuschauerräume für politische Clubs geöffnet, die über Gegenwehr diskutieren. Ich war schon bei einigen Debatten zugegen: Da wird gelacht, geschmäht, geschrien, gepfiffen, hinausgeworfen … die Leute werden fast jeden Abend handgreiflich; es würde Ihnen sehr gefallen. Auch ein Haufen verkannte Genies sind da, um über ihre heldenhaften Erfindungen zu plappern, mit denen sie Paris entsetzen wollen, wie die *Satans-Rakete* oder die *Preußisch-Blau-Finger,* oder andere, die ihre verdrehten Ideen vortragen, etwa die Seine zu vergiften oder die Tiere aus dem Zoo im Jardin des Plantes auf die Preußen zu hetzen. Ehrlich, das Folies-Bergère ist dadurch sehr viel attraktiver geworden.«

»Preußisch-Blau-Finger, sagen Sie?«

»Ein Fingerhut aus Kautschuk, den die Damen über ihren Finger streifen, mit einer kleinen Blase voll Blausäure, an deren Ende eine Nadel sitzt. Die Dame wirft dem Preußen einen aufreizenden Blick zu, er tritt näher, sie pikst ihn mit ihrem Finger und er fällt tot um.«

»Wurde gesagt, wo man ihn bekommen kann?«

»Aber bitte, werte Tante, das ist ein Schwindel! Warum sollte Preußisch-Blau denn Preußen töten?«

»Oh, Sie sind nicht witzig! Lesen Sie lieber weiter.«

Er fuhr fort:

Auguste, in deinem vorigen Brief schreibst du, dass du zu deinem Leidwesen nicht in die Reihen der Nationalgarde aufgenommen wurdest, da du nicht im Pariser Wählerverzeichnis stehst. Für mich ist das einzig Grund zur Freude. Zum einen haben wir dir nicht für einen Irrsinnspreis einen Einsteher gekauft, damit du bei der Verteidigung von Paris dein Leben aufs Spiel setzt. Zum anderen hat dein Schwager Jules mir erzählt, dass, seit diese Behelfsarmee einen Tagessold von 1,50 Franc anbietet, alle Welt dabei sein will, einschließlich der stumpfsinnigen und alkoholisierten Rohlinge aus den Vorstädten, was ihr einen zweifelhaften moralischen Wert verleiht. Es heißt, sie wählen ihre eigenen Anführer und verlangen, dass man sie mit Chassepotgewehren ausstattet, vorgeblich, um sich gegen die Preußen zur Wehr zu setzen. Du hast unter diesen garstigen Leuten nichts verloren.

Ansonsten ist der kleine Perret nicht von der Front zurück-
gekehrt; wir wissen nicht, wo er sich befindet. Wir warten.
Ich glaube, damit habe ich euch alles gesagt. Wir denken
viel an euch. Was uns angeht, bleibt uns nichts anderes, als
uns in Gottes Hand zu begeben.
Viel Glück und es lebe Frankreich!

»Keine Rede von meinem Einstandsmann ...«

»Jetzt, wo wir die Republik haben, wird Paris es machen wie eine Raubkatze, die vor dem Sprung ihre Kräfte sammelt. Wir rücken zu zweihunderttausend aus und stoßen zu den Streitkräften in der Provinz, die weiter kämpfen.«

»Und mein Bruder baut in aller Seelenruhe seine Position aus, um ungeniert Baustellen mit zweihundert Arbeitern in Rechnung zu stellen, auf denen er nur fünfzig beschäftigt ...«

»Wir werden ihnen die Eingeweide herausreißen!«

»Solange diese kriecherische Eidechse Thiers das Sagen hat, wird die Firma der Familie sich weiter die Taschen füllen.«

»Ja, na und? Sollen wir uns denen zuliebe, die nichts haben, etwa verkneifen, Geld zu verdienen? Die Politik von Thiers ist die ehrlicher Leute, die wollen, dass ihr Geschäft floriert.«

»Aber verstehen Sie doch, Tante, Ferdinand wird für die Besatzer arbeiten.«

»Na, dann muss er diesen Schweinen doch bloß das Doppelte in Rechnung stellen!«

»Eines Tages schreibe ich ein Buch über diese Fähigkeit des menschlichen Geistes, das Unvereinbare zu vereinbaren, um seine inneren Spannungen zu mindern. Sie werden mir als Studienobjekt dienen, werte Tante, Sie sind besonders gut darin!«

»Bis Sie Ihr Buch schreiben, lassen Sie uns ausgehen. Gehen wir im *Brébant* zu Abend speisen, solange sie noch etwas Gutes zu servieren haben.«

»Warten Sie unten vor dem Haus auf mich, ich hole noch die Abendzeitung.«

»Bringen Sie mir *La Mode illustrée* mit … Damit ich eine Vorstellung davon bekomme, welche Kleidung sich während einer Belagerung schickt. Néo-Grec-Mode, elliptische Krinolinen, Volants, Hüftpolster … Da heißt es Schritt halten.«

Trotz des Regens waren die Straßen schwarz vor Menschen. Man konnte meinen, seit sie Gefangene waren, lebten die Pariser ausschließlich auf den Boulevards.

Beim Hinaustreten traf der junge Mann auf einige Nachbarn, die im Schutz ihrer Regenschirme einen Arbeiter im Kittel umringten, der auf einer Leiter stand und im Begriff war, das Straßenschild der Rue du 10-Décembre zu lösen. Unter ihnen erkannte er Monsieur Blin, den Schweinehalter aus der Wohnung im vierten Stock. Letzterer sprach den Arbeiter an:

»He, mein Guter, wie heißt unsere Straße denn jetzt?«

»Offenbar Rue du 4-Septembre«, antwortete ihm eine Dame mit zum Storchennest hochgestecktem Haar.

»Es lebe die Republik«, posaunte Blin fröhlich.

Da haben wir einen, der binnen kaum einer Woche sein Mäntelchen gewendet hat, dachte Auguste. Vor der Niederlage von Sedan und der folgenden Kapitulation hätte man, wäre es nach diesem Laienschlachter gegangen, das Kaiserreich mit bloßen Händen verteidigen müssen. Am

4. September, dem Tag der Ausrufung der Republik, wiewohl ein schönes Fest bei strahlender Sonne, ganz Paris auf den Straßen und kein Tropfen vergossenes Blut, hat er sich in den Tiefen seiner Wohnung verkrochen. Und heute nun ist er draußen, eine rote Nelke im Knopfloch, und stößt Freudenrufe aus.

Der durchnässte Arbeiter, den das ganze Tamtam unter den Regenschirmen unbeeindruckt ließ, enthüllte das neue Schild.

»Es lebe die Republik!«, skandierten sämtliche Gaffer im Chor.

Ungerührt schraubte er das emaillierte Blechrechteck zu Ende fest.

»Sie da oben, Sie sagen ja gar nichts«, rief Blin mit hochgerecktem Kopf. »Freuen Sie sich denn nicht? Wäre Ihnen der Kaiser lieber?«

»Jacke wie Hose und allesamt verdorben!«, sagte der Arbeiter und stieg ruhig von der Leiter. »Das ist nur ein neues Schild am alten Laden, was ich da anschraube. Das ist partout nicht die Zukunft, die wir, das Volk, uns erhoffen.«

Dieser letzte Satz wirkte auf die Gruppe, als hätte man einen Eimer Eiswasser über ihr ausgekippt.

»Gesindel!«, sagte Monsieur Blin.

»Ich weiß sehr gut, was Sie alle denken … Dass wir eines Tages mit unseren Weibern und Bälgern kommen und auf Ihr schönes Haus schielen und uns sagen: Wahrhaftig, da drin ließe es sich gut leben! Wenn Sie mich fragen, müssen Sie sich sehr schuldig fühlen, dass Sie sich so was ausmalen.«

Da hörte der Regen plötzlich auf und die Sonne erschien.

Unter den verblüfften Blicken der Gaffer ging der Mann mit seiner Leiter von dannen.

Während einige sich täglich mit ihren Fernrohren auf die Stadtmauer begaben, um den Horizont nach dem Eintreffen der Preußen abzusuchen, stürzten andere wie Auguste bei Auslieferung der Zeitungen an die Kioske und versuchten die Zukunft vorherzusagen, indem sie die Pressemeldungen unter die Lupe nahmen.

Am Abend beim Schein der Gaslaternen arteten die Diskussionen nicht selten in Schlägereien aus, und das Publikum war gezwungen einzugreifen, um die Streithähne zu trennen. Man muss dazusagen, dass die Geschichte noch nie dermaßen außer Rand und Band geraten war, jede neue Zeitungsausgabe enthielt ihr Lot an Dramen, überraschenden Wendungen und Widersprüchen.

Es war kaum drei Wochen her, da hatte die Presse ausschließlich Siege Frankreichs vermeldet, daraufhin bildete man sich ein, die Besten zu sein, hängte Flaggen aus den Fenstern, sang allenthalben die *Marseillaise* – bis Ende August, als bei den Familien die erste Feldpost eintraf.

Saarbrücken, Wissembourg, Wörth, Reichshoffen, die französische Armee hatte Niederlage um Niederlage eingesteckt. Die illustrierten Zeitungen zeigten dieses Blutbad so realistisch, dass man sie vor den Blicken der jungen Mädchen verstecken musste. Die linke Presse setzte sofort nach, indem sie einige jener Briefe in voller Länge abdruckte, in denen von der strategischen Unfähigkeit der Generäle und der mangelhaften Kriegsvorbereitung berichtet wurde. Man brüllte nicht länger *Auf nach Berlin*. Man hatte die Fahnen aus den Fenstern genommen und begonnen, Schreckensgeschichten zu erzählen. Es war die Rede von erbärmlichem Nachschub, von versprengten Regimentern, die aufs Geratewohl biwakierten, von Kurzsichtigkeit in Sachen Munition und Versorgung. Von Führungsstäben, die zwar an Karten von Deutschland für ihren Einmarsch gedacht hatten, aber für den Durchzug durchs eigene Land nicht einen Augenblick an französische, so dass sie zwecks Standortbestimmung in Schulen nachfragen mussten. Von Generälen, die sich im Schlachtfeld irrten, und anderen, die auf ihr eigenes Lager schossen. Das Wort *Debakel* prangte auf allen Seiten.

Auguste hatte an der Gare de L'Est die ersten Frontheimkehrer aussteigen sehen. Abgemagert, erschöpft, die Uniformen verwaschen wie nach einem Jahr Schlechtwetter, starr vor Beschämung, wichen sie dem Blick der Passanten aus, um nicht von der Katastrophe erzählen zu müssen, deren Zeugen sie geworden waren. Wenn er einem von ihnen begegnete, erkundigte er sich nach dem 28. Linienregiment, in dem er hätte dienen müssen und in das sein Einstandsmann eingezogen worden war.

Schließlich brachte er in Erfahrung, dass diese Einheit am 16. August an der Schlacht bei Gravelotte teilgenommen hatte, bei der es den heftigsten Granathagel seit Militärgedenken gab: 1200 Tote, 4420 Vermisste und 6700 Verwundete auf französischer Seite, mit Massengräbern randvoll mit Leichen.

Wo in dieser Ferne, aus der keinerlei Nachricht mehr kam, mochte Botquelen sich aufhalten? War er zumindest noch am Leben? Es verging kein Tag, an dem er nicht daran dachte, und jetzt war obendrein der kleine Perret verschollen.

Mein Gott, wie sehr er den Krieg verabscheute!

»Totenstille! Seit gestern ist Paris allein«, lautete die Schlagzeile des *Figaro.*

Der junge Mann blätterte fieberhaft durch die Zeitung, ohne mehr über die Belagerung zu erfahren. Bei Châtillon hatte es gerade ein Gefecht gegeben, doch die Mehrheit der Soldaten war vor dem Feuerhagel geflohen. Da sie sich von den Preußen verfolgt glaubten, hatten sie sich hinter die Stadtmauer zurückgezogen und verbreiteten allenthalben Panik und Sorge. Ansonsten waren alle Straßen und Bahngleise gesperrt, die Vororte geräumt, sämtliches Vieh des Umlands requiriert. Gleich einer riesigen Festung hatte die Stadt ihre Zugbrücken hochgezogen und hielt den Atem an, während sie auf den Ansturm der Barbaren wartete. Fortan würde sie in ihrem eigenen Saft schmoren.

Die Zeitschrift seiner Tante, *La Mode illustrée*, war da beinahe interessanter. Auf ihrer Titelseite stellte sie feierlich das erste Frauenbataillon der Mobilgarde vor, *die Amazonen von der Seine*, die den Auftrag hatten, die Stadtmauer zu verteidigen. Eine Modezeichnung, die in allen Einzelheiten ihre Uniform zeigte – schwarze Hose mit orangefarbenem Streifen, Bluse und schwarzes Käppi mit einem Rand im gleichen Orange –, belegte eine Doppelseite. Frauen jeden Alters und jeder Stellung waren aufgerufen, sich zur Einschreibung in der Rue Turbigo 36 zu melden, *um die Todesverachtung ihrer männlichen Kameraden zu teilen und sich so ihre Emanzipation und rechtliche Gleichstellung zu verdienen.*

Obgleich diese so typisch pariserische Meldung keinen ernstzunehmenden Eindruck machte, dachte er bei sich, dass in diesem Krieg alle ihren Platz zu haben schienen – alle außer ihm.

Selbst die Commune, die bereits unter internen Rivalitäten litt, wollte ihn nicht. Die Quarante-Huitards, die Anhänger von Blanqui, Delescluze und Pyat, sahen hier eine Gelegenheit für ihren politischen Wiedereinstieg, buhlten um alle Plätze und verwehrten den Jüngeren den Zugang. Es gab zwar ein paar wenige wie Vallès oder Varlin, die es vermocht hatten, sich durchzusetzen, aber sie alle waren mindestens zehn Jahre älter als Auguste und seine Kameraden. »In dreißig Jahren habt ihr eure eigene Revolution, schaut gut zu und lasst uns machen«, speiste man sie ab.

8

Die Monate vergingen, und meine Neugier bezüglich der de Rignys ließ nicht nach. Im Gegenteil, es wurde förmlich zum Hobby. Ich schaute regelmäßig in den sozialen Netzwerken vorbei, um die Posts der Familie zu sichten, hatte mit Interesse die Beerdigung von Philippe und Pierre-Alexandre im Internet verfolgt, und als ich ein paar Monate nach *ihrem tragischen Ende* auf Instagram erfuhr, dass Adrienne bei der internationalen Messe für Kunstfotografie im Grand Palais ihre Werke ausstellen würde, beschloss ich natürlich, gleich am Eröffnungstag hinzugehen, eine Chance, sie leibhaftig zu sehen zu kriegen.

Ich war noch nie bei einer derartigen Veranstaltung gewesen, weil ich schlicht weder das Bedürfnis danach noch Neugier verspürte und weil ich mir dachte, dass ich da nicht hinpasste. Wie in einem Luxushotel einen Espresso nehmen: Selbst wenn ich mir den 15-Euro-Espresso leisten könnte, käme ich nie auf die Idee. Aus Angst, dass man mich gleich am Eingang abweist, weil ich nicht adäquat angezogen bin … Aus Angst, mich zum Gespött zu machen, weil ich die Codes dieser geschlossenen Gesellschaft nicht raffe … Mit einem Wort, aus Angst, blöd aufzufallen. Ein bisschen wie in dieser Szene aus dem *Totschläger* von Zola, wenn die Gäste auf Gervaises Hochzeit beschließen, wegen des schlechten Wetters in den Louvre zu gehen. Auf Zehenspitzen und ganz leise sprechend tigert die Gruppe Prolls durch die

Museumssäle, und die Stammklientel beobachtet sie mit spöttischer und herablassender Miene wie eine Kirmesattraktion. Leute mit hässlichen Körpern, beschädigt von Arbeit und schlechter Ernährung, die allein durch ihren Rundgang die hehren Stätten beleidigen. Die Gelbwesten des 19. Jahrhunderts.

Alle meine Vorurteile bestätigten sich gleich am Eingang durch 40 Euro Eintritt, die wir, Hildegarde, Juliette und ich, als Einzige bezahlten, denn die Leute kamen auf persönliche Einladung rein.

Als ich im Katalog nach den Preisen der von Galerien aus aller Welt ausgestellten Fotos schaute, ging mir auf, dass Fotografie als Kunst durch ihre unbegrenzte Reproduzierbarkeit das ideale Mittel zur grenzenlosen Wertschöpfung war, ohne weitere Investitionskosten als für Tinte und Papier. Eine Gelddruckmaschine ohne Zentralbank und Finanzaufsicht. Sehr viel besser als Unternehmensaktien, die am Ende der Kette immer krakeelende Lohnempfänger einschlossen. Der Gral des kapitalistischen Traums. Alles, was es brauchte, war, dem Foto einen Marktwert zu geben, und just zu dem Zweck waren all diese hippen Leute, strahlend wie ebenso viele auf unsere Makel und Billigklamotten gerichtete Spots, zu dieser Messfeier gepilgert.

»Warum sind wir hergekommen, um Bilder von Armen, Alten und fiesen Orten anzuschauen?«, fragte Juliette.

Sie hatte recht: Achtzig Prozent der ausgestellten Fotos hatten Elend als Sujet. Nicht das bei uns zu Hause; keine Punks mit verfilzten Hunden, die sich auf öffentlichen Plätzen betranken, keine halluzinierenden Schizophrenen, nur aufrecht gehalten vom Dreck ihrer Klamotten.

Keine ihrem Schicksal überlassenen Migranten, die auf der Leitplanke des Périphérique hockten, keine Arbeiter mit verschlossener Miene, die Autoreifen beim Brennen zusahen. Keine nervigen konfliktträchtigen Impulse. Bloß nicht. Nein, hübsche Dritte-Welt-Not. Exotisches Elend der Art *Bewundern Sie die erhabene Patina, die die Armut auf den Gesichtern dieser armen Menschen hinterlässt.*

Die zeitgenössischen Fotografinnen und Fotografen, die solche Sujets wählten – bestimmt standen ihre Nummern in den Verzeichnissen, mit denen ich meine Geschäfte machte. Anzutreffen waren solche an schäbigen Orten, wo sie schlechten Stoff schnupften oder drückten, nur um sich wahrhaftig zu fühlen und sich zu sagen, dass es auch ihnen sehr, sehr schlecht ging.

Ich blieb vor einem gigantischen Abzug von etwa drei mal zwei Metern stehen, präsentiert unter in der Form des afrikanischen Kontinents ausgesägtem Plexiglas. Er zeigte eine Elektroschrott-Deponie, bevölkert mit zerlumpten Kindern, die dem blinden Objektiv des auf sie gerichteten Apparats ihre Wut entgegenschleuderten: 40 000 Euro.

Mein Gott, ich würde sie liebend gern alle in den Arm nehmen, wenn es bloß nicht so dermaßen viele wären …

Da schau, der Kurs der Armen ist wieder im Steigen!, sagte ich mir in Gedanken an meinen Urgroßvater und brachte mich damit selbst zum Lachen.

»Was denkst du, wer kauft so was?«, fragte ich Hildegarde.

»Keine Ahnung, eine IT-Firma? Eine Bank? Mir egal, ich find's trostlos, würd ich mir nie hinhängen. Oh guck mal da, die Hunde …«

Und schon war sie mit Juliette unterwegs zur Retrospektive eines gewissen William Wegman, ein Typ, der seine ganze Karriere offenbar darauf aufgebaut hatte, hochbeinige graue Köter zu knipsen und seine Bilder für ein Vermögen zu verkaufen. Der Künstler war am Stand anwesend, der Ärmste: *Could you guarantee that there are no animal abuse and exploitation in your pictures?* Die gute Hildegarde wird ihm so was von auf die Eier gehen!, dachte ich und frohlockte schon im Voraus.

Ich nutzte die Gelegenheit, um zwei Schritte weiter zum Stand von Adrienne de Rigny zu gehen.

Was dort ausgestellt wurde, waren nicht wirklich Fotos. Eine Einstellung wählen, auf einen Knopf drücken, das war zu altmodisch für sie: *Die fotografische Wahrheit liegt nicht mehr in der Aufnahme, sondern in ihrer Aneignung,* war am Standeingang zu lesen für den Fall, dass jemand (ich, sonst war niemand da) sich fragte, warum die Künstlerin auf Youtube eingesammelte Fotos ausstellte. Nur dass es sich nicht um irgendwelche beliebigen Screenshots handelte; es waren Bilder vom Lynchmord an ihrem Onkel und ihrem Cousin, reproduziert auf einem Untergrund wie ein von Einschusslöchern durchsiebtes Verkehrsschild. Ich näherte mich diskret dem Katalog, um den Preis nachzuschlagen, und von irgendwoher erschien eine noch diskretere Galeristin, um mir ins Ohr zu flüstern, die Fondation Pinault habe Adriennes Arbeit angekauft.

Bestimmt ein Freund der Familie, sagte ich mir, denn sonst … absurd: 15 000 Euro!

Ich ließ mir Zeit und tat so, als würde ich jedes Foto eingehend studieren, um heimlich meine Cousine zu beobachten. Auf ihren Zwanzig-Zentimeter-Absätzen und mit ihrer sorgsam verpfuschten Frisur war sie eine kränkliche, x-beinige Vierzigerin, deren Atem nach Hungermagen roch. Eine E-Zigarette im Mund, von der dicker Qualm mit Tagada-Erdbeer-Aroma aufstieg, ließ sie ihren gelangweilten *Wie mich das alles ankotzt*-Blick durch den Raum schweifen, und dieser Blick glitt über mich hinweg, als wäre ich ein Tisch, ein Stuhl oder besser noch ein Mülleimer.

Als Hildegarde und Juliette den Hundefotografen fertig gefoltert hatten, gesellten sie sich zu mir an den Stand meiner Cousine.

»Hast du gesehen, Hildi, die Dame heißt wie wir!«

»Ach ja, stimmt!«, bestätigte Hildegarde. »Komm her, du, die Bilder sind nichts für kleine Mädchen.«

Wie eine Herzogin beim Anblick einer Kakerlake zog Adrienne eine angewiderte Grimasse, als sie meine Juliette ansah, dann holte sie Schwung, um sich von der Wand zu lösen, während sie ihrer Galeristin erschöpft mitteilte, sie mache einen Rundgang.

Wir schauten uns noch ein paar Armenfotos an, dann ging ich vor dem Aufbruch noch zur Toilette: ein in den Tiefen des Grand Palais versteckter riesiger Raum mit sehr hoher Decke und daher echolastig; in einer Ecke kauerte, flankiert von ihrem Putzwagen, die obligate schwarze Frau.

Während ich pinkelte, hörte ich vom anderen Ende ein gewaltiges Blähgeräusch, gefolgt von einem Schwall Dünnschiss, der in die Schüssel spritzte.

»Jepp ... Jepp, ich bin's ... Nein, kein Schwein da ... Bis auf zwei bescheuerte Lesben mit ihrem blöden Gör ... Muss natürlich mir passieren ... So ein Scheiß ... Nein, echt niemand!«

Geräusch einer Tür. Geräusch eines Wasserhahns. Kein Geräusch einer Klospülung.

»Jepp … Ich hab dir ja gesagt, der Pressereferent ist eine Nulpe … Doch, hab ich wohl …«

Wo lehrt man bloß diesen Dünkel, der der Welt zu verstehen gibt, wie überlegen man ihr ist? Ist das genetisch oder praktiziert man es als zweite Fremdsprache an einer dieser Privatschulen für Steinreiche? Wenn ich jemanden so reden höre, kommt mir unweigerlich diese Replik von de Funès in den Sinn, wie er in *Die dummen Streiche der Reichen* zu Montand sagt: »Entschuldigen Sie sich nicht, es sind die Armen, die sich entschuldigen. Als Reicher ist man unfreundlich!«

Die erdbeerigen Ausdünstungen der E-Zigarette, verschärft durch Adrienne de Rignys Durchfallgestank, waberten heran und stachen mir in die Nase.

Ich zog meine Strumpfhose hoch und ging zu der Kabine, aus der ich sie hatte kommen hören; sie hatte tatsächlich nicht abgezogen, und die Schüssel war bis zur Klobrille mit Kacke verschmiert.

Wie ein Automat setzte sich die schwarze Frau mit ihrem Wägelchen in Richtung Mief in Bewegung, um ihre Arbeit zu verrichten.

»Also dann, gehen wir?«, fragte mich Hildegarde, sobald ich zurückkam.

»Ich bin kaputt, ich würde mich gern ein bisschen hinsetzen und die Leute betrachten.«

Im selben Moment ging ein Pärchen an uns vorüber, das Gletscherbrillen und Mäntel aus Pelzimitat von außerirdischen Tieren zur Schau trug.

»Gut, okay, dann lass ich dich hier. Juliette, willst du

bei Mama bleiben und Verrückte zählen oder mit mir ins Kino?«

Juliette fing vor Freude an zu hüpfen und sie brachen auf. Mit unendlicher Zärtlichkeit schaute ich ihnen eine Weile hinterher: meine kleine Krabbe und ihre Tante Hildi mit ihrem Eins-dreiundneunzig-Spaghettikörper im Trainingsanzug. Dann verzog sich mein Gesicht zu einem mörderischen Flunsch, und ich humpelte, die Hände wütend an meine Krücken gekrallt, zu Adriennes Stand. Dort stellte ich mich vor eins der Schilder, auf dem Philippe de Rignys panischer Blick im Angesicht seines *instant justice* deutlich zu sehen war, und das beruhigte mich etwas. Die Aufrührer hatten noch nicht angefangen, ihn zu schlagen, aber er wusste, diesmal würde er nicht davonkommen. Seine schreckgeweiteten Augen spiegelten die Wut der Menschen, die gleich auf ihn losgehen würden, aber auch die all der Subjekte auf den ausgestellten Bildern im Grand Palais.

»Gefällt es Ihnen?«, fragte mich die Kunstkrämerin.

»Ja, sehr, deshalb bin ich noch mal wiedergekommen. Dieses Foto lässt mich nicht los. Ich würde genau das gerne kaufen, aber mein EC-Karten-Limit lässt das nicht zu. Ich muss zu Ihnen in die Galerie kommen, aber ich würde es gern reservieren lassen. Wie können wir verfahren?«

»Nun, Sie können eine Anzahlung überweisen. Wie hoch ist denn Ihr Kartenlimit?«

»Fünfhundert Euro.«

»Tatsächlich.«

»Ich kann bar oder mit Scheck zahlen, aber ich muss morgen wiederkommen. Bitte, können Sie es für mich vormerken?«

Ich äußerte das in flehendem Ton und mit aufgerissenen Augen, an der Grenze zur Stendhal'schen Verzückung.

»Ich frage die Künstlerin.« Damit ging die Galeristin, um meiner Cousine mein Anliegen ins Ohr zu flüstern. Sie muss etwas hinzugefügt haben wie *Gib dir einen Ruck, bitte, sprich mit ihr, sie mag wirklich, was du machst, und vielleicht ist sie die Einzige, die dir was abkauft,* denn mit einer Miene, die besagte *Wie mich das nervt, aber gut, beißen wir die Zähne zusammen,* kam Adrienne zu mir.

»Na, dieses Foto hat es Ihnen wohl angetan?«

»Ja, gewaltig.«

»Kein Problem, wir können es Ihnen bis morgen reservieren.«

»Sie haben es geschafft, genau den Moment einzufangen, wo die Milch kurz vorm Kochen ist und gleich über den Topfrand quillt. Ich finde das äußerst prophetisch.«

»Über den Topfrand. Ja. Und die Einschusslöcher in dem Bildträger, gefallen die Ihnen?«

»Die sind stark! Ich hab eine viel besuchte Facebook-Gruppe, bei der es um Fotografie geht. Ich würde meinen Followern zu gern Ihre Arbeiten vorstellen, und wenn es ginge, würde ich schrecklich gern ein kleines Telefon-Interview dazustellen. Wären Sie dazu bereit?«

An den Luftbewegungen in meinem Rücken merkte ich, dass die Galeristin meine Gesprächspartnerin mit großen Gesten zu einer Zusage animierte. Die Ziffern ihrer Telefonnummer kamen widerwillig aus Adriennes Mund, aber sie kamen.

Was danach passierte, lässt sich in wenigen Sätzen zusammenfassen.

Ich ging nach Hause, ich glich ihre Nummer mit denen der Drogenkonsumenten ab, die in meiner Cloud gespeichert waren, ich stellte fest, dass sie in einem Dutzend Verzeichnissen unter Kokain einsortiert war und in vier weiteren unter MDMA. Adrienne war eine gewohnheitsmäßige Drogenkonsumentin, die große Mengen kaufte, und das seit Jahren und bei vielen verschiedenen Dealern.

In meiner Datenbank gab es auch eine kurze Spalte mit Nummern von Crack-Hobbyköchen, die verlangten, dass man ihnen ausschließlich reines Kokain lieferte, um mit Natron und Ammoniak ihre eigene Base herzustellen. Diesen paar Nummern fügte ich Adriennes hinzu und ging mit der Liste zu meinen Nachbarn: »Das sind Leute mit besonderen Ansprüchen. Solltet ihr von einer Lieferung unverschnittenem Kokain hören, sind sie interessiert, um ihr eigenes Süppchen zu kochen.« Mohamed überreichte mir huldvoll 300 Euro Botenlohn für diese neue Liste. Der Form halber beschwerte ich mich: »Das soll wohl ein Witz sein, reines Koks ist dreimal so viel wert!« Seufzend zahlte er 500.

Die Liste hat wohl ihren Weg genommen ... Ein Angebot im Stil *Verkaufe C KWaL XX, KWanT limit, KWiK ordern* ++ muss irgendwann per SMS auf Adriennes Handy gelandet sein ... Weil ihre Zicken-Arterien sich nämlich schlagartig verengten und sie an Herzversagen dahinschied.

RIP Adrienne, schrieben ihre Freunde als Kommentar unter ihr letztes Selfie auf Instagram.

Mit einem traurigen Emoji.

Paris, 27. Dezember 1870

Durch die Gasrationierung wirkten die sonst so hell erleuchteten großen Boulevards im Zwielicht geschrumpft, so dass sie wie mittelalterliche Gässchen anmuteten.

Auguste hielt seine Tante Clothilde am Arm, damit sie auf den vereisten Stellen nicht stürzte. Sie waren unterwegs zum Club Favié in der Rue de Belleville.

»Was hat mich bloß geritten, einzuwilligen, Sie an einen solchen Ort zu begleiten?«

»So kommen Sie aus dem Haus, wo es bitterkalt ist und Sie sich zu Tode langweilen. Und außerdem wollen Sie Ihren Neffen bewundern, der endlich öffentlich sprechen wird ... Nun gut, man hat mich nur gebeten, einzuspringen, weil die politischen Clubs wegen der Kälte ihre Redner einbüßen; aber es ist ein Anfang.«

»Ist es nicht allmählich genug mit Ihren Torheiten? Wissen Sie, woran ich bei Ihren Kommunarden denken muss? An eine Art zivilisationsflüchtige Tiere, die auf den geeigneten Moment warten, um meine Tür einzuschlagen, mein Silber zu stehlen, auf meine Laken zu pinkeln und mein Haus niederzubrennen. Diese Leute sind Neider, mir graut vor ihnen.«

Auguste schnaufte. »Die Commune ist doch wohl mehr als das! Gleiche Bürgerrechte für Männer und Frauen, Gleichstellung von ehelichen und nicht ehelichen Kindern, bekenntnisfreie, verpflichtende und kostenlose Schule für alle, einschließlich der kleinen Mädchen, Einrichtung von Krippen, damit die Frauen arbeiten gehen können ... Nun, Tante, das müsste Sie als erklärte Feministin doch ansprechen, oder nicht?«

»Anders als Sie denken, klammere ich mich nicht an die Vergangenheit wie Ihr Vater. Aber Sie sind jung und meinen, Sie hätten das Rad neu erfunden, dabei ist die Commune eine alte Idee von 1848, deren Akteure immer noch da sind. Progressivsteuer auf Renten und Erbschaften, das hat niemand vergessen! Fehlt nur noch, dass man den Gewinn unserer neuen Aktiengesellschaften besteuert, dann ist das Bild komplett.«

»Irgendwie muss man die Schule ja finanzieren.«

»Gewiss, aber nicht mit meinem Geld! Wo ich schon so kaum zurechtkomme.«

»Das Geld muss in den Adern des Gesellschaftskörpers zirkulieren. Andernfalls verursachen Sie ein Blutgerinnsel, werte Tante!«

Jede weitere Diskussion hätte zum Streit geführt, das wussten sie. Doch wegen des Schlafmangels, der auf minus zwölf Grad gefallenen Temperaturen und des Nahrungsentzugs fehlte an diesem Abend dazu beiden die Kraft, deshalb schwiegen sie.

Am Ende des Boulevard Saint-Martin kamen sie auf die riesige Place du Château d'Eau, wo eine einsame Gaslaterne im Sterben lag und so etwas wie ein Lichtloch in die Finsternis stach. Es war kaum zu glauben, dass auf diesem nämlichen Platz noch vor vier Monaten Gespanne voller Menschen umhergefahren waren, die es eilig hatten, zu ihren Vergnügungen zu kommen. In respektvollem Schweigen blieben sie stehen, wie man es am Bett eines Sterbenden tun würde: Was die Preußen aus ihrer geliebten Stadt gemacht hatten, erfüllte sie mit tiefem Groll.

»Wie weit ist Ihre Spendensammlung für die Kanonen gediehen?«, fragte Auguste, während er die pechschwarze Leere betrachtete.

»Nun, es sind nicht die, von denen man es annehmen würde, die sich beteiligen. Zur Illustration: Neulich waren wir zum Sammeln im 7. Arrondissement. Eine sehr reiche Dame hatte uns eben abgewiesen, als ihr Dienstbote mich auf der Treppe aufhielt, um zu fragen, ob auch die Armen spenden dürften. Er ging und holte zwei Franc für mich. Die Frauen, die vor den Öfen anstehen, wo man Suppe austeilt, und die bisweilen fünf Stunden in der Kälte warten, laufen uns nach, um uns zumindest ein paar Sous zuzustecken.«

»Und das verwundert Sie?«

»Ich verstehe nicht, wie man in einem solchen Augenblick nicht patriotisch sein kann, wo die Forts im Osten standhalten und immer noch gekämpft wird.«

Der Saal der Folies-Belleville, wo der Club Favié tagte, war in Halbdunkel getaucht und nicht beheizt. Bläulicher Rauch aus den Pfeifen im Verein mit der Kondensfeuchte vernebelte die Bühne. Ein kunterbunt gemischtes Publikum: viele Uniformen der National- und Mobilgarde, aber auch zahlreiche Frauen aus dem Volk mit ihren schlafenden Kindern im Arm sowie ein paar gut gekleidete Bürgersfrauen; sie alle waren gekommen, um die gesammelte menschliche Wärme auszunutzen und sich ein wenig zu zerstreuen, indem sie den Diskutanten zuhörten.

Als Auguste und seine Tante eintraten, war man gerade bei Fragen des Lebensunterhalts. Der Redner auf der

Bühne sprach vom Todesurteil für Schmarotzertiere, insbesondere die Bestattungspferde, die von ihren Besitzern mit Brot gefüttert wurden, wie auch für Haustiere.

»Sollen die Reichen ihre Toten doch selber tragen«, schrie eine Frau.

»Ja, ja«, bekräftigte ein Teil des Publikums.

»Ich will nicht, dass mein Hund gegessen wird. Ich teile meine Ration mit ihm, und das ist allein mein Problem«, warf eine Bürgersfrau mit einem Mops auf dem Schoß ein.

Gelächter.

»Na gut, wir warten noch ein bisschen, ehe wir Ihre Weißwurst opfern, aber halten Sie ihn gut fest, denn er macht uns Appetit.«

Gelächter.

Nächster Punkt: der Holzdiebstahl auf den Baustellen und das Schlagen von Zierbäumen.

»Wir frieren«, schrie es im Saal.

»Was wir heute mit dem Wald machen, hätten wir längst mit den Vitrinen der Lebensmittelhändler und Schlachter in den Reichenvierteln machen sollen. Holen wir wenigstens die Möbel aus den Privathäusern, deren Eigentümer weg sind«, schlug ein Herr vor. »Das gibt uns was zum Verbrennen.«

Auguste sprang auf die Bühne und stahl dem Redner das Wort, ohne seine Zuhörerschaft aus den Augen zu lassen. »Nein, nein, nein, der Neid wird zu nichts anderem führen, als die Kräfte des Feindes zu stärken, indem man ihm beweist, dass er richtig liegt mit seiner gewählten Gesellschaftsform! Die Zeitungen melden, dass wir noch für etwa zwanzig Tage Lebensmittel haben. Wir brauchen einen Vorlauf von zehn Tagen, um uns zu versorgen, wenn wir in einem Massenausbruch die Preußen angreifen wollen. Wenn wir nicht in wenigen Tagen die Commune haben, wenn wir diese Regierung von Verrätern nicht verjagen, die seit Kriegsbeginn nichts anderes im Sinn hatte, als eine Kapitulation auszuhandeln, werden alle Entbehrungen, die wir erduldet haben, umsonst gewesen sein.«

Ein Nationalgardist stand auf und schwenkte eine Karte. »Schaut, was ich gefunden habe! Elefantenbrühe, Antilopenniere mit Trüffeln, Kamelbraten englische Art, Kängurupfeffer … Das ist das Silvestermenü im *Brébant*. Darum hat man den Jardin des Plantes geschlossen! Man hat den Gastronomen am Palais-Royal die exotischen Tiere für teures Geld verkauft, damit die Reichen sich damit die Bäuche vollschlagen können, während wir zur gleichen Zeit Droschkengäule fressen mussten.«

Geheul. Niemand schenkte Auguste mehr Aufmerksamkeit.

»Ich habe es satt, Ratte zu kochen«, schrie eine Frau.

»Machen Sie Katze, das ist nicht übel«, erwiderte eine andere.

»Nein, Kängurupfeffer«, rief eine Dritte.

Gelächter.

Der junge Mann gab sich nicht geschlagen und setzte in einem Ton, der mahnend sein sollte, neu an:

»Bürgerinnen und Bürger der Commune … heute ist der hundertste Tag der Belagerung. Wenn ihr die letzte uns verbleibende Chance, diese Regierung zu vertreiben, nicht ergreift, stehen uns nach dem Krieg nochmals Dutzende Jahre Obskurantismus bevor …«

Doch das Stimmengewirr verschluckte seine Worte. »In einem Haus auf der Montagne Sainte-Geneviève, das von einer Granate getroffen wurde, hat man 1500 Schinken gefunden …«

»Wo sind diese Schinken?«

»Gehen wir die Keller durchsuchen!«

Explosionsgeräusche setzten den Zwischenrufen schlagartig ein Ende, und alle Teilnehmer des Clubs stürzten mit einem Schwung nach draußen, um den Horizont abzusuchen und herauszufinden, woher die Kanonenschüsse kamen.

Im Osten war der Himmel von Lichtstreifen und kleinen Feuerpunkten durchsetzt.

»Bei dem Nebel sieht es aus wie ein Polarlicht«, sagte die Bürgersfrau mit dem Mops.

»Da haben wir's, jetzt bombardieren uns diese Schweinehunde«, versetzte ein Mobilgardist.

Dann brachen die Teilnehmer des Club Favié in kleinen Gruppen auf und verschwanden nach und nach im finsteren Maul der unbeleuchteten Straßen.

Auguste für sein Teil stand da wie angewurzelt und betrachtete seine Füße. »Das politische Denken der Leute beschränkt sich nur mehr auf den Inhalt ihrer Teller. Niemand hat mir zugehört!«

»Ich habe auch Hunger. Gehen wir heim!«, erwiderte Clothilde.

9

Mein Micro-Appartement lag gleich um die Ecke vom Boulevard de Sébastopol, so hatte ich einen Logenplatz bei den Demos, die sich dort Woche für Woche durchwälzten. Die Teilnehmenden mochten jedes Mal andere sein – junge Leute fürs Klima, Krankenhauspersonal, Lehrer, Rentner, Sans-Papiers, Studierende –, ich sah immer das gleiche verzweifelte Weltuntergangsgefühl. Es würde nicht so laufen wie in Hollywood, mit einer Arche Noah und dem Meer, das eines Montagmorgens alles überflutet. Nein. Wir waren bereits mittendrin, und das Ganze lief so: mit einem schrittweisen Zusammenbruch der Gesellschaft, in der die Grundbedürfnisse – Wohnen, Nahrung, Mobilität, Heizung, Bildung, Gesundheitsversorgung – für immer mehr Menschen unerschwinglich wurden. Erst gesellschaftliches Chaos, dann ein autoritäres Regime, das die Bevölkerung sich zur Aufrechterhaltung der Ordnung herbeiwünschen würde. Und dann, wer weiß, Krieg.

Man musste nur Balzac, Zola oder Maupassant gelesen haben, um im eigenen Fleisch zu spüren, dass der Beginn des 21. Jahrhunderts Züge des 19. Jahrhunderts annahm. Da war natürlich das allmähliche Verschwinden der öffentlichen Daseinsvorsorge, aber nicht nur. Nach einem 20. Jahrhundert, das zwei Weltkriege erlebt und Entrepreneurship sowie Universitätsabschlüsse glorifiziert hatte, sanken die verfügbaren Mittel aus Arbeitseinkommen im Verhältnis zu den im Laufe eines Lebens notwendigen Ausgaben immer weiter, so dass man bald haargenau auf demselben Niveau landen würde wie zu Zeiten meines Ahnen Auguste. Man ertappte sich wieder dabei, dass man auf das Ableben von Papa-Mama wartete, um eine Wohnung zu kaufen oder Studium und Unterbringung der Kinder zu finanzieren. Und diese Tendenz würde sich noch verstärken mit dem (in einer restlos erschöpften Welt unvermeidlichen) Ende des Wachstums, das wir seit der industriellen Revolution kannten. Mit anderen Worten: Wer nur seine Arbeit hatte, ohne Aussicht auf ein Erbe, fragte sich, wie zum Teufel er auf einen grünen Zweig kommen sollte, wo jedes Jahr ein größerer Teil dessen, was man verdiente, für die Lebenshaltungskosten draufging und das bisschen, was man auf die hohe Kante zu legen vermochte, kaum mehr abwarf als zum Inflationsausgleich nötig. Die Lektüre von Balzacs *Vater Goriot*, mit Vautrins unbezahlbaren Ratschlägen an Rastignac zum Thema Erklimmen der gesellschaftlichen Leiter, war voll auf der Höhe der Zeit und die meritokratische Weltauffassung restlos verstaubt.

Heute, da ich es eilig hatte, den Boulevard zu überqueren, um zum Gericht zu kommen, wo der Prozess gegen Hildegarde stattfand, war der Demozug des Tages besonders endlos. Man konnte meinen, sie hätten sich abgesprochen, um mich in einer Konvergenz der Kämpfe um eine zentrale Idee zu nerven, die recht ähnlich klang wie *Wir wollen auch Kaufkraft haben*. Gelinde gesagt war diese Forderung meilenweit entfernt von einem Gegenentwurf zu der Gesellschaft, gegen die all diese Leute wetterten; ihre Unzufriedenheit, ihr Frust war ihre einzige Parole. Ich fand ihren Protest hochgradig unnütz, wo sich doch an diesem Tag ganz in der Nähe etwas wirklich Schwerwiegendes ereignete – das hätte rechtfertigt, sich vor dem Zaun des Gerichts zu versammeln und das Gebäude zu stürmen, um alles kurz und klein zu schlagen. Die freundlichste, die ungefährlichste aller Frauen auf Erden wurde gerade vom Berufungsgericht verurteilt, weil sie in einen Schlachthof eingedrungen war und Kameras installiert hatte, um die grauenhaften Tötungsbedingungen zu filmen, und das bereits zum zweiten Mal.

Nachdem der Vorsitzende Richter das Urteil der Vorinstanz verlesen hatte, erinnerte er meine Freundin daran, dass sie dem Inlandsgeheimdienst DGSI wegen Zugehörigkeit zur *veganen Szene* unliebsam bekannt sei. So erfuhr ich erstens, dass es eine hinreichend bedrohliche *vegane Szene* gab, um Bullen dafür zu bezahlen, dass sie meine Freundin überwachten und ihre Akte regelmäßig auf Stand hielten. Und zweitens, dass es als Gefährdung der öffentlichen Ordnung galt, wenn jemand durch Anprangern verhindern wollte, dass Tiere unter unbeschreiblichen Schmerzen lebendig zerlegt werden, um Fleischschalen zu füllen, die größtenteils im Müll landeten, sowie die Kassen eines Industriezweigs, der einer der Hauptverursacher der Klimaerwärmung war.

Dieses Bild von Hildegarde, wie sie mit in ihrem ellenlangen Rücken verschränkten Händen und gesenktem Kopf vor ihren drei Richtern stand, um sich ihre Ohrfeige abzuholen, reihte sich in meinem Geist neben anderen ein: das kleine Mädchen, von ihrem behämmerten Vater in die Rückentrage gestopft; die am Tag meines Unfalls verkohlte Mitfahrerin; der erste selbstgestrickte Pullover meiner Tochter, den sie hartnäckig trug; die Behinderten ohne Hände, wie sie lachend vor ihren ungepulten Garnelen saßen. Eine Sammlung ganz eigener mentaler Bilder, die mich geprägt und aus meinem Leben etwas mehr gemacht haben als eine Reihe von Instagramposts.

Aus vier Monaten auf Bewährung in der ersten Instanz wurde in der Berufung eine achtmonatige Haftstrafe, und da die Verurteilung in ihr Strafregister einging, verlor sie ihre Akkreditierung für eine Arbeit beim Justizministerium. Um sie zu bestrafen, entzog man ihr ihren Broterwerb. Man stempelte sie ab.

Als ich aus dieser Verhandlung kam (und anders, als man denken könnte, nicht vorher), mit diesem schmerzlichen Bild, das sich für immer in meinen Kopf eingravierte, begann ich über das Geld der de Rignys nachzudenken und was wir damit Gutes tun könnten.

Eins sagte ich mir sofort: Sollte ich je dieses Vermögen erben, durfte nicht ein Cent in die Kassen eines dermaßen stumpfsinnigen Staates gehen, dessen Regierende, wer auch immer das gerade war, zwecks Wiederwahl stets für die vordergründige Befriedigung der Massen optieren und niemals ein anderes Gesellschaftsmodell vorschlagen würden.

Zur Anarchistin zu werden, war wirklich nicht schwer. Hätte es noch eines Anstoßes bedurft, reichte es, mir den französischen Staat mit der Visage des Vertreters der Schlachterei- oder der Agrargewerkschaft vorzustellen, die beide als Nebenkläger gegen meine Hildegarde aufgetreten waren – dann war es ein Selbstgänger. Außerdem feierte das Erbe im Geschick der Menschen sein großes Comeback, und man muss schließlich mit der Zeit gehen.

Saint-Germain-en-Laye, Paris, Versailles,
1. Januar 1871

In Saint-Germain-en-Laye, preußische Stadt mit einer Bevölkerung von 57 000, davon 17 000 Franzosen, herrschte Ruhe.

Nachdem die Gewalttätigkeit der ersten Tage vorüber war, hatten die Einheimischen und ihre Besatzer herzliche Beziehungen geknüpft. Während die Häuser der anderen Familien mit Soldaten vollgepfropft wurden, hatten die de Rignys lediglich den Oberst von Gibintz und seinen Adjutanten zugeteilt bekommen und sie in Augustes Zimmer und im Gartenhäuschen untergebracht.

Wilhelm von Gibintz hatte nur gute Eigenschaften: Er spielte Klavier, rezitierte mit einem charmanten teutonischen Akzent Victor Hugo, entschuldigte sich bei jeder Gelegenheit für die Besetzung Frankreichs, trauerte seiner Heimat nach, in die er zurückkehren wollte und wo seine liebe Gerda auf ihn wartete, murrte über die Halsstarrigkeit der Pariser, die das verhinderte, und begleitete Jules beim Zug durch die zahlreichen Bordelle, die wie Pilze aus dem Boden geschossen waren in dieser Stadt, die derzeit nicht mehr und nicht weniger als eine Garnison war.

An diesem ersten Tag des Jahres hatten die Frauen sich nach dem Abendessen eilig in ihre Zimmer zurückgezogen, um sich in einen dieser fürchterlichen schamlosen Romane zu vertiefen, die sie so mochten, frönten Schwiegersohn Jules und von Gibintz ihren Ausschweifungen und ging Ferdinand seinen Geschäften nach, Casimir indes schaute dem Kaminfeuer beim Brennen zu und sinnierte über das Vergehen der Zeit.

Er hatte das Kaiserreich erlebt, die Restauration, die Julimonarchie, die Zweite Republik, ein weiteres Kaiserreich und eine weitere Republik, und nun dies ... Doch zum ersten Mal hatte er das Gefühl: Was immer kommen mochte – alles, was er im Leben geliebt hatte, war unwiederbringlich verloren. Wenn der Krieg vorbei wäre, würde die Welt in eine endgültig republikanische Ära eintreten, in der niemand mehr die gesellschaftliche Rangordnung respektierte, die der Herr in seiner Weisheit eingerichtet hatte. Eine Ära, in der Unsicherheit, Zank und schlechter Geschmack unumschränkt herrschen würden. Er dachte bei sich, dass eine solche Welt wahrlich nicht gemacht war für einen ruhigen alten Mann wie ihn.

Er seufzte: Auch er war es überdrüssig, Franzose zu sein.

Mechanisch griff er nach der *Allgemeinen Zeitung,* die von Gibintz auf dem Tischchen in der Nähe seines Sessels vergessen hatte. Auf der Titelseite stand in großen gotischen Lettern: *Was essen sie denn?,* aber da Casimir kein Deutsch verstand, legte er die Zeitung wieder zurück.

»Die Preußen müssen sich wirklich fragen, was wir zu essen finden ... Nun, Rosalie, was gibt es heute Abend?«

»Frikassee!«

»Ah, sehr gut! Ein Frikassee aus was?«

»Das ist das Gute am Frikassee, dass der Weißwein jeden Geschmack überdeckt. Man hat mir beteuert, es sei Hundehirn, aber ich glaube, man hat mich betuppt.«

»Und diese kleinen grauen Scheiben?«

»Ach das, das stammt aus einer Partie Schachteln, die ein Straßenhändler heute Nachmittag auf der Rue de Rivoli verkauft hat … Er lud gerade ab, als ich vorbeikam. Ich habe es geschafft, vier davon zu kriegen. Es lässt sich nicht allzu schlecht bestreichen, aber Sie werden feststellen, dass das Brot heute nach Sägemehl schmeckt.«

Auguste zog eine Art Faden aus seinem Mund, der stark an einen Mäuseschwanz erinnerte. Er verzog das Gesicht, sagte aber nichts.

»Man ist so oder so unzufrieden, egal was man isst. Danke, Rosalie. Hier, Ihr Neujahrsgeschenk …« Damit holte sie ein aus einem verknoteten Taschentuch improvisiertes Päckchen aus ihrer Tasche.

Das Dienstmädchen löste den Stoff und entdeckte eine große Konserve Rindfleisch.

»Oh, Madame!«

Clothilde, die wegen der Kälte im Mantel speiste, versteckte ihr Gesicht hinter den Kragenaufschlägen, um einen unbändigen Drang zu weinen zu verbergen. »Ich kann mir nicht leisten, Ihnen Geld zu schenken, denn wenn es so weitergeht, weiß ich nicht, wie lange ich uns drei noch durchbringen kann. Wenn wir bis dahin nicht alle tot sind, mache ich es nächstes Jahr wett. Und ansonsten, kommen Sie zurecht da oben?«

»Ja, Madame, wir schlafen alle im Zimmer mit dem Kamin, und zum Heizen hat ein Freund uns Holz gebracht, das wurde aus den Parkbänken gerissen.«

»Apropos, haben Sie gestern Abend diese grauenvollen Schreie gehört?«

»Das kam von den Blins, die haben ihr Schwein abgestochen. Ich warte immer noch auf meinen Fuß … Da kann ich wohl lange warten!«

Der Lärm von Kanonenfeuer ließ sie aufhorchen.

»Seien Sie unbesorgt, auf die großen Boulevards werden sie niemals schießen. Wo sollten sie sich sonst amüsieren, wenn sie bei uns einmarschieren!« Dann ließ Clothilde ihren Blick durchs Zimmer schweifen. »Auguste, dies Tischchen da drüben, das erinnert mich allzu sehr an den Langweiler, der es mir geschenkt hat. Verbrennen Sie es bitte, damit wir das Jahr etwas besser beginnen, als wir das vorige beendet haben.«

Was Ferdinand anbetraf, so lebte er nicht nach dem gleichen Kalender wie die anderen Mitglieder seiner Familie. Es hatte ein *vor* und ein *nach* der Ankunft der Preußen gegeben, und es würde ein *vor* und ein *nach* ihrem Abzug geben. Während der *preußischen Zeit* hatte er daher keine Minute zu verlieren und eilte von Baustelle zu Baustelle.

Er hatte sich folgenden Syllogismus zu eigen gemacht: Saint-Germain-en-Laye und Versailles sind zwei preußische Städte mit preußischer Verwaltung unter Leitung eines preußischen Präfekten, die öffentliche Hand ist mithin preußisch. Die Firma de Rigny hat stets für die öffentliche Hand gearbeitet, sie wird mithin für die Preußen arbeiten. Und der Geschäftsmann, der er war, sah in dieser Schlussfolgerung nichts als Vorteile, denn das Schätzenswerte an der Besatzungsmacht war, dass man für seine Arbeit Wucherrechnungen ausstellen konnte, und zwar völlig ungestraft, da es die Besetzten waren, die zahlten.

Seine Kollaboration mit der preußischen Obrigkeit bestand in der Instandsetzung der Brücken und Eisenbahngleise, über die sie ihre Truppen nach Paris brachten, sowie der Forts, damit sie nach Belieben auf die Pariser schießen konnten, aber darauf kam es nicht an, denn seine Geschäfte liefen so gut, dass er binnen kaum vier Monaten eine Kapitalerhöhung vorgenommen hatte, von der er hoffte, es möge im Leben seiner wunderbaren Aktiengesellschaft nur die erste in einer langen Reihe sein.

Krieg und öffentliches Bauen: welch schöne Liaison!

Da Thiers in Versailles war, um den Waffenstillstand auszuhandeln, hatte Ferdinand sich dort niedergelassen, so dass er von einem Logenplatz aus zusehen konnte, wie seine Zukunft Gestalt annahm. Was der Krieg zerstört, wird stets wieder aufgebaut, so lautete die Regel. Mit ein wenig Glück würde es eine Revanche geben, und einen weiteren Krieg, und noch einen: Es war kein Ende abzusehen! Beim Silvesterdiner, bei dem er dem Staatsmann direkt gegenübersaß, hatte er ein paar Brocken aufgeschnappt, die in diese Richtung wiesen: *Die Provinzen werden wir eines Tages zurückerobern. Das Geld dagegen treiben wir niemals wieder ein*, hatte er seinem Gesprächspartner geantwortet, als der sich über den mutmaßlichen Verlust von Elsass und Lothringen erregte.

Ein großartiges Jahr bricht an!, sinnierte Ferdinand. Er konnte körperlich spüren, wie aus all diesem Morast sein Glück erwuchs, und es war ein wohliges Gefühl.

10

Meine Recherchen über die Familie steckten fest, weil ich nicht wusste, welches Ende Auguste genommen hatte; und meine Sammlung an Dokumenten über die neun Monate zwischen dem Verkauf meines Urgroßvaters und der Geburt seines Sohns litt insofern an einem Quelleneffekt, als die verfügbaren Texte natürlich durch die Bank von gebildeten Leuten stammten, die eine zu ihrer bürgerlichen Erfahrung passende Weltsicht lieferten; die anderen konnten in der Mehrheit weder lesen noch schreiben.

Klar gab es Jules de Goncourt mit seinem genialen *Journal*. Das war witzig, brillant, aber schrecklich herablassend gegenüber dem *Pöbel*, wie er halb Paris bezeichnete. Die anderen Schriftsteller: Maxime du Camp, Alexandre Dumas der Jüngere, Catulle Mendès, Leconte de l'Isle, Henry Bauër und Zola mit seinem *Zusammenbruch*, dazu die gebildeten Beobachter, Vorfahren der Blogger, die auf Grundlage ihrer Streifzüge durch die Stadt die Belagerung schilderten: Edmond Bossaut, Gustave de Molinari oder Juliette Adam – sie alle ließen in ihren Schriften, zuweilen ungewollt, das zivilisatorische Wesen ihrer Lebensart hervorquellen. Hätte sich ihr Geist mit so unspektakulären Sorgen wie materiellen Lebensgrundlagen herumschlagen müssen, hätten sie nicht Dienstboten gehabt, die sich um ihre Wäsche, ihren Haushalt, ihre Mahlzeiten und ihre Pferde kümmerten – es wäre ihnen unmöglich gewesen, erhabene Werke zu erschaffen, bedeutende Gedanken zu denken oder auch, wie die paar ins Abenteuer der Commune verirrten Bürgersöhne, mit ihren schönen Ideen einfach nur das revolutionäre Chaos zu schüren. Ihnen kam es vollkommen natürlich vor, einer Minderheit anzugehören, die im Namen aller anderen nachdachte, und nicht einer von ihnen verfiel je auf den Gedanken, dass es hätte anders sein können.

Der einzige aus der Masse herausstechende Text, den ich gefunden hatte, war das Tagebuch einer armseligen Krankenschwester, Victorine B., erschienen in einem noch armseligeren anarchistischen Schweizer Verlag: *Souvenirs d'une morte vivante*. Darin fand sich weder der Stil noch der Humor der etablierten Schriftsteller, auch nicht der rein informative Ton einer Louise Michel. Er war von einer einfachen Frau geschrieben, die nicht Eindruck schinden, sondern die Belagerung so beschreiben wollte, wie sie sie tief im Herzen erlebt hatte.

Als Antwort auf Jules de Goncourts Schilderung seiner strapaziösen Suche nach Konserven mit *boiled mutton* und *boiled beef* in ganz Paris schreibt sie:

Das reiche Paris auf Büchsennahrung beschränkt, welch ein Witz … Welch schreckliche Zumutung. Das arme Paris schwelgte nicht vor den Geschäften, es hatte dafür weder Zeit noch Geld. Während Sie, meine Herren, plaudernd bei Brébant speisten, stand der einfache Mann auf der Stadtmauer, oft mit leerem Magen … Und hatte er aus Kälte und Hunger unseligerweise ein Glas gepanschten Wein getrunken und war etwas heiterer als sonst, schimpfte man ihn einen Säufer.

Dieser kleine Absatz verstörte und erschreckte mich, denn schon für sich genommen enthielt er den Beweis, dass sich in hundertfünfzig Jahren nicht das Geringste geändert hatte. Die gesellschaftlichen Gruppen verachteten einander auch weiterhin, und das, wo die größte Herausforderung der Menschheitsgeschichte unmittelbar vor uns lag, nämlich einen Teil des weltweit produzierten Reichtums nicht mehr dem Wohlstand gewisser Leute zuzuführen, sondern damit die schädlichen Auswirkungen ihrer Handlungen auf das Klima zu korrigieren, damit sich die Lage nicht noch weiter zuspitzte.

Als ich meine Gedanken Hildegarde anvertraute, antwortete sie mir total gelassen, dass die Menschen, unabhängig von ihrem Rang, seit drei Millionen Jahren in Stressphasen kooperierten und ganz im Gegenteil alles gut gehen würde. Man müsse nur ihr Verhalten während der großen Katastrophen beobachten: Aus jeder davon erwuchs Selbstorganisation, Ruhe, solidarische Unterstützung und Altruismus, quer durch alle sozialen Milieus. Ja, gut, mag sein, aber bis es dazu kommt, muss es ihnen schon sehr, sehr schlecht gehen.

Wie ich Hildegarde liebte.

Hildegarde und ihre elektronische Fußfessel.

Weil ein Unglück niemals allein kommt, rief eines Abends Omi Soize an: Mein Vater war von seiner Ausfahrt aufs Meer nicht zurückgekehrt. Als ich auflegte, sagte ich mir: Tja, das war's, jetzt ist es also so weit.

Die alten Seefahrer der Insel enden oft auf diese Weise. Eines Morgens fahren sie trotz Seegang zum Fischen raus, und steif von Arthrose gehen sie beim Einholen ihrer Körbe mit einem Ruck über Bord. Sie haben nicht mehr die Kraft, sich aus dem Wasser zu hieven, um die Leiter ihres Bootes zu erreichen, und sterben an Unterkühlung. Wir wissen alle, dass sie es mit Absicht tun, obwohl wir es untereinander nie aussprechen. Wenn sie bei jeder See rausfahren, ohne Telefon, ohne aufblasbare Rettungswesten, auf klapprigen Booten, ist ihnen klar, dass sie eines Tages so abtreten, aber das ist ihnen egal: alles lieber, als an Land in einem Krankenhausbett zu sterben.

Ich erzählte es Juliette: »Opa ist auf See verschollen, und ich glaube, man wird ihn nicht wiederfinden.«

Als sie mich fragte, ob ich traurig sei, antwortete ich mit nein. »Weißt du, die Vögel, irgendwann sind sie alt und sterben. Folglich müssten reichlich von ihnen auf der Erde liegen oder uns müsste ab und zu einer auf den Kopf fallen, aber das passiert nie. Was meinst du, wo gehen sie hin, all die alten Vögel des Himmels?«

Sie schaute mich an. »Ich weiß nicht.«

»Niemand weiß es! Es ist ein Geheimnis der Natur. Das Gleiche gilt für alte Seeleute wie Opa. Eines Tages verschluckt sie das Meer, so wie der Himmel die Vögel verschluckt.«

»Mama, du musst keine doofen Geschichten für mich erfinden. Ich bin nicht traurig. Dem Opa war ich immer scheißegal.«

»Scheißegal sagt man nicht«, war alles, was mir darauf einfiel, so sehr verblüffte mich die Triftigkeit ihrer Bemerkung.

Also fuhr ich wieder auf die Insel, einfach nur, um mich zu zeigen, denn mal ehrlich, meine Anwesenheit dort war von keinerlei Nutzen. Der Rettungshubschrauber suchte ein paar Tage nach ihm, dann warteten wir, ob das Meer ihn anspülte; vergebens.

Keine Feier in der Kirche, denn er glaubte nicht an Gott. Nur eine Traueranzeige im *Ouest-France* und im *Télégramme,* und das Wichtigste: eine Runde im *Kastel,* wo ich passiv danebensaß und zuhörte, wie seine Kumpel darüber quatschten, *was für ein toller Kerl er war.* Die Gendarmen gaben mir tonnenweise auszufüllende Formulare für ein Aufgebotsverfahren zum Zweck der Todeserklärung vorbehaltlich des Falls, dass keine Leiche gefunden würde, aber ich ließ das Ganze auf einer Tischecke liegen. Es war das Einzige, was mir einfiel, um sein Andenken zu ehren: mich um nichts Administratives kümmern, sondern mir sagen, dass es sich von selbst erledigen würde, was es auch tat.

Trotzdem wartete ich eine lange Woche, ob ein Schiff ihn zurückbrachte. Ich stand an der Hafenmole und suchte den Horizont ab, genau an der Stelle, wo seit Jahrhunderten die Frauen der Insel gestanden hatten, wenn ein Sohn, ein Mann, ein Bruder nicht heimkehrte. In meinem Fall war es kein banges Warten, sondern eher so was wie ein Ruhemoment. Der Himmel hing tief und es war mild. Alles war still und wattig. Ein bisschen, wie wenn man Ether schnüffelt oder einen weiten leeren Raum betrachtet und sich vage zu erinnern versucht, was früher mal dort war.

Nach meiner Flucht nach Paris mit dreizehn, als mein Vater ausrastete und mich so schwer vertrimmte, dass er mich totgeschlagen hätte, wenn ihm niemand in den Arm gefallen wäre, hörte ich für ihn schlagartig auf zu existieren. Keine einzige Frage mehr, was ich tat, wo ich hinging. Nichts. Wir aßen in Totenstille, und kaum war die Mahlzeit beendet, schlug er seinen *Ouest-France* auf und fing an zu lesen, während Omi Soize und ich Fernsehen guckten. Den Rest der Zeit mied er mich, verbrachte seine Tage mit Angeln und entschädigte sich für das Schweigen, das er sich mir gegenüber auferlegte, durch weitschweifige Gespräche mit seinen Bootsbesitzerfreunden. Und wenn er mal jemanden zu Besuch hatte, täuschte er lakonisches Wohlwollen vor: *Sie ist ganz brav, die Kleine*, was mich noch mehr aufbrachte. Ich hasste ihn, aber ich habe nie etwas unternommen, um das zu ändern. Mehr noch, um ihn zu provozieren, baute ich von da an nur noch Mist, am aufsehenerregendsten, als ich von einer Klippe aus im Auto die Erde verließ.

Man könnte denken, dass er an dem Tag, als er mich verdrosch, einfach wütend auf mich war, weil ich ihn vor der ganzen Insel blamiert hatte. Leider ging es um etwas viel Verletzenderes als das. Nach eingehender Erörterung der Frage war ich zu folgendem Fazit gekommen: Ich diente seiner Selbstliebe nie so wie meine verstorbene Mutter, eine hübsche Trophäe, die er zur Schau stellte nach dem Motto *Sie haben sicher gesehen, wie schön meine Frau ist*. Denn das war meine Mutter offenbar, eine hübsche Urlauberin, ein dreißig Jahre jüngeres Mädchen, die er mit seinen Tattoos und seinem Seemanns-Blabla zum Kentern gebracht hat. Ich wurde sechseinhalb Monate nach ihrer ersten Begegnung geboren, und man kann leicht errechnen, dass er sich nach meiner Zeugung zügig wieder eingeschifft hat, da er zum Zeitpunkt des Muttermords seit fünf Monaten auf See war.

Jedenfalls hat er mich an diesem berühmt-berüchtigten Tag, als die Gendarmen mich zurückbrachten, endgültig abgeschrieben. Ich hatte ihn enttäuscht, aber das Problem war, das hatte ich von meinem ersten Atemzug an getan. Ich war von Natur aus eine Enttäuschung.

Dort am Ende der Hafenmole zu stehen und meinen Platz in der langen Reihe der Inselfrauen einzunehmen, erlaubte mir auch, in der Zeit zurückzureisen und in die Haut von Corentine Malgorn zu schlüpfen, meiner Urgroßmutter, die vor anderthalb Jahrhunderten an derselben Stelle auf Posten stand.

Am 28. Januar 1871 wird der Waffenstillstand unterzeichnet. Weit im sechsten Monat, kann sie ihren Zustand nicht mehr geheim halten, sie lauert auf die eintreffenden Schiffe, und wenn die Seeleute an Land gehen, fragt sie sie fieberhaft aus nach der Wiedereröffnung der Straßen und Bahnstrecken, nach der Rückkehr der Soldaten. Januar, Februar, immer noch nichts. Anfang März, Opfer der in abgeschiedenen Nestern wie dem unseren herrschenden Bosheit und erstickenden Dummheit, verstoßen von ihrer eigenen Familie, die ihr vorwirft, Schande über sie gebracht zu haben, tut sie, was man damals bei Problemen tat: Sie sucht den Pfarrer auf.

»Verlass die Insel, sofort! Hol dir bei dem Notar das Geld und such die Leute, die Breval gekauft haben. Wenn er im Krieg gefallen ist, schulden sie dir den Restbetrag. In Brest warten 4000 Franc auf dich, also geh und bau dir ein Leben auf, aber kehre niemals hierher zurück!«, muss ihr der Koloss von der Île Bourbon geraten haben, denn erst 1920 setzte sie wieder einen Fuß auf die Insel, da war sie siebzig.

Bei der Gelegenheit möchte ich darauf hinweisen, dass ich diesen Pfarrer nicht erfunden habe. Ich habe ihn beschrieben, wie er auf den Kupferstichen erscheint, die 1896 anlässlich des Untergangs der *Drummond Castle* mit 358 Toten in *L'Illustration* veröffentlicht wurden.

Im Départements-Archiv des Finistère fand ich auch die Spur von Corentines Besuch in den Originalakten des Notariats von Kersauzon de Pennendreff. Am 3. März 1871 kassierte sie die 4000 Franc, die der Notar, bei dem Breval unterschrieb, ehe er zur Armee ging, verwahrt hatte, und am 6. März wurde die Bahnlinie Brest-Paris bis zur Gare Montparnasse wiedereröffnet.

Hier haben wir also Corentine Malgorn, die inmitten der preußischen Besatzung in einem überfüllten Zug Frankreich durchquert. Sie ist einundzwanzig Jahre alt. Sie trägt Schwarz, ein bis zur Mitte der Waden reichendes Kleid, das ihren Bauch kaschiert, eine schwarze bestickte Stola, die ihr goldenes Kommunionskreuz zur Geltung bringt, dazu eine weiße Haube auf dem kurz geschnittenen Haar. Sie spricht hinreichend Französisch, um sich durchzuschlagen, denn bis zum dreizehnten Lebensjahr ging sie zu den Nonnen, wo man die Sprache unterrichtete, um die Jungs zu schulen, ehe sie zur Marine gingen, und vor allem kann sie lesen. Nicht nur das macht sie so ungemein modern: Sie entstammt auch der einzigen matriarchalen Gesellschaft Europas; folglich erzählt ihr Leben nicht die Geschichte der Männer, die über sie hinweggetrampelt sind. Sie kennt nur den Nachnamen der Leute, die ihren Verlobten gekauft haben, Familie de Rigny, wohnhaft in Saint-Germain-en-Laye. Sie ist hochschwanger, sie hat keine Zeit zu verlieren.

Es gibt noch eine Spur von ihr, und keine unbedeutende: ihr Sparkassenbuch. Es fand sich unter dem im Keller meines Vaters gehorteten Familienkram. Ich erfuhr daraus, dass sie gleichzeitig reich und sparsam war. Dass sie am 14. März 1871 am Schalter in Paris-Montparnasse 3850 Franc einzahlte, aber auch 6000 Franc am 26. März, also eine Woche vor der Geburt meines Großvaters; dadurch kam ich darauf, dass Schwager Jules als für den Kauf von Botquelen Bevollmächtigter die de Rignys übers Ohr gehauen haben muss, denn die Summe dieser beiden Einlagen übersteigt bei weitem den in der Verkaufsurkunde genannten Preis von 8000 Franc.

Fünf Tage nach der Veröffentlichung der Traueranzeige für meinen Vater, während ich Kartons packte und dabei gegen den heftigen Drang ankämpfte, alles zu verbrennen, rief meine Freundin Tiphaine, die im Rathaus arbeitet, mich auf dem Handy an. Genau jetzt, während sie mit mir spreche, sei ein charmanter Typ in Anzug und Krawatte dabei, die Personenstandsregister der Insel nach meiner Familie zu durchforsten.

Aha, meine Traueranzeige im *Ouest-France* musste jemanden alarmiert haben. Bei den Handlungsbevollmächtigten der de Rignys war wohl eine Erbschaftspanik ausgebrochen, dass sie uns bis an den Arsch der Iroise-See verfolgten, uns, die Bettler aus der Bretagne.

Mit derselben Methode, die man bei Familien anwendet, kann man im Internet anhand des Handelsregisterarchivs die Genealogie eines Unternehmens rekonstruieren.

Die Établissements de Rigny zur Zeit des Kaufs meines Ahnen wurden 1890 nach zwei Kapitalerhöhungen, davon eine mitten unter preußischer Besatzung, zu De Rigny

Construction, dann 1908 zu RGL Construction, als Ferdinand de Rigny sich mit Gireur und Legros zusammenschloss, zwei Absolventen der Elitehochschule École polytechnique, von denen einer seine Tochter heiraten sollte.

In der ersten Hälfte des 20. Jahrhunderts erweiterte das, was jetzt nur noch RGL hieß, seinen Unternehmensgegenstand: Zusätzlich zu Bauarbeiten für die öffentliche Hand machte man nun in Energiekonzessionen und Energieversorgung. Aus einer anderen Quelle – den Archiven der Säuberungskommission – erfuhr ich, dass die Firma oder vielmehr der Firmenchef Guillaume de Rigny, jüngster von Ferdinands Söhnen und Vater des verstorbenen Philippe, nach dem Krieg Probleme mit der Justiz bekam, weil er Mühe hatte zu erklären, wie er zwischen 1940 und 1944 vier Kapitalerhöhungen vornehmen konnte, aber alles kein Problem, da der für das Dossier zuständige Staatsanwalt entlassen wurde, ehe die Sache richtig in Fahrt kam.

Die RGL wuchs in beträchtlichem Umfang weiter: während der *Trente Glorieuses*, der dreißig glorreichen Nachkriegsjahre, dank des Wiederaufbaus und während der *Trente Piteuses*, der anschließenden dreißig kümmerlichen Jahre, dank der Ölkrise und ihrer Energiesparte, bis sie in den Neunzigern schließlich teuer an einen Bauriesen verkauft wurde und Philippe de Rigny nur die Trading-Tochter Oilofina behielt, um im politischen Rennen zu bleiben.

Angesichts der Tatsache, dass nur ein einziges Schiff am Abend zum Festland zurückfährt, ist es wirklich nicht schwer, auf der Insel einen Mann im Anzug zu finden: Man musste nur irgendwen fragen, ob er oder sie ihn gesehen hatte. Er saß gerade allein beim Mittagessen im einzigen Restaurant, das während der Sauregurkenzeit geöffnet hat. Ich ging hinein, grüßte den Wirt und setzte mich auf den Stuhl ihm gegenüber.

»Es ist schwierig, in einem so kleinen Ort unbemerkt zu bleiben, vor allem wenn man im Leben der Leute herumschnüffelt. Inwiefern interessiert Sie meine Familie?«

Er erzählte mir, was ich bereits wusste, und um ihn in die Irre zu führen, mimte ich Erstaunen.

Er war bevollmächtigt von den Verwaltern des Trust-Vermögens einer Familie, die aus einer fast Hundertjährigen und einer zweiundsiebzigjährigen Alkoholikerin bestand, was entschieden beunruhigend war für Leute, die sich mit Honoraren vollstopften und Gefahr liefen, ihren Job zu verlieren.

»Was genau wollen Sie wissen?«

»Das ist ein inoffizieller Schritt seitens unserer Kanzlei, die Familie ist nicht auf dem Laufenden.«

»Das beantwortet nicht meine Frage: Was wollen Sie wissen?«

»Wer die Erben des Trusts wären, falls das Unheil auch Marianne de Rigny heimsucht.«

»Sie sagten, die Tochter dieser Dame ist gerade an einer Überdosis gestorben, okay, aber hat sie denn keine Geschwister?«

»Sie hatte einen Bruder, der zusammen mit seinem Sohn bei einem Aufruhr in Afrika gelyncht wurde. Übrigens ein grässliches Ende! Letzterer hatte ebenfalls eine Tochter, die bei einem Erdbeben in Nepal umgekommen ist.«

»Überdosis, Erdbeben, Lynchmord, alles im selben Jahr – Mannomann, auf der Familie liegt echt ein Fluch!«

»Sie hat auch einen Zwillingsbruder, aber die Familie verleugnet ihn schon seit langem. Wir finden keine Spur mehr von ihm. Wir wissen nicht mal, ob er überhaupt noch lebt.«

»Verleugnet? Aber das bedeutet juristisch rein gar nichts, *verleugnet.*«

»Ganz unsere Meinung, bloß dass die Familie nicht darüber reden will. Außer Marianne bleibt also niemand mehr. Und dann sind wir über einen Alert im Internet auf die Traueranzeige für Ihren Vater gestoßen, und da der Name sehr selten ist, hat man mich hergeschickt, um für alle Fälle seine Personenstandsakte einzusehen. Ich bin zurückgegangen bis zu einer Abschrift der Heiratsurkunde Ihres Großvaters Renan und seiner Frau Rose, in der als Vater des Bräutigams der Name Auguste de Rigny eingetragen ist. Da das Pariser Personenstandsregister von vor Juni 1871 in Flammen aufgegangen ist, war uns die Existenz dieses direkten Nachkommen nicht bekannt.«

»Ich habe diese Urkunde; sie befand sich in den Unterlagen meines Vaters.«

»Und wer ist denn diese Corentine Malgorn?«

»Eine Wahnsinnsfrau. Es gibt ein Foto von ihr in einem Mausoleum auf dem Friedhof. Sie können es nicht verfehlen, es ist das imposanteste.«

»Und Sie sind folglich die Urenkelin von Auguste de Rigny, die jüngste bekannte Erbin nach Marianne und ihrem nicht auffindbaren Zwillingsbruder.«

»Wenn Sie es sagen! Na dann, sehr erfreut: Ich heiße Blanche, bin achtunddreißig und habe eine zehnjährige Tochter namens Juliette. Das wär's. Und anders als mein Äußeres denken lassen könnte, leide ich nicht an einer degenerativen Erkrankung. Meine Großtante ist drei-undneunzig und voll auf Zack, und mein Vater ist zwar vor kurzem gestorben, aber er ist ertrunken, sonst wäre er ebenfalls topfit. Sie sollten ein Cousinentreffen organisieren, wie man das bei uns nennt, damit wir uns miteinander bekannt machen können.«

Er überging meine Bemerkung. »Meine Kanzleileitung bittet mich eben darum, Sie ausfindig zu machen, von daher passt es gut, dass Sie hier sind, denn man hat eine Frage an Sie, auch wenn sie etwas heikel ist …«

»Tun Sie sich keinen Zwang an«, sagte ich mit strahlendem Lächeln.

»Meine Chefs bitten mich, Ihnen die folgende inoffizielle Frage zu stellen: Sollte wider Erwarten ein weiteres Unglück passieren, wie sähen Ihre Pläne für den Trust aus?«

»Das ist so ein Ding zur Steueroptimierung auf einer paradiesischen Insel voller Palmen, richtig?«

»Ja, auf den Britischen Jungferninseln.«

»Wenn diese Familie Leute dafür bezahlt, dass sie ihr Vermögen verwalten, und Letztere sich die Mühe machen, jemanden herzuschicken, nur um ein Personenstandsregister einzusehen, heißt das, es geht um mächtig viel Geld, oder?«

»Ja.«

»Ich liebe das Inselleben sehr. Richten Sie Ihren Chefs das aus, es wird sie vielleicht beruhigen …«

Paris, 18. März 1871

Vor ein paar Tagen hatte Jules Vallès anlässlich der Parade der Preußen auf den Champs-Élysées einen Leitartikel im *Cri du peuple* veröffentlicht, der Auguste zutiefst berührt hatte:

Schieß nicht auf sie, Republikaner, schieß nicht, weil man will, dass du schießt. Und lass dich nicht töten, heldenhafter Feigling, wenn noch so viel Gutes zu tun ist; wenn an der Seite des trauernden Vaterlands die Revolution im Gange ist.

Ein heldenhafter Feigling. Genau das bin ich. Ein heldenhafter Feigling. Seine Schritte hämmerten dieses Oxymoron, während er im Zwielicht nach Hause lief, das Gas kehrte seit Aufhebung der Belagerung nur sehr spärlich zurück. Er kam aus dem Tivoli-Vauxhall, wo die Versammlungen des Zentralkomitees der Nationalgarde stattfanden. Jeden Abend ging er dorthin, überschäumend vor Überzeugung und Eifer, verzehrt von dem Drang zu handeln, beseelt von dem Wunsch, die Commune möge ihn aufrufen, ihr die Ehre zu erweisen. Aber als er eine Verantwortlichkeit in dieser neuen Kommunardenarmee forderte, hatten die alten Quarante-Huitards ihn auch diesmal wieder Jungspund oder Kleiner genannt und freundlich beiseitegeschoben mit dem Versprechen, eines Tages käme er schon noch an die Reihe. Er bewunderte sie, gewiss, einige von ihnen hatten Kerker und Verbannung erlebt, aber sie hatten so eine vernünftelnde Bedächtigkeit, die sein Ungestüm enttäuschte.

Auf Höhe des Boulevard Magenta bemerkte er hier und da, aus dem nächtlichen Nebel auftauchend, kleine Gruppen von Soldaten, die ihre Gewehre mit beiden Händen hielten, als zögen sie an die Front. Wo die nur alle hinwollen, fragte sich der junge Mann, an ein Gebäude der Place du Château-d'Eau gelehnt. In der Rue Saint-Denis begegnete er weiteren: Es waren dieselben, schweigend, eilig, verschlossene Gesichter. Er beschloss, umzukehren und ihnen unauffällig zu folgen, indem er sich von Torweg zu Torweg an den Fassaden entlangschob. Auf diese Weise lief er den gesamten Boulevard hinauf bis zur Butte Montmartre, zu der aus der Rue Mercadet und der Rue du Mont-Cenis kommend weitere Gruppen von Soldaten strebten. Hunderte Soldaten.

Von seinem Standort konnte er die Hänge des Montmartre-Hügels erkennen, wo er Pioniere unter Führung eines berittenen Generals die Schutzvorrichtungen um die Kanonen abreißen sah.

»Die schaffen unsere Geschütze fort!«, murmelte er ganz leise.

Er rannte los und erklomm atemlos den Hügel bis zum Solférino-Turm, von dem er wusste, dass dort eine Gruppe Nationalgardisten auf Beobachtungsposten waren. Am Fuß des Bauwerks lag ein Mann in Uniform, über den sich eine Frau in grauem Rock und schwarzer Bluse beugte, Louise Michel, die er erkannte, weil er sie viele Male im Tivoli-Vauxhall hatte sprechen hören.

»Bürgerin, Thiers' Truppen sind im Begriff, den Champ polonais zu räumen. Was kann ich tun?«

»Folge mir, wir müssen Paris aufwecken!«

Und er rannte ihr nach, stürmte den Hügel von Montmartre hinunter, trommelte die Passanten zusammen, die unterwegs waren, um ihr morgendliches Brot und ihre Milch zu kaufen. Unten angekommen, schlug er an alle Türen, an denen er vorüberkam, um so viele Leute wie möglich herauszulocken.

»Versailles will uns entwaffnen … Sie ziehen unsere Kanonen vom Champ polonais ab …«

Auguste fühlte sich stark, wach, voller Entschlusskraft, bereit, Paris im Alleingang aufzuwiegeln. Endlich war er mittendrin.

Die Straßen füllten sich mit aufgeschreckten Menschen, die die Nachricht an andere weitergaben. Er sah Louise Michel, die im Viertel sehr bekannt war, wie sie aus vollem Halse »Verrat!« schrie.

Und das Gerücht sprang von Ohr zu Ohr, bis es einen Aufstand auslöste.

Die von Minute zu Minute dichter werdende Menge umstellte den Platz und hinderte die Gespanne am Näherkommen. General Lecomte, dessen Namen Auguste aus den von überall hagelnden Spottrufen aufgeschnappt hatte, befahl den Soldaten, die Geschütze mit Menschenkraft herauszuholen und mit ihren Gewehren einen Korridor zu bilden, um die Pferde herbeizuschaffen, doch jedes Mal, wenn eine Kanone angespannt wurde, durchtrennten Hausfrauen die Stränge mit ihren Küchenmessern. Nach und nach brachte die Menge, hauptsächlich Frauen und Kinder, die Geschütze wieder in ihren Besitz und überwältigte die Militärs. Fuchsteufelswild befahl Lecomte, auf die Zivilisten zu schießen. »Gewehrkolben nach oben!«, brüllte einer seiner Offiziere, während ihm sein Vorgesetzter geifernd mit dem Erschießungskommando drohte. Um halb neun war alles vorbei.

Trunken von vollbrachter Tat und revolutionärer Rhetorik hielt sich Auguste noch einige Stunden in der Gegend auf, dann beschloss er, nach Hause zu gehen. Er war begierig, seiner Tante vom verstohlenen Auftauchen der Soldaten zu erzählen, von den in Bedrängnis gebrachten Gespannen, den Männern, die sich mit dem Volk verbrüderten, aber vor allem, wie er Louise Michel geholfen hatte, die Ereignisse dieses Tages, der ohne jeden Zweifel in die Geschichte eingehen würde, ins Rollen zu bringen. Gegen den Strom der Schaulustigen, die nach Montmartre hochstiegen, lief er die Rue des Martyrs hinunter und erreichte gegen Mittag die Rue du 4-Septembre.

»Ich muss Ihnen erzählen, Tante, es war fabelhaft«, begann er überschwänglich.

Die Wohnung sah aus wie ein Schlachtfeld, so als hätten Einbrecher sie eben verlassen. Clothilde und ihr Dienstmädchen Rosalie schickten sich an, alles, dessen sie habhaft werden konnten, hektisch in ihre Koffer zu stopfen.

»Was ist denn los? Wo wollen Sie hin?«

»Als ich hörte, dass man die Kanonen fortschafft, lief ich sofort nach draußen, wie Sie sich vorstellen können. Und als ich mich Montmartre näherte, sah ich allerorten, wie Barrikaden errichtet wurden und Militärs Richtung Place de la Concorde flohen. Thiers hat vorhin entschieden, mit der Regierung nach Versailles zu gehen; mehr braucht es für mich nicht. Ich kehre nach Saint-Germain zurück! Helfen Sie uns, das alles zur Gare Saint-Lazare zu tragen.«

»Aber, Tante, ich war in Montmartre … es war harmlos. Es gab nur einen einzigen Schuss, und den hat ein Militär abgefeuert.«

»Ich war an der Place Pigalle und habe solche Schufte gesehen … Sie haben ja keine Vorstellung! Die wittern bereits den Krawall. Sie haben zwei Generäle gefangen genommen und reden davon, sie standrechtlich zu erschießen. Der Aufstand schickt sich an, die ganze Stadt zu ergreifen, und ich weiß aus sicherer Quelle, dass die Truppen sich nach Versailles zurückziehen. Morgen werden wir dem Wüten des Pöbels ausgeliefert sein. Beeilen wir uns, Rosalie! Laufen Sie voraus! Kaufen Sie Fahrkarten. Die Wagenklasse ist unwichtig, wir müssen in den nächsten Zug steigen, ehe sie allesamt gestürmt werden. Warten Sie am Ende von Gleis 3 auf mich.«

Benommen rannte Auguste hinter seiner Tante her. Erdrückt von ihren Bündeln, trafen sie in der Rue Auber auf in Panik versetzte Bürgerfamilien, die sämtliche Kleidungsstücke, die sie übereinanderziehen konnten, am Leib trugen, auf mit Koffern und Nippsachen beladene Handwagen und ein paar Droschken, gezogen von den wenigen Pferden, die das Glück hatten, nicht aufgegessen worden zu sein. Alle strebten sie zur Gare Saint-Lazare.

»Schnell, Auguste, der Ansturm ist schon im Gange!«

»Schnell … Das wiegt eine Tonne! Was haben Sie da bloß alles eingepackt?«

»Mein Tafelsilber.«

»Sie sind verrückt!«

Rosalie, die Plätze in der zweiten Klasse ergattert hatte, erwartete Clothilde an der vereinbarten Stelle.

Auguste brachte seine Tante im Abteil unter. Ehe der Zug sich ruckelnd in Bewegung setzte, hielt Letztere ihn am Arm zurück und sagte ernst:

»Sie sind ein überspannter junger Tor, lieber Neffe, und Sie gefallen mir so, weil Sie mich zum Lachen bringen. Aber jetzt muss Schluss sein damit, denn es ist nicht länger ein Jux. Ich bin mit Thiers bestens bekannt; Sie können mir glauben: Er wird Sie alle hinrichten, Sie, die Kommunarden, und sei es nur, weil Sie es gewagt haben, die Bourgeoisie zu erschrecken.«

Es war in Chatou, während der Zug sich allmählich leerte, als sie Clothilde auffiel. Man musste sagen, sie war nicht zu übersehen. Ihre Erscheinung hatte mit nichts, was man kannte, auch nur entfernte Ähnlichkeit. Eingezwängt in das Durcheinander aus von Rüschen und Krimskrams überquellenden Koffern, saß sie kerzengerade da und wirkte vollkommen unberührt von den politischen Ereignissen, die sie alle aus Paris hatten flüchten lassen.

Wer mag das sein?, fragte sich Clothilde. Eine dieser braven Bretoninnen, die das Bürgertum in Seine-et-Oise mit Vorliebe seine Kinder hüten lässt? Und warum hat sie kein Gepäck? Sie flüsterte Rosalie etwas ins Ohr. Die antwortete mit einem Kopfschütteln und wies unauffällig mit dem Kinn auf den gerundeten Bauch der Frau: Sie war schwanger und schien sich dessen nicht zu schämen. Mehr noch, sie verströmte so etwas wie eine strahlende Würde.

Auch in Pecq stieg sie nicht aus, was Clothilde noch neugieriger machte.

Als sie nur noch wenige Kilometer von ihrem Ziel entfernt waren, beugte sich die junge Frau plötzlich vor und
sagte: »Guten Tag, Madame, wenn Sie gestatten. Sie fahren nach Saint-Germain-en-Laye und sehen aus wie eine
Dame der feinen Gesellschaft. Mein Name ist Corentine
Malgorn und ich komme von weit her. Ich suche eine
ehrenwerte Familie, die de Rignys, für die mein Verlobter
als Einstandsmann gedient hat. Wissen Sie zufällig, wo
sie wohnen?«

»Oh mein Gott«, entfuhr es Clothilde.

11

Soweit ich mich erinnerte, hatte ich zuvor nur einmal den Fuß in die Rue du Faubourg Saint-Honoré gesetzt, um am Tag des offenen Denkmals das Hôtel de Rigny zu besichtigen, ein prächtiges Stadtpalais, das die Witwe des Bruders von Casimir und Clothilde 1867 als Geschenk erhalten hatte. Gerade verließ ein offizieller Autokorso das Élysée, weshalb mich das Taxi an der Place Beauvau absetzte. Ich nutzte die Gelegenheit und bummelte in Ruhe an den Schaufenstern entlang, und obwohl in all den Luxusboutiquen, an denen ich vorüberkam, nichts mir entsprach, war es eine echte Augenweide, die Kunst-fertigkeit zu bewundern, die die Handwerker für jene aufboten, die sich ihre Arbeit leisten konnten. Deshalb ließ ich mir Zeit und zockelte gemächlich in Richtung des exklusiven Privatclubs *Cercle de l'Union interalliée.*

Vor ein paar Tagen war ich auf die Idee gekommen, über Instagram den Brillenhipster zu kontaktieren, den Gefährten der verstorbenen Alice de Rigny, weil ich mir von ihm eine Fährte erhoffte, um das Ende der Geschichte meines Helden in Erfahrung zu bringen: Es war ja wohl kaum Zufall, dass er und das mit ihm befreundete Paar meine Insel gewählt hatten, um im Gedenken an ihre Kameradin Teddybären von den Klippen ins Meer zu werfen.

Auguste war ja nicht wie mein Großvater Botquelen, kein *res nullius*, den man in einem Graben liegen ließ.

Er war ein Sohn aus gutem Hause. Ein Sohn aus gutem Hause verschwindet nicht auf diese Weise.

Neugierig geworden, beantwortete der Brillenhipster meine kleine Nachricht sofort, und wir trafen uns in einem Café bei mir um die Ecke. Als er mich mit meinen an die Tischkante gelehnten Krücken dort sitzen sah, geriet er kurz in Panik, dachte wohl an eine lausige Anmach-Masche, dann besann er sich anders, weil meine Erscheinung und mein Gesicht ihm vage bekannt vorkamen.

»Kenne ich Sie?«

»Nein, aber wir sind uns schon mal begegnet. Das war im vergangenen Winter, Ihre Freundin war gerade gestorben und Sie sind auf die Insel gepilgert, auf der ich lebe. Ich habe mir erlaubt, Sie zu kontaktieren, weil ich Sie fragen wollte, warum Sie ausgerechnet dorthin gefahren sind und nicht an einen anderen Ort.«

»Aber wer sind Sie?«

Da erzählte ich ihm meine Familiengeschichte, wobei ich den Abschnitt *Als ich einmal heimlich lauschte* übersprang, der meine Nachforschungen losgetreten hatte, als wir zusammen auf dem Schiff waren.

»Daher meine Frage: Meinen Sie, die Familie weiß von unserer Existenz?«

»Das würde mich echt überraschen, andernfalls hätte ich davon gehört. Und außerdem: Hätten sie damals erfahren, dass einer der Ihren einen Säugling anerkannt hatte, der nicht ihrem Milieu entstammte – so wie ich sie kenne, hätten sie ihn auf der Stelle abgemurkst. Zumal Ihr Großvater, wenn ich das richtig verstanden habe, berechtigt gewesen wäre, sein Erbteil zu verlangen. Und wenn's ums Geld geht, wüsste ich nicht, was diese Leute stoppen kann.«

»Was war diese Pilgerfahrt also? Ein Zufall?«

»Das auch wieder nicht. Wir hatten besprochen, eines Tages alle zusammen hinzufahren, weil es so einen *private joke* zwischen uns gab. Alice hatte aus ihrem Elternhaus so ein Buch mitgenommen. Schundliteratur, ein Vorfahr hatte das zusammengeschmiert und im Selbstverlag veröffentlicht, und dann fühlte man sich verpflichtet, es Generation für Generation ganz hinten im Bücherschrank aufzubewahren. Sie meinte, das war ihre Sexualaufklärung, und um uns zum Lachen zu bringen, las sie uns manchmal daraus vor. Es schildert mit megaschweinischen Details eine mehrtägige Orgie, die sexhungrige Amazonen einem hilflosen Forschungsreisenden aufnötigen. Sie pressen ihm den Saft bis zum letzten Tropfen aus, und am Ende stirbt er vor Erschöpfung und Ekstase, nachdem er alle Frauen im gebärfähigen Alter besamt hat. Eine Art Porno-Version von Jules Verne: *Die Abenteuer des Grafen Mogador im Land der Amazonen*, verfasst von einem gewissen Jules de Brassac. Und die Handlung spielt auf Ihrer Insel.«

Schau an, das ist mir glatt durch die Lappen gegangen, dachte ich bei mir. »Und die Tante und die Großmutter Ihrer Freundin, haben Sie mit denen verkehrt?«

»Überhaupt nicht. Ich habe sie nur mal flüchtig auf der Yacht gesehen, auf der Adrienne ihre Partys gab. Niemand in dieser Familie hat sich je näher für mich interessiert. Aber wenn Sie sie treffen wollen, ist das ganz einfach: Die Alte isst jeden Tag im *Cercle de l'Union interalliée* zu Mittag. Das weiß ich, weil ich Alice mehrmals mit dem Motorroller hingebracht habe, wenn sie mit Gesellschaftleisten dran war. Gehen Sie nicht in Jeans hin, das ist offenbar total verboten.«

Ich betrat den Hof des Stadthauses, und als man mich fragte, wer ich sei, sagte ich einfach meinen Namen und dass ich mit meiner Großtante zu Mittag essen wolle. Man hakte nicht weiter nach und führte mich ohne Umschweife auf eine Terrasse mit Blick auf einen herrlichen Park.

»Bei dem schönen Wetter, meinte Madame de Rigny, möchte sie im Garten essen. Sie wird in wenigen Minuten hier sein, sobald ihre Tochter im Hof geparkt hat.«

Umgeben von all dieser Schönheit stieß ich einen wohligen Seufzer aus und merkte überrascht, wie mühelos ich mich an die Annehmlichkeiten gewöhnte, die Geld verschafft.

Yvonne, die beinah Hundertjährige, traf am Arm eines Butlers ein, der sie mit der gleichen Behutsamkeit, mit der man eine unbezahlbare alte Vase behandelt, vorsichtig auf den Stuhl mir gegenüber setzte.

»Ihre Großnichte ist bereits da und erwartet Sie.«

»Perfekt, perfekt!«

Sie wirkte entzückt, mich zu sehen, oder sagen wir, ihre durch hunderte Liftings immerfort aufgerissenen Augen und ihr zu einem ewigen Lächeln verzogener Mund verliehen ihr ein alterszittriges Strahlen.

»Geht es dir gut, mein Kleines?«

Es war vollkommen irre.

»Ja, Tante. Ich wollte Sie sehen, weil ich vorhabe, eine Art Chronik über unsere Familie zu schreiben, aber mir fehlt das Ende.«

»Das Ende?«

Für einen Moment muss ihr Geist sehr weit davongesegelt sein, denn mit glückseligem Lächeln wiederholte sie das Wort mehrere Male.

Wir steckten fest.

Tantchen und ich saßen ganz harmonisch beisammen, als die Silhouette einer massigen Säuferin, das ganze Ebenbild von Adrienne mit dreißig Jahren und dreißig Kilo obendrauf und der gleichen E-Zigarette mit Tagada-Geschmack im Mund, plötzlich das Licht der Sonne auslöschte. »Wer sind Sie denn?«

»Ich heiße Blanche de Rigny, und wie ich gerade zu Ihrer Mutter sagte, recherchiere ich derzeit zur Geschichte unserer Familie, insbesondere zu unserem gemeinsamen Vorfahren Auguste, dem Bruder Ihres Großvaters Ferdinand.«

Während ich sprach, holte ich meinen Personalausweis heraus, den sie mit völlig verständnisloser Miene befingerte.

»Wie gemeinsam? Was? Wollen Sie Geld?«

»Nein, absolut nicht, ich wollte Sie bloß fragen, Sie und Ihren Bruder, ob Sie wissen, wann und unter welchen Umständen besagter Auguste gestorben ist, denn in seiner Personenstandsakte steht nichts darüber, deshalb ist es logischerweise schwierig, sich ein Bild von seinem Ende zu machen …«

»Mein Bruder ist in Afrika gestorben.«

»Ich meine Ihren anderen Bruder, Ihren Zwillingsbruder Pierre.«

Da verdunkelten sich ihre Trinkerinnenaugen vor Wut und sie kam mit ihrem Gesicht so dicht an meins, dass das ihrem Atem entströmende Ethylen mir regelrecht die Haut verbrannte. Ihr ganzer Körper stank nach Alkohol wie ein alter Schwamm, mit dem man eine Fusellache aufgewischt hat. »Wie können Sie es wagen?!«

»Pierre? Pierre, bist du wieder da?«, fragte die Alte überglücklich. »Pierre, komm zu Mama …«

Es war krass.

Ich insistierte nicht weiter. Ich sammelte meinen Personalausweis ein und stand auf, ehe man in Versuchung geriet, mich rauszuschmeißen.

»Ich werde Ihnen einen Prozess anhängen! Sie kriegen nichts, nicht einen Cent!«, hörte ich sie hinter mir herzetern.

Als ich den Portalvorbau erreichte, fragte ich einen Einparker, wo Madames Fahrzeug stünde, da ich fürchtete, etwas auf der Rückbank liegen gelassen zu haben. Er zeigte auf einen riesigen Bentley. Ich ging hin und tat so, als würde ich ins Innere spähen, prägte mir das Kennzeichen ein und fotografierte den Wagen unauffällig mit dem Handy.

Weil ich es mehr als alles andere hasse, schlecht behandelt zu werden, wollte ich diesem furchtbaren Weib eine Lektion erteilen.

Bei der Arbeit konsultierte ich, sobald eine Gerichtsschreiberin mir den Rücken zukehrte, in der CASSIOPEE-Datenbank das Vorstrafenregister von Marianne de Rigny. Wie vorausgeahnt gehörte sie zur Stammkundschaft der von uns so genannten *Muscadet-Verfahren*. Sieben Verurteilungen wegen Alkohol am Steuer, beim vorletzten Mal gab es drei Monate auf Bewährung und zuletzt drei Monate Gefängnis ohne Vollzug des Haftbefehls, was sie immer noch nicht daran hinderte, besoffen zu fahren.

Beim nächsten Mal war sie dran.

Ich bat Dioulou, den Chef meiner Kuriertruppe, der als Einziger eine Aufenthaltserlaubnis besaß, ihr beim Verlassen des *Cercle* mit dem Fahrrad zu folgen, einen Unfall vorzutäuschen und mit lautem Geschrei nach der Polizei zu rufen.

Vierundzwanzig Stunden später wurde sie in einem beschleunigten Verfahren verurteilt, wobei sie in wilden Delirium-tremens-Aussetzern die Vorsitzende Richterin mit Beleidigungen bombardierte.

Ich saß ganz hinten im Saal, und als sie mich entdeckte, stieß sie eine Art tellurisches Brüllen aus, hervorgekrochen aus den Tiefen der Zeit, das den Raum erfüllte und mir verriet, dass sie kapiert hatte. Wie viel genau, kann ich nicht sagen, aber sie muss es verdammt schlecht aufgenommen haben, denn als es obendrauf kam auf den Tod ihrer Tochter, die sechs Monate Gefängnis ohne Bewährung, die sie sich gerade eingehandelt hatte, sowie den Widerruf ihrer dreimonatigen Bewährungs- und den Vollzug ihrer dreimonatigen Haftstrafe, erhängte sie sich in der Verwahrzelle mit ihrem Hermès-Gürtel, den ein nachlässiger oder schlicht verschreckter Bulle ihr wegzunehmen vergessen hatte.

Als ich sah, wie die Journalisten irgendwann ihre Posten vor den Türen eines medienwirksamen Prozesses verließen und im Pulk zum Eingang des Verwahrtrakts rannten, sagte ich mir, dass es keine absolut vollkommene Wahrheit geben kann außer Leben und Tod. Der Rest ist subjektiv, Wischiwaschi, Firlefanz.

Tja, das sagte ich mir.

Paris, 2. April 1871

Gott sei Dank hat mich niemand eintreten sehen, dachte Auguste, während der Priester von Notre-Dame des Victoires, lateinische Verse murmelnd, seinen armen Sohn mit Weihwasser besprengte. Die Witwe Malgorn hatte hartnäckig auf dieser Taufe bestanden und er hatte keine andere Wahl gehabt, als einzuwilligen und es geduldig zu ertragen.

Als er sah, wie Corentine und die von ihr ausgesuchte bretonische Patin mit seligem Lächeln die Beschwörungsformeln des Kirchenmanns wiederholten, war er an das Gespräch erinnert, das er zwei Monate zuvor mit seiner Tante Clothilde über die enttäuschenden Ergebnisse der Parlamentswahlen geführt hatte.

»Was denken Sie denn auch? Dass Frankreich aus den großen Boulevards besteht?«

»Aber, werte Tante, es sind die ersten Wahlen der neuen Republik … Brillante Männer haben kandidiert: Hugo, Gambetta, Quinet, Rochefort … Aber nein, sie nominieren eine zu sechzig Prozent monarchistische Nationalversammlung … Wie ist so etwas 1871 bloß noch möglich!«

»Weil Frankreich eine Nation von tumben Bauerntrampeln ist, die Ordnung brauchen, Gott, Frieden und den beruhigenden Rahmen ihrer Traditionen: ihren König, ihre Bauerntage und ihre lächerlichen kleinen Tanzvergnügen zu Johanni, die ich verabscheue. Thiers ist der Einzige, der diese Nation durchschaut und ihre Zustimmung zu gewinnen weiß.« Sie hatte recht: Die Brillenschlange, *der Freund der Familie,* war von den *Bauerntrampeln* mit großer Mehrheit gewählt worden.

Er nahm dieser unglücklichen Kriegswitwe ihre Bigotterie nicht übel; er verübelte es den Pfaffen, dass sie das Volk so lange in diesem kindischen Zustand gehalten hatten. Mag er seine Sekte noch weidlich ausnutzen, dachte er, während er dem Priester bei seinen Amtshandlungen zusah. In wenigen Wochen würde es aus und vorbei sein mit diesem verdummenden Ritual und den Pariser Kirchen, die man in Volkshäuser umwandeln würde. Mochte er ihr diese Messe auch zugestanden haben, er hatte sich entschieden dagegen verwahrt, dass sein Name im Taufregister aufschien.

Nach der Taufe musste er nur noch das nicht enden wollende Credo durchstehen, dann hatte er diese erbärmliche Zeremonie hinter sich. Dann würden sie als Familie die Straße zum Rathaus des 2. Arrondissements überqueren, wo Perrachon und Trousselier sie nunmehr zu einer echten Taufe erwarteten, einer republikanischen Taufe.

Credo in Deum, Patrem omnipotentem, Creatorem caeli et terrae … Et in Jesum Christum, Filium eius unicum, Dominum nostrum …

Auguste dachte an all die Ereignisse, die in den vergangenen zwei Wochen mit beängstigender Geschwindigkeit aufeinander gefolgt waren.

Am 20. März, zwei Tage nach der Geschichte mit den Kanonen, in der er sich ausgezeichnet hatte, kam von seinem Vater eine mit vielen Drohungen versehene Aufforderung, nach Saint-Germain-en-Laye zurückzukehren. Als Antwort war er in die Nationalgarde eingetreten, die ihn diesmal aufgenommen hatte, bereit, sein Leben für die Commune hinzugeben. Die Familie hatte das, gelinde gesagt, nicht goutiert und ihm den Unterhalt gestrichen. Seitdem zog er die Uniform der Kommunesoldaten nicht mehr aus, außer für diese dumme Taufe, zu der er, um weniger aufzufallen, in Zivil erschienen war.

… qui conceptus est de Spiritu Sancto, natus ex Maria Virgine, passus sub Pontio Pilato, crucifixus, mortuus, et sepultus, descendit ad infernos …

Am 25. hatte er ein Billett seiner Tante erhalten, in dem sie ihm die Ankunft von Corentine Malgorn in Saint-Germain-en-Laye schilderte sowie den daran anschließenden riesigen Familienstreit über die Auszahlung des Einstehersoldes: auf der einen Seite Ferdinand und Jules, auf der anderen Casimir und seine Gattin, und dazwischen Berthe, die nicht aufhörte zu weinen und in Ohnmacht zu fallen; Clothilde hatte sich prächtig amüsiert und als gute Patriotin mit Zähnen und Klauen die Interessen der Kriegswitwe verteidigt. Ihre kurze Nachricht endete mit den rätselhaften Worten: *Sie spricht Französisch und kann Ihnen folglich Auskunft geben über den Mann, der an Ihrer Stelle gestorben ist. Ich weiß, wie viel Ihnen daran liegt. Begehen Sie nicht aus Mitleid die Torheit, von der ich denke, dass Sie sie begehen werden.* Es folgte die Adresse einer Pension in Montparnasse.

... tertia die resurrexit a mortuis, ascendit ad caelos, sedet ad dexteram ...

Mit einem Rippenstoß rief ihn die Mutter seines Sohnes zur Ordnung, weil er das Credo verhunzte, indem er gegen den Takt einen unverständlichen Singsang psalmodierte.

... Dei, Patris omnipotentis, inde venturus est iudicare vivos et mortuos.

Er war sofort aufgebrochen, um sie unter der angegebenen Adresse zu suchen, und erst als er sie da stehen sah, zwei Fingerbreit von der Niederkunft entfernt, verstand er die Nachricht seiner Tante. Die Freude hatte ihn erleuchtet wie die Sonne.

Während die Droschke vor ihrer Pension wartete, zog Auguste alle Register, um sie zu überzeugen, ihn zur Wohnung seiner Tante zu begleiten, aber sie begnügte sich damit, ihm mit verschränkten Armen und ohne mit der Wimper zu zucken zuzuhören. Dennoch, nach dreißigminütigem Palaver obsiegten die magischen Worte *Bade- und Toilettenzimmer mit fließendem Wasser* und erlaubten ihm, die junge Witwe in die Rue du 4-Septembre zu bringen, wo sie einen Sohn gebar.

Zum Kapitel Breval Botquelen hatte sie rein gar nichts beizutragen, allenfalls: »Nu, das war halt ein Mann.« »Er war recht tapfer.« Oder: »Ziemlich traurig, was ihm widerfahren ist.« Kein romantischer Ausbruch, keine verliebte Trauer, nichts. Als würde der arme Kerl von dieser Frau einzig als Erzeuger ihres Kindes betrachtet. In Sachen

Konversation war es kaum besser mit ihr. Als er versuchte, ihre politischen Anschauungen zu erfahren, versetzte sie: »Was ich will, ist nur in Ruhe meine Suppe essen, ein schönes Geschäft aufziehen, und vor allem, dass man dem lieben Gott keinen Kummer bereitet«, obendrein mit diesem grauenhaften Akzent, der nach nasser Erde stank.

Fromm, ungebildet, am Rande der Königstreue, war Corentine auf ihre Art recht verwirrend: äußerst frei und zugleich der Sorte emanzipierter Frau, die er tagtäglich auf den Barrikaden traf, diametral entgegengesetzt.

... Credo in Spiritum Sanctum, sanctam Ecclesiam catholicam, sanctorum communionem, remissionem peccatorum, carnis resurrectionem vitam aeternam.
Amen.

»So, dann los, das war's, wir gehen!«, sagte Auguste und bugsierte die beiden Bretoninnen Richtung Ausgang.

Sie leisteten widerstrebend Folge, nicht ohne ihm einen bösen Blick zuzuwerfen, weil er sie derart aus der Kirche scheuchte.

An der Rathaustür erwarteten sie Perrachon und Trousselier in ihren Uniformen der Nationalgarde sowie ein schlunzig gekleideter Quarante-Huitard, Eugène Pottier, seines Zeichens Dichter und der neue Bürgermeister des 2. Arrondissements. Der Letztere reichte Corentine einen Strauß roter Nelken und beehrte sie mit einem *Sei gegrüßt, Bürgerin,* was ihr im höchsten Maße missfiel.

Dann betraten sie den Festsaal des Rathauses. Auguste hatte für den Anlass eine Rede voll nebulöser Phrasen vorbereitet, in der es um die Nation als Mutter, den Antikapitalismus und die Tyrannei der Waren ging, konnte aber seinen Zettel nicht finden. Die Zeremonie beschränkte sich daher auf die Deklamation von Pottiers Gedicht »Das Kind«, vom Dichter selbst vorgetragen, das mit den Worten endete:

> *Mutter, Mutter, die Stunde hat geschlagen*
> *Bedecke mit unserer roten Fahne*
> *Deines Neugeborenen Wiege*

Daraufhin trug man die Abstammung ins Personenstandsregister ein.

»Nun, wie soll der kleine Bürger mit Vornamen heißen?«, erkundigte sich der Bürgermeister bei den Eltern.

»Renan«, sagte Corentine. »Ich will ihn Renan nennen.«

»Vermutlich der Name Ihres Vaters …«

»Nein, der Name von niemand. Der Name, den ich für ihn ausgesucht habe!«

Auguste schaltete sich ein. »Meine Kameraden und ich, wir werden nach der Zeremonie unter Führung von Duval und Flourens zu einem Feldzug aufbrechen, um Paris zu verteidigen. Zur Feier des Tages möchte ich ihm Astyanax als zweiten Vornamen geben.«

»Vortrefflich«, sagte der Dichter.

»Was ist das?«, fragte die Witwe und runzelte die Stirn.

»Das ist der Sohn, den Hektor umarmt, bevor er auszieht, um Troja gegen Achills Truppen der Griechen zu verteidigen.«

»Wer ist Hektor?«

»Kennen Sie Ronsard? Ein Dichter wie dieser Herr hier.«

»Nein.«

»In seinem Epos erzählt er, wie Hektors Sohn Astyanax, der dem Tod entrann, weil er die Griechen mit seiner Schönheit rührte, auf Geheiß der Götter eine Reise nach Gallien unternimmt, wo er Frankreich gründet.«

Corentine wandte sich an den Bürgermeister. »Ist das bekannt, dass Gott Asty-sowieso ausschickt, um Frankreich zu gründen?«

»Unbedingt!«

»Gut, dann passt es mir.«

Alle unterschrieben den Registereintrag, und Corentine ließ sich eine Abschrift der Geburtsurkunde ihres Sohnes aushändigen, um ihn in ihren Pass eintragen zu lassen für den Fall, dass sie beschloss, mit ihm in die Heimat zurückzukehren.

Sobald die republikanische Zeremonie beendet war, kleidete sich Auguste im Hinterzimmer um, zog wieder seine Nationalgardistenuniform an und trat auf den Rathausvorplatz, wo die anderen auf ihn warteten. Dort nahm er den kleinen Astyanax aus den Armen seiner Mutter, um ihn zum Himmel zu heben.

»Zeus und ihr anderen Götter, o lasst doch dieses mein Knäblein werden dereinst, wie ich selbst, vorstrebend im Volk der Troer, auch so stark an Gewalt, und Ilios mächtig beherrschen! Und man sage hinfort: Der ragt noch weit vor dem Vater!«

Dann reichte er das Kind an seine Mutter zurück und verschwand um die nächste Straßenecke.

12

Die Ereignisse machten dem Trust schwer zu schaffen. Ich war noch nicht Erbin der de Rignys, allerdings war außer mir niemand mehr da, um sich um die Alte zu kümmern, deshalb bekniete man mich, in die Avenue Foche zu ziehen, in eine Art Appartement über drei Etagen mit einer Innentreppe, wie man sie von Ozeandampfern kennt, und Dachgarten; das Ganze für ein Monatsgehalt in Höhe meines Jahreseinkommens.

Hildegarde, seit ihrer Verurteilung joblos, zog mit Juliette und mir dort ein, zusammen mit zwei potthässlichen Hunden, Pistache und Géranium, die sie in aller Eile aus dem Tierheim geholt hatte. Außerdem wohnten bei uns noch das meistgesuchte Kaninchen Frankreichs, einziger phosphoreszierender Nachkomme der im Jahr 2000 mit einer Qualle geklonten Alba, sowie ein sieches Schaf, das am selben Tag beim Einbruch ins Genlabor gerettet worden war.

Die alte Yvonne war nett und fühlte sich wohl inmitten der Tiere, aber meine Mission bestand darin, ihren Sohn aufzuspüren, und da sie beim Anschauen von Familienfotos, aus denen sein Kopf sorgfältig ausgeschnitten war, lediglich erklärte, es sei ungezogen von ihm, sich eine andere Mutter zu suchen, war sie uns überhaupt keine Hilfe.

Wir durchkämmten die gesamte Wohnung, schüttelten jedes Buch, kippten jede Schublade aus, überprüften Keller und Schränke. Nichts.

Mit ihrem üblichen Kampfgeist nutzte Juliette Tantchens wenige Augenblicke annähernder Klarheit, wenn sie sich mit Kuchen vollgestopft hatte, und versuchte unverdrossen Abend für Abend, ihr etwas mehr zu entlocken.

»Ist sie hübsch, seine neue Mama?«, fragte sie sie und zeigte ihr mal wieder das Foto eines zwanzigjährigen Pierre ohne Kopf.

Auf diesem Bild, das laut Notiz auf der Rückseite von Februar 1968 stammte, posierte er neben seiner Zwillingsschwester Marianne an einem Strand in Cannes. Es handelte sich um das letzte bekannte Foto von ihm, das noch im Familienalbum klebte, das nächste war einfach rausgerissen.

»Nein, sie ist sehr alt.«

»So alt wie du?«

»Älter.«

»Und hier, warum ist hier ein Loch? Was für ein Foto war da?«

»Das hat Pierre genommen, um es ihr zu schicken.«

»Pierre hat ein Foto aus dem Album gerissen, um es seiner neuen Mama zu schicken?«

»Ja, er ist ungezogen, er hat mein Album verhunzt.«

Wir waren weit vom Ziel entfernt.

Eines Abends, als ich keinen Schlaf fand, fiel mir ein, wie ich die komplette Familiengeschichte der de Rignys aufgespürt hatte, indem ich Wörter googelte, die ich zufällig in der Unterhaltung von Fremden auf einem Schiff aufgeschnappt hatte. Also versuchte ich erneut mein Glück und tippte die Begriffe »Mutter«, »1968«, »alt«, »Foto geschickt«.

Seite 1:
- irgendwas über Spätgebärende
- *Was wurde aus den Mädchen des Mai 68?*
- *Kamerun: tote alte Dame erwacht bei ihrer Beerdigung. 68 Personen zu Tode getrampelt*
- *Zunehmende Akzeptanz des Modells der berufstätigen Mutter ...*

Nichts.

Seite 2:
- *Kino, Modeln: die Revolution der alten Damen*
- Auszug aus einer Fabel des 18. Jahrhunderts
- ein Artikel auf BFM-TV über eine 79-jährige belgische Oma im Porsche, die mit 238 km/h geblitzt wurde
- *Mutters Agenda*, französischer Text, Gratis-E-Book

Ich klickte auf diesen letzten Eintrag und landete auf einer Seite mit Download-Angebot von Mutters dreizehnbändigem Werdegang mittels Zellyoga zum ewigen Leben, Protokolle von Gesprächen mit ihrem Schüler Satprem. Die Startseite zeigte das Porträt von Mutter, einer uralten Dame mit wohlwollendem Lächeln, die 1968 nördlich von Pondicherry Auroville gegründet hatte, indem sie mit Hilfe von Fotos junge Leute aus ganz Europa rekrutierte, insbesondere aus Frankreich, da sie selbst Französin war.

Ich stand auf und ging zu Tantchens Zimmer am anderen Ende der Wohnung. Unterwegs begegnete ich Jelly, dem fluoreszierenden Kaninchen, das sich jede Nacht austobte, indem es mit Karacho von einem Zimmer zum anderen wetzte wie einer dieser Leuchtbälle, die die Pakistanis vor den großen Kaufhäusern verkaufen.

Die Alte war gruselig, wenn sie schlief, man hätte sie für eine ägyptische Mumie halten können. Da sie wegen der vielen Liftings die Augen nicht mehr schließen konnte und im Liegen wie ein Reisigbündel aussah, wusste man nie, ob sie noch lebte oder schon tot war.

»Tantchen, ist das hier Pierres böse Mama?«, fragte ich und zeigte ihr auf meinem Smartphone den Screenshot des Porträts von Mirra Alfassa, genannt Mutter. »War sie es, der er sein Foto geschickt hat?«

Schlagartig total verstört, packte sie meinen Arm mit solch unglaublicher Kraft, dass mein Handy auf den Boden knallte.

»Sie hat mir meinen Kleinen genommen … Er hatte Geburtstag … Sie hat ihn in Indien behalten, dabei hatte er Geburtstag …«

»Pierre ist in Indien?«

Sie stieß noch ein paar Sätze gleichen Tenors aus, ehe sie mit einem Stöhnen, das echten Schmerz verriet, auf ihr Bett sackte. Ihre Krallenfinger ließen mich irgendwann los, dann versank sie in der Betrachtung der Motive des Toile-de-Jouy-Stoffs, mit dem die Wände ihres Zimmers bespannt waren.

Ich hatte es.

Wir ließen Yvonne und die Tiere in der Obhut des zahlreichen Personals, dem es nach lebenslanger Unterwerfung unter diese grässliche Familie auf eine Extravaganz mehr oder weniger nicht ankam und das folglich nichts dagegen hatte, Schafs- und Kaninchenkacke aufzusammeln, und machten uns auf den Weg nach Pondicherry, um den letzten noch lebenden de Rigny zu suchen; den letzten außer mir und Juliette natürlich.

Aber vorher schauten wir einen alten Dokumentarfilm von 1968 über die Gründung von Auroville. Dem Journalisten vom französischen Fernsehen, der ans andere Ende der Welt gereist war, um die jungen Erleuchteten zu fragen, was sie sich dabei dachten, in den Sack zu hauen und sich einem Guru im hintersten Tamil Nadu anzuschließen, erklärten sie allesamt: »Wir sind Mutters Ruf gefolgt, um das große Abenteuer zu leben.« Ihrer aller Gesichter strahlten.

Juliette faszinierte ein gleichaltriges blondes Mädchen, dem die Kamera folgte. Sie sprach fließend Englisch, Französisch, Deutsch, Hindi und Tamil und wechselte von einer Sprache in die andere, während sie die Fragen des Journalisten beantwortete.

»Was willst du später mal machen?«

»Mutter wird entscheiden. Ich könnte einen Weg einschlagen, der mir nicht guttut, deshalb ist es besser, wenn Mutter entscheidet.«

»Wenn du groß bist, willst du dann Kinder haben?«

»Mutter hat gesagt, es ist besser, keine Kinder zu bekommen. Mutter sagt, man muss etwas Neues machen.«

»Aber Mutter wird nicht immer da sein, um dir zu sagen, was du tun sollst …«

»Mutter wird immer da sein.«

Die Kleine erzählte, sie ginge in die Last School, erste Etappe auf dem Weg zu No School, wie Mutter es wollte. So was wie ein Lehrer erklärte, dass die Schule der freien Entwicklung nicht dazu diente, schlüsselfertige Konsumenten zu fabrizieren, sondern den Kindern ihr wahres Wesen zu enthüllen und ihre Neugier zu wecken, damit sie als Erwachsene fähig wären, einen Weg einzuschlagen, der gut für sie ist ... Und Juliette, die sich in der Schule zu Tode langweilte, fand das obercool.

Die Reportage endete mit Bildern von langhaarigen Männern, bärtig und mager wie Jesus, die vor einem Sonnenuntergang auf einer riesigen Baustelle Eimer voll Erde von einem zum anderen reichten. Mutters warme und mütterliche Stimme begleitete eine Kamerafahrt über ihre heiteren Gesichter: *Es gibt Menschen, die das Abenteuer lieben. An sie wende ich mich und sage ihnen: Ich lade euch ein zum großen Abenteuer. Was euch morgen widerfährt, das weiß ich nicht. Man muss alles fahren lassen, was man geplant hat, alles, was man ausgeklügelt hat, alles, was man aufgebaut hat, und sich auf den Weg ins Ungewisse machen. Und dann komme, was wolle!*

Da fing Tantchen an zu brüllen und zeigte mit dem Finger auf den Monitor. Ihr Ton war nicht mehr der einer verdrehten Alten, auch nicht der einer Oma aus der Werbung, wie wir es von ihr kannten, sondern der einer waschechten de Rigny. »Du dummer Junge kommst auf der Stelle nach Hause!«

Dahin also hatte sich Pierre mit zwanzig aufgemacht: ins *große Abenteuer*, bei dem er zu Männern und Frauen stieß, die die Abkehr vom Materiellen, die Aufgabe des Egos und die Ökonomie des Schenkens zum gemeinsamen Wert erkoren mit dem Ziel, ein neues Bewusstsein zu erlangen.

Wie sollte man sechs Monate nach Veröffentlichung der *Gesellschaft des Spektakels* von Guy Debord einer solchen

Sache widerstehen? Vor allem, wenn man wusste, dass es sich nicht um ein sektiererisches und schrulliges Hirngespinst handelte, sondern um ein mit großem Pomp lanciertes Experiment der UNESCO, die zur Einweihung der Stadt Delegierte aus hunderteinundzwanzig Ländern schickte.

Der Dokumentarfilm half mir verstehen, warum sich die de Rignys in Bausch und Bogen von ihrem Sohn Pierre losgesagt hatten. Weil Geld, die einzige Sprache, die man in dieser Familie sprach, keine Macht und keine Worte hatte, um ihn zum Bleiben zu bewegen. An diesem Punkt der Kommunikationslosigkeit angelangt, konnte man sich auch gleich überwerfen.

Für Juliettes und meinen ersten Flug griff der Trust tief in die Tasche: drei Plätze in der Business Class einer A380. Wir reisten in einem Schlafzimmer im Oberdeck eines fliegenden Monstrums. Ich konnte nicht schlafen und meine Tochter ebenso wenig. Wir lagen aneinandergeschmiegt auf der Seite, die Köpfe auf ein Kissen gebettet, und schauten zu, wie die Sonne über einem Wolkenmeer aufging. Es war magisch. Hildegarde, wegen des CO_2-Fußabdrucks von Flugzeugen radikal *no fly*, schlief wie ein Stein mit vierzig Zentimeter über das Bett hinausragenden Füßen, und am Ende schnarchte sie. Nach der Landung in Chennai haute uns Indien gleich hinter dem Flughafen voll in die Fresse: Rinderkarren, Farben, Armut, tausende Zweiräder, Milliarden Autos, stickige Luft, Hitze, Müll, riesige Vögel, Krüppel, Mittelalter mit Mobiltelefon, streunende Kühe, noch mal Hitze, Hupen, Leute, die auf den Boden kackten … Um Hildegarde und mich aus der Fassung zu bringen, bedurfte es mehr; Tod, Schmerz, Normlosigkeit und Missbildung, das alles kannten wir aus dem Effeff. Was Juliette anging, solange man ihr nicht irgendeine dubiose Verzerrung der Realität vorsetzte, war ihr alles recht. Aber es wunderte mich nicht, dass unschuldige Touris nach ein paar Tagen in diesem Land haufenweise den Kopf verloren und mit akuter Belastungsstörung völlig niedergeschlagen in einer Ecke ihres Hotelzimmers endeten.

Nach vier Stunden Fahrt hörte Indien mit einem Schlag auf, Indien zu sein, und machte der Stille des Waldes Platz, aus dessen Vegetation Reihen weißer Pyramiden auftauchten, Riesenpilze mit Fenstern, Bauten in der Form fliegender Untertassen und alte VW-Kombis, deren lädierte Karosserie von einer im Europa der Siebziger begonnenen Reise erzählte. Überall Weiße. Schlendernde Touristen in schicken Ethnoklamotten und geschäftige Aurovillianer, die mit Motorrädern durch die Gegend kurvten, auf dem Sozius blonde Kinder, die Haare im Wind.

Wir waren da.

Während der Reise hatte ich gelesen, dass Auroville das größte Aufforstungs- und Bodenregenerationsprogramm der Welt darstellte und die Pionierinnen und Pioniere auf dieser kargen roten Erde, auf der absolut nichts wuchs, zwei Millionen Bäume gepflanzt hatten. Zahlreiche Vogel- und Tierarten waren daraufhin zurückgekehrt und beschleunigten die Verbreitung der Samen, bis glatt ein gigantischer Wald und ein Mikroklima entstanden. Tatsächlich, hier war es weniger heiß als anderswo, und die Natur war großartig.

Die nächsten Tage verbrachten wir damit, auf Mofas über die Dörfer zu fahren, die Namen trugen wie Wahrheit, Einkehr, Gewissheit, Mut, Einsamkeit, und alle Franzosen, die wir trafen, zu fragen, ob sie einen Pierre kannten, der seit der Gründung nie wieder in seiner Heimat gewesen war. Wir brauchten nicht lange, um ihn ausfindig zu machen, da die französische Community in Auroville nur 350 Erwachsene zählte, davon gerade mal eine Handvoll noch lebende Pioniere. Man sagte uns, dass er nicht mehr so hieß, weil Mutter ihm einen anderen Namen gegeben hatte, und dass er in Traum im Green Belt lebte. Dass er ein Schweiger war, inmitten von Bäumen in einem abgeschiedenen Haus wohnte und niemals Besuch bekam.

Als wir auf unseren knatternden Zweirädern bei ihm eintrafen, reparierte er gerade eine Motorsäge und hatte sich völlig verausgabt. Ein knochendürrer Typ mit einem Gesicht wie sonnengedörrtes Leder, aber in Topform, barfuß und nur mit einer ölfleckigen alten Shorts bekleidet, das lange graue Haar im Nacken zusammengeknotet.

Wortlos sah er zu, wie wir von unseren Mofas stiegen.

Seine Erscheinung eines alten Christus verströmte eine metaphysische Aura, eine Art majestätische Gleichgültigkeit, die mich leicht aus dem Tritt brachte, aber na, ich ließ mich nicht beeindrucken und kam gleich zur Sache. Ich stellte mich vor, fasste meine Entdeckungen für ihn zusammen und beschrieb ihm haarklein die Unglücksfälle, die seine Familie heimgesucht hatten. Ich redete lange, während er schwieg und mein Gesicht erforschte, und obwohl er mir seine Identität nicht bestätigt hatte, schloss ich nach zwei Minuten aus seinem misstrauischen Blick, dass ich die richtige Person vor mir hatte, so sehr glich er trotz weniger Kilos und fünfzig Jahre Leben in Indien seiner verstorbenen Schwester.

Juliette, die beiläufig erklärt hatte, sie würde sich an einen Baum ketten, wenn wir sie zurück nach Frankreich verfrachten wollten, hatte unterdessen begonnen, auf der Schwelle des Hauses ein Tier mit borstigem Kamm zu streicheln, das dreimal so groß war wie sie selbst und das ich schließlich mit Mühe als zahmes indisches Wildschwein identifizierte. Hildegarde wiederum war mit der ihr eigenen Ungeniertheit zu einer Besichtigungstour aufgebrochen.

Irgendwann, als ich meine Geschichte fertig erzählt und er immer noch nicht den Mund aufgemacht hatte, verlor ich die Geduld.

»Haben Sie gar nichts dazu zu sagen? Keine Fragen an mich? Zum Beispiel *Wie geht es Mama?*«, versetzte ich mit ironischem Unterton.

»Wie geht es Mama?«, wiederholte er und grinste hämisch.

»Sie ist kurz vorm Aus, aber noch da.«

»Super.«

»Das ist alles?«

»Sie kommen zu mir, hierher, mitten in den Wald, um mir von einer Familie zu erzählen, an die ich seit einem Vierteljahrhundert nicht mehr gedacht habe, und verkünden mir den Tod ihrer sämtlichen Mitglieder … das ist schon ein dicker Hund, finden Sie nicht?«

»Zugegeben, das ist ein dicker Hund. Ich hätte etwas taktvoller sein können, aber Takt ist nicht gerade meine Stärke.«

»Darum geht es nicht. Als ich klein war, schlug mein Bruder schon Schwächere, um ihnen Sachen abzunehmen, die er dann wegwarf. Unser Vater war genauso. Er ertrug es nicht, dass Leute etwas besaßen, was er nicht hatte: Geliebte, Grundstücke, Firmen, Pferde, alles musste dran glauben. Meine Mutter war die eifersüchtige Hüterin dieses albtraumhaften Tempels. Während meine Schwester einfach nur versucht hat, sich bei diesen ganzen Gestörten beliebt zu machen, aber das ist ihr nicht recht gelungen, denn mit siebzehn hatte sie ihren ersten Alkoholentzug. Was die anderen angeht, wusste ich nicht mal, dass es sie gibt … Nein … Ich finde das erstaunlich, mehr nicht.«

»Was ist erstaunlich?«

»Dass fünf Personen derselben Familie im Abstand von wenigen Monaten sterben … Ein bisschen viel Vorsehung, finden Sie nicht?«

Ich hätte entrüstet sein können, schauspielern, aber ich blieb ungerührt, denn ich spürte, dass ich mir dieses eine Mal das Lügen verkneifen sollte. Also sagte ich nichts.

»Sie wollen das Geld, richtig?«

»Ja.«

»Und was wollen Sie damit machen?«

»Gerichtlich gegen Unternehmen vorgehen, die die Umwelt zerstören, politischen Lobbyismus betreiben und über soziale Netzwerke die öffentliche Meinung manipulieren. Heutzutage kann man den Leuten alles weismachen, es ist nur eine Frage des Geldes. Meine Freundin Hildegarde hat die Idee, den von wissenschaftlichen Gutachten gestützten Gedanken zu lancieren, dass der Verzehr von Tieren aus Intensivhaltung Hauptverursacher des Alzheimer-Booms ist, weil ihr Fleisch aufgrund der lebenslang erlittenen Qualen mit Toxinen verseucht ist. Und wenn wir Vollgas geben, das garantiere ich Ihnen, sind nach ein paar Monaten noch so viele Fleischesser übrig wie Raucher. Das Gleiche machen wir mit den Konzernen, die für siebzig Prozent der Klimaerwärmung verantwortlich sind. Derzeit werden ein Haufen Gerichtsverfahren angeleiert, vor allem gegen die Agrarindustrie, und das trägt allmählich Früchte. Ihre Verurteilung bringt sogar noch Geld ein. Wir spüren weltweit Opfer auf, damit sie Nebenklage einreichen. Wir zahlen ihnen die besten Anwälte und bestechen die Experten, so wie diese Konzerne es immer getan haben. Die göttliche Anarchie, von der Mutter geträumt hat, die werden wir errichten; Sie können gar nicht ablehnen, denn Mutter hätte es so gewollt.«

Da lachte er los wie ein Irrer und schaltete seine Motorsäge ein. »Sie sind ja eine ganz Schlaue!« Und er steuerte auf meine Tochter zu.

Ich geriet in helle Panik, war aber ohnmächtig mit meinen Krücken, die im weichen Boden versanken. Hildegarde konnte ich auch nicht rufen, die war zu weit weg und hätte über den Krach der Maschine meine Schreie nicht gehört.

Juliette dagegen hatte kein bisschen Angst, als sie ihn auf sich zukommen sah. »Finger weg von diesem Baum!«

»Er kommt zu dicht an mein Haus mit seinen Lianen, die sich im Boden verwurzeln und Stämme bilden. Mach Platz, ich muss ihn fällen.«

»Nein!«

»Was heißt hier nein? Ich hab ihn selber gepflanzt. Warum sollte ich mich einfach von ihm verdrängen lassen?«

»Er macht Schatten und die Vögel benutzen ihn als Zuhause. Du bist zu gar nichts nutze.«

»Das stimmt nicht! Ich habe tausende wie den gepflanzt und gehegt.«

»Ja, aber jetzt kommen sie ohne dich zurecht, und der hier hat Lust, dass du ihn wachsen lässt, wohin er will. Du fällst ihn nicht, basta! Oder du musst mich mit absägen.« Und sie klammerte sich an den Stamm wie ein Koalabär. Zehn Jahre alt und schon fünf Jahre Aktivismus mit Tante Hildi intus.

Er stellte den Motor ab und drehte sich zu mir um. »Und was hat Sie auf die Idee gebracht, die Welt zu retten?«

»Die Demos, die ich vor meinem Haus beobachtet habe. Jedes Mal habe ich mich gefragt, wie man die Dinge wirklich ändern könnte, statt Maßnahmen anzuleiern, die die Leute unweigerlich auf die Straße treiben. Und dann bin ich bei meinen Recherchen zu unserem Ahnen Auguste über einen Satz von Flaubert gestolpert, der so verächtlich wie schlagend ist: Das Volk duldet letztlich jeden Tyrannen, wenn man ihm nur seine Schnauze im Essnapf lässt. Sobald man ihm den Fressnapf wegzieht, meckert es los und geht auf die Straße, während die Ressourcen knapper werden, die Tiere aussterben, die Jahreszeiten aus dem Ruder laufen und das Meer voller Plastik ist. Das bringt uns keinen Schritt weiter. Deshalb kam mir die Idee, dafür zu sorgen, dass dem Volk sein Fressnapf so widerlich wird, dass es sich am Ende davon abwendet oder ihn mit der Schnauze umstürzt. Denn widerlich ist er ja wirklich, nur hat niemand Lust, sich das bewusst zu machen, denn es ist zu unbequem, die eigene Lebensweise zu ändern.«

Hildegarde, die mittlerweile zu uns zurückgekommen war, fügte hinzu: »Blanche und ich, wir werden Chaos säen.«

Er betrachtete uns eine nach der anderen, dann lächelte er uns an. »Die Riesin, die kleine Furie und die Frau mit dem gebrochenen Körper ... ihr drei gefallt mir sehr. Pierre de Rigny ist vor fünfzig Jahren gestorben, als er Mutter begegnete und zum Geburtstag den *Darshan* empfing. Die Alteingesessenen hier werden meinen Tod bezeugen. Und was Sie mir über unseren gemeinsamen Vorfahren Auguste erzählt haben, hat mir viel Freude bereitet. Möglicherweise ist er so gestorben, wie ich bald sterben werde: umgeben von Bäumen.«

»Sie verschenken Ihr Erbe also nicht an Auroville?«

»Ganz sicher nicht! Mir liegt viel zu viel an diesem Ort, um ihn mit solchem Geld zu korrumpieren.«

Und dann machte er es wie mein Vater, wenn er klarstellen wollte, dass das Gespräch zu Ende war: Er wandte sich wieder seinen Beschäftigungen zu und wir existierten nicht mehr. *So ... So ...*

Auf dem Rückweg sprachen wir, Hildegarde und ich, kein Wort, bis ich bei einem Tankstopp das Schweigen brach.

»Hast du dich gefragt, was passiert, wenn er uns das Geld nicht überlässt?«

»Klar hab ich mich das gefragt ...«

»Ich auch.«

»Es ist gelaufen, also mach dich locker.«

Versailles, 20. April 1871

Nackt unter einem zu großen Paletot und die Hände in die Hose gekrallt, damit sie ihm nicht auf die Knöchel fiel, stand Auguste schweigend vor dem Schreibtisch des Chefs der Exekutive, Adolphe Thiers.

In seinen grauen Gehrock gezwängt, warf der Letztere von Zeit zu Zeit einen strengen Blick auf den jungen Mann, während er Anordnungen in einer Unterschriften-mappe signierte, die ein durchsichtiger Sekretär für ihn umblätterte. »Sie können sich bei Ihrer Tante bedanken – einer lieben und guten Freundin –, denn wäre es allein nach mir gegangen, hätte man Sie erschossen.«

Schweigen.

»Haben Sie nichts zu sagen?«

Auguste betrachtete seine Füße, die schwarz waren vor Dreck. Ihm drehte sich alles und er hatte nur den einen Wunsch, sich auf dem Boden zusammenzurollen und zu schlafen.

»Na, dann nicht, offensichtlich haben Sie nichts zu sagen!«

Schweigen.

Thiers unterzeichnete noch einige Papiere, dann schickte er seinen Sekretär mit einer Handbewegung hinaus. »Wissen Sie, ich habe Ihren Großvater sehr gut gekannt … Ein guter Kamerad … Ihr Bruder Ferdinand ist ihm sehr ähnlich … Er wäre stolz gewesen … Ich selbst habe keine Kinder …« Er seufzte. »Er wäre stolz gewesen. Ja.«

Der Boden wirkte so einladend. Vielleicht konnte er eine Ohnmacht vortäuschen. Es gab sogar einen Teppich aus dicker Wolle. Dann mochte ihm der Zwerg mit seiner schrillen Stimme weiter die Leviten lesen. Er würde ihm zuhören, ja, aber ausgestreckt auf diesem bequemen Boden ganz ohne Ratten.

»Standesgemäßes Auftreten ... Sagt Ihnen das etwas? Nein, nicht wahr? Es ist bestürzend!«

Am 2. April, aufgeputscht von seiner unverhofften Nachkommenschaft, war er mit seinen Kommunardenfreunden zum Sturm auf Versailles losgezogen, doch da sie in Militärdingen wenig erfahren waren und sich einer Berufsarmee gegenübersahen, wurde die Truppe bald umstellt und gefangen gesetzt. Er hatte der standrechtlichen Erschießung seines Anführers Duval und vieler weiterer Kameraden beigewohnt, insbesondere der weißhaarigen, die der Gegner als mutmaßliche Quarante-Huitards vortreten ließ und füsilierte. Dann war er mit den anderen Überlebenden unter den Hohnrufen der Bevölkerung durch Versailles geführt worden. Man hatte ihn angespuckt, manche Frauen hatten ihm das Gesicht zerkratzt und ihn mit ihren Schirmen geschlagen, bis sie auf seinem Rücken zerbrachen, dann zwang man ihn, wie auf einem Kreuzweg vor jeder Kirche der Stadt niederzuknien und Gott um Vergebung zu bitten. Sogar seine Hose hatte man ihm zerrissen, und beinahe nackt war er in eins der unterirdischen Verliese von Versailles geworfen worden, in denen sich die Könige von Frankreich jahrhundertelang ihrer politischen Gegner entledigt hatten. Seitdem verfaulte er dort.

Mechanisch die Gegenstände auf seinem Schreibtisch zurechtrückend, beobachtete Thiers ihn weiterhin.

»Da, wo ich bei diesen verflixten Preußen nichts erreichen konnte, habt ihr Kommunarden Wunder vollbracht. Stellen Sie sich vor, alle unsere Soldaten werden aus der Gefangenschaft entlassen, und man gestattet uns sogar, die in den Friedensverhandlungen festgesetzte Truppenstärke zu überschreiten. Bismarck geht noch weiter und gebietet uns, die schönste Armee aufzustellen, die wir je hatten – ich zitiere seine Worte: auf dass wir euch zerquetschen mögen, so sehr ekelt ihn vor euch. Tja, ihr habt es geschafft, selbst die Preußen anzuwidern … das will schon etwas heißen!«

Schweigen.

»Wohin waren Sie unterwegs mit Ihrem Bataillon von als Soldaten verkleideten Säufern? Wollten Sie in Versailles einfallen, ist es das?« Er hieb mit der Faust auf den Tisch. »Ist es das?«

»Es lebe die Commune!«, sagte Auguste mit so schwacher Stimme, als käme sie aus der Tiefe eines Brunnens.

Thiers schnaufte. »Was machen wir bloß mit Ihnen, de Rigny? Los, verschwinden Sie, Sie stinken nach verendetem Vieh.«

Am Ende der Blutwoche wurden seine Zellengenossen, sofern sie nicht an den Folgen ihrer Verletzungen oder ihrer Haft gestorben waren, füsiliert. Über Monate teilte er im Militärlager Satory mit vielen anderen das Schicksal von Théophile Ferré, dem Mann, der an der Seite des Anarchisten Pindy die Vernichtung des Pariser Personenstandsregisters befohlen hatte. Als Auguste davon erfuhr, brach er in Tränen aus, ohne dass sein Gesprächspartner recht begriff, warum. Bis Dezember wurden alle Männer in seiner Zelle einer nach dem anderen zum Tode verurteilt und exekutiert. Seine eigene Beteiligung an der Commune wurde als marginal eingestuft, daher verurteilte man ihn zur Verbannung nach Neukaledonien, doch bereits im Gerichtssaal wurde gemunkelt, dass man ihn unterwegs in einem französischen Hafen anderswo an Land zu setzen gedachte. Wo genau, stand noch nicht fest, ob im Senegal, in Madagaskar, auf Mauritius … Das hing von der gewählten Route ab. Wie dem auch sei, es war beschlossene Sache.

Ein Ort voller Grün, an dem das Leben angenehm war und er in Sicherheit.

Darauf hatte Tante Clothilde ihrem alten Freund gegenüber hartnäckig bestanden.

Dank

Die Idee für mein Buch entsprang der Lektüre von Thomas Pikettys Abhandlung *Das Kapital im 21. Jahrhundert.* Dieses rigorose und vorurteilsfreie Werk half mir mein vages Gefühl verstehen, dass unsere Gesellschaft im 21. Jahrhundert der des 19. Jahrhunderts immer ähnlicher wird.

Wie meine Figuren die historischen Ereignisse schildern und kommentieren, verdankt sich einer Mischung aus meinem Lesestoff, alten Zeitungsartikeln, meiner Phantasie und vor allem meiner Unkenntnis. Besondere Erwähnung verdient Paul Lidskys großartiges Buch *Les Écrivains contre la Commune* – lesen, weiterverleihen, es ist genial! Ein großes Dankeschön auch an die *Association des Amis de la Commune de Paris,* speziell an John Sutton, der meiner Lektüre einen Kompass gab.

Die Bibel zum Thema militärische Stellvertretung ist *Le Remplacement militaire en France – quelques aspects politiques, économiques et sociaux du recrutement au XIXe siècle* von Rechtshistoriker Bernard Schnapper. Dazu auch die Zeitschrift *L'Assurance,* die von 1868, Zeitpunkt der Reform der militärischen Stellvertretung, bis zur Kriegserklärung an Preußen erschien.

Alles, was Philippe de Rignys Possen und sein Meroxieren auf hoher See betrifft, verdanke ich dem Buch von Bernard Dussol und Charlotte Nithart: *Le Cargo de la honte, l'effroyable odyssée du Probo Koala,* aus dem sich lernen lässt, dass die Wirklichkeit die Fiktion übertrifft und Schreibende beim Versuch, die Gier zu schildern, als Stümper dastehen. Lesen Sie es und empören Sie sich!

Besonderen Dank an *Robin des Bois* (*Robin Wood*) für ihre Arbeit, die schwimmenden Ruinen aufzuspüren, die auch weiterhin Umweltgifte übers Meer transportieren, sowie für die systematische Erfassung verseuchter Gebiete und bedrohter Arten.

In Sachen zeitgenössische Kunst und Volksbildung waren Franck Lepages so scharfsichtige wie gestenreiche Vorträge höchst stimulierend. Zu sehen auf Youtube.

Ebenfalls gucken: Peter Watkins' fünfeinhalbstündiges Videoprojekt *La Commune (1871)* sowie den semidokumentarischen Film *La Forteresse assiégée* (Die belagerte Festung) von Gérard Mordillat mit einem Beitrag von Frédéric Gros, Philosoph und Autor von *Désobéir* (Ungehorsam sein), das mir ebenfalls Anregungen lieferte.

Dank auch an meine Korrekturleser Antony und Jean, die stets zuverlässig parat stehen und deren geduldige Wort-für-Wort-Lektüre mich vergessen lässt, dass ich im Abi den Zeitzuschlag für Menschen mit (Lern-)Behinderung genutzt habe … Und an Danièle D'Antoni, meine Agentin, die die Welt durch strikte Rechtsanwendung verändern will und deren Traum mich zum Ende dieses Romans inspirierte.

Kleine Zeittafel

1870

6.7. Kriegsdrohung Frankreichs an Deutschland für den Fall, dass Prinz Leopold von Hohenzollern seine von Bismarck geförderte Kandidatur für den vakanten spanischen Königsthron nicht zurückzieht

12.7. Verzicht Prinz Leopolds auf die spanische Thronkandidatur

13.7. Der französische Botschafter verlangt von König Wilhelm I. die Zusicherung, auch künftig keine Kandidatur eines Hohenzollern für die spanische Krone zuzulassen. Der König lehnt ab.

19.7. Frankreich erklärt Preußen den Krieg.

1./2.9. Schlacht bei Sedan: Kapitulation der französischen Armee und Gefangennahme Kaiser Napoleons III.

4.9. Mit der Ausrufung der Dritten Republik in Frankreich durch Léon Gambetta endet das napoleonische Kaiserreich. Die provisorische Regierung setzt den Krieg fort.

18.9. Paris wird von deutschen Truppen eingeschlossen und belagert.

7.10. Innenminister Léon Gambetta verlässt in einem Heißluftballon das belagerte Paris, um den Entsatz der Hauptstadt zu organisieren.

27.10. Kapitulation der in Metz eingeschlossenen französischen Rheinarmee

31.12. Deutsche Artilleriegeschütze eröffnen das Bombardement auf Paris.

1871

18.1.   Im Spiegelsaal von Versailles wird Wilhelm I. von Preußen zum Deutschen Kaiser ausgerufen.

28.1.   Nach viermonatiger Belagerung kapituliert Paris vor den deutschen Truppen.

8.2.   Wahlen zur französischen Nationalversammlung

17.2.   Die Nationalversammlung wählt den gemäßigten Republikaner Adolphe Thiers zum Chef der provisorischen Regierung.

26.2.   Der Vorfriede von Versailles beendet die Kampfhandlungen im Deutsch-Französischen Krieg. Frankreich muss das Elsass ohne Belfort und Nordlothringen mit der Festung Metz abtreten und fünf Milliarden Franc Reparationen an Deutschland zahlen.

18.3.   Aufstand in Paris, die Regierung flieht nach Versailles.

28.3.   In Paris wird die Commune proklamiert; der aus allgemeinen Wahlen hervorgegangene Rat der Commune vereinigt exekutive und legislative Gewalt und organisiert die Verteidigung von Paris gegen die Regierungstruppen.

10.5.   Unterzeichnung des Friedensvertrags in Frankfurt/M.

21. bis
28.5.   Die französische Regierung unter Adolphe Thiers lässt den Aufstand der Pariser Commune blutig niederschlagen und verhängt ein Strafgericht.

31.8.   Die Nationalversammlung wählt Adolphe Thiers zum ersten Staatspräsidenten der Dritten Republik.

(Quelle: https://www.dhm.de/lemo, Lebendiges Museum online des Deutschen Historischen Museums)

Anmerkungen der Übersetzerin

Seite 7, Familie Dassault: Die GIM Dassault ist eine Holding von Gesellschaften im Besitz der Familie Dassault. Zum Portfolio gehören Groupe Figaro (Medienkonzern), Dassault Aviation (Flugzeugbau), Dassault Systèmes (multinationales Software-Entwicklungsunternehmen), Immobilière Dassault, Château Dassault (Weingut, Saint-Émilion Grand Cru Classé), Artcurial (Auktionshaus für Kunst und Sammlerobjekte).

Seite 7, Familie Bouygues: Die Unternehmensgruppe Bouygues SA ist die fünftgrößte europäische Baugesellschaft (Colas-Gruppe und Bouygues Construction), außerdem spezialisiert auf Immobilien(entwicklung), Medien (TF1-Gruppe) und Telekommunikation.

Seite 9, *Ihn dem dunkeln Hintergrund und Schoß der Zeit entreißen*: angelehnt an William Shakespeare, *Der Sturm*, 1. Akt, 2. Szene, in der Übersetzung von August Wilhelm Schlegel.

Seite 14, Adolphe Thiers (1797–1877): Politiker, Historiker und Journalist; Redakteur der Zeitschrift *National*; Wortführer des Liberalismus. Seine Werke *Geschichte der französischen Staatsumwälzung* und *Geschichte des Consulats und des Kaiserreichs* führten zu einer positiven Beurteilung der Französischen Revolution von 1789 und unterstützten den Kult um Napoleon I. Mehrfach Minister; 1836 und 1840 Ministerpräsident; 1871–73 Präsident der Dritten Republik; 1871 Niederschlagung des Aufstands der Pariser Commune.

Seite 15, Jules François Simon (1814–96): Politiker und Philosoph. 1848 als Republikaner Mitglied der Abgeordnetenkammer. Als ausgesprochener Gegner Napoleons III. verlor er kurz darauf sämtliche politischen Ämter. Ab 1863 als Abgeordneter der Opposition im Corps Législatif (gesetzgebende Körperschaft), wo er den gemäßigten Flügel der Republikaner anführte. 1870–71 als Unterrichtsminister Mitglied der provisorischen »Regierung der nationalen Verteidigung«. 1871 in die Nationalversammlung gewählt und Minister für öffentlichen Unterricht; 1876–77 Premierminister und Innenminister.

Seite 17, Jean-Baptiste Colbert, Marquis de Seignelay (1619–83): Staatsmann und Begründer des Merkantilismus (Colbertismus). Als Finanzminister unter Ludwig XIV. sanierte er den Staatshaushalt, um die immensen Aufwendungen v. a. für den König selbst, seinen Hofstaat, das Militär und dessen Kriegszüge zu finanzieren. Colbert schuf die Basis der französischen Wirtschafts- und Kolonialpolitik.

Seite 19, Léon Gambetta (1838–82): Staatsmann. 1869 in die Nationalversammlung gewählt. Im Wahlkampf hatte er das »Programm von Belleville« mit formuliert, das mit seinen weitreichenden Forderungen nach Freiheitsrechten zum grundlegenden Manifest der radikalen Linken wurde. Im Parlament schloss er sich der republikanischen Minderheit an, die Gegner des Deutsch-Französischen Krieges war. Proklamierte nach der Niederlage bei Sedan und der Abdankung Napoleons III. am 4. September 1870 die Dritte Republik und wurde deren erster Innenminister. Am 7. Oktober 1870 verließ er das belagerte Paris in einem Ballon, aber sein Plan, mit Truppen aus der Provinz die Hauptstadt zu befreien, scheiterte. Als Paris am 28. Januar 1871 kapitulierte, befürwortete Gambetta die Fortsetzung des Krieges, worauf Adolphe Thiers ihn als *fou furieux* (zornigen Verrückten) bezeichnete. Schließlich trat Gambetta am 6. Februar 1871 von seinem Regierungsamt zurück. Nach dem Krieg war er entschiedener Vertreter des Revanchismus gegenüber Deutschland und prägte den Satz: »Toujours y penser, jamais en parler.« (»Immer daran denken, nie darüber sprechen.«) Von November 1881 bis Januar 1882 Ministerpräsident.

Seite 21, Konskription: Wehrpflicht mit Einschränkungen wie der Möglichkeit des Freikaufens oder der Anwerbung eines Stellvertreters (Einsteher).

Seite 39, Anerbenrecht: Recht des erstgeborenen Sohnes auf den Besitz des Vaters, weibliche und jüngere männliche Geschwister waren vom Erbe ausgeschlossen – im Gegensatz zur Realteilung: gleiche Aufteilung unter den Erbberechtigten (was oft zur Folge hatte, dass niemand mehr von seinem Land leben konnte). In Gebieten mit Anerbenrecht war der Abwanderungsdruck hoch, da die ausgeschlossenen Nachkommen gar nicht oder weit unter Wert abgefunden wurden.

Seite 51, Tro Bro Léon: 1984 erstmals ausgetragenes Eintages-Radrennen mit einem Rundkurs um die Gemeinde Lannilis im Département Finistère. Auch als *kleines Paris–Roubaix* bezeichnet, da es z. T. über unbefestigte Straßen geht.

Seite 58, *Finis Terrae* (1929): erster Teil einer Trilogie, in der sich der für expressionistische Arbeiten bekannte Stummfilmregisseur Jean Epstein mit dem Leben an der bretonischen Küste beschäftigte. Für den Dreh arbeitete er ausschließlich mit Einwohner/innen von Ouessant.

Seite 61, *Le Réveil: journal de la démocratie des deux mondes*: von Charles Delescluze (siehe Eintrag zu S. 156) am 2.7.1868 gegründete Wochen-, ab Mai 1869 Tageszeitung, die die Ideen der Sozialistischen Internationale propagierte. Eingestellt am 2.5.1871.

Seite 61, Quarante-Huitards: Bezeichnung der durch die Februarrevolution 1848 in Aufbruchstimmung versetzten, dann aber durch die weitere Entwicklung politisch enttäuschten 48er-Generation.

Seite 68, Étienne de La Boétie (1530–63): Schriftsteller, Rechtsanwalt; Stimme für Toleranz in Zeiten von Religionskriegen und Inquisition. Neben seinem *Discours de la servitude volontaire* (*Abhandlung über die freiwillige Knechtschaft*), der erstmals 13 Jahre nach seinem Tod erschien, schrieb er zahlreiche Sonette und Latein-Verse und übersetzte Xenophon und Plutarch. Der *Discours* untersucht die Ursachen der Unterwerfung der Mehrheit unter die Macht eines Einzelnen. Der Autor betrachtet diese (Selbst-)Unterdrückung als freiwillig, da sich die Menschen durch Privilegien korrumpieren und an die Seite der Macht binden. Der *Discours* gilt als wichtige Vorläuferschrift libertär-herrschaftskritischen Gedankenguts und zivilen Ungehorsams.

Seite 73, Émile Zola: *Ein feines Haus* (frz.: *Pot-Bouille*, 10. Teil der Reihe *Die Rougon-Macquart. Die Natur- und Sozialgeschichte einer Familie im Zweiten Kaiserreich*). Zitiert nach der unter dem Titel *Der häusliche Herd* erschienenen Ausgabe, übersetzt von Alfred Ruhemann, neu durchgesehen von Armin Schwarz. Benjamin Harz Verlag, Berlin/Wien 1924.

Seite 88, Marfan-Syndrom: genetische Erkrankung, bei der es zu einer erhöhten Elastizität oder Laxizität des Bindegewebes kommt. 1896 erstmals wissenschaftlich beschrieben von dem französischen Kinderarzt Antoine Marfan (1858–1942). Er präsentierte vor der *Société Médicale des Hôpitaux de Paris* den Fall der 5-jährigen Gabrielle, die sehr lange und feine Gliedmaßen hatte, und prägte den Begriff der Spinnenfingrigkeit (Arachnodaktylie). Sechs Jahre später wurde bei dem Mädchen per Röntgen-Diagnostik eine Verkrümmung der Brustwirbelsäule und eine Asymmetrie des Brustkorbs festgestellt. Ebenfalls 1902 beschrieb Émile Charles Achard ein weiteres Mädchen mit ähnlichen Symptomen und stellte zudem eine ausgeprägte Überbeweglichkeit ihrer Gelenke (Hyperlaxizität) fest. Später wurden dem Symptomkomplex noch Veränderungen des Herz-Kreislauf-Systems und der Augen zugeordnet.

Seite 93, »ikarische Träume«: Anspielung auf den utopischen Roman *Voyage en Icarie* (*Reise nach Ikarien*) des Frühsozialisten Étienne Cabet, Geschichte eines englischen Lords, der auf einer Reise die Insel Ikarien erreicht, wo kurz zuvor eine Revolution den Übergang zu einem demokratischen Kommunismus eingeleitet hat. Der Staat ist ein durchorganisierter Arbeiterstaat, dessen oberstes Gebot vollkommene Gleichheit und Gütergemeinschaft ist. Der Roman erschien erstmals 1840 in Frankreich, erlebte bis 1848 fünf Auflagen und war unter Arbeitern weit verbreitet. Auch der Versuch, die Utopie in Amerika praktisch umzusetzen, wurde Ikarien genannt.

Seite 93, L214: 2008 gegründete Tierrechtsorganisation, die sich mit dem Schutz von Nutztieren befasst. Der Name bezieht sich auf Artikel L214 des Gesetzbuchs »Code Rural«, der Tiere erstmals im französischen Recht als »empfindende Wesen« bezeichnet: »Jedes Tier ist ein (schmerz-)empfindliches Wesen und muss von seinem Besitzer unter Bedingungen gehalten werden, die mit den biologischen Anforderungen seiner Art vereinbar sind.« Kampagnenschwerpunkte: Kükentöten, Stopfleber, Pelzindustrie, Schlachthöfe.

Seite 95, *Faites entrer l'accusé* (Führen Sie den Angeklagten herein): 2000 geschaffene Fernsehsendung, in der pro Folge ein berühmter Kriminalfall, der seit den Fünfzigerjahren vor ein Gericht kam, nachgezeichnet wird.

Seite 95, *Complément d'enquête* (Ergänzende Ermittlung): seit 2001 ausgestrahltes Investigativ-Magazin, das gesellschaftliche Themen behandelt wie z. B. Clearstream-Affäre, Nahrungsmittelindustrie, Zuwanderung und Situation von Menschen ohne Aufenthaltsstatus. Nach jeder Reportage interviewt der Moderator einen Gast.

Seite 95, *Dans le ciel* (Im Himmel): Roman von Octave Mirbeau, erschien 1892–93 als Fortsetzungsroman in der Zeitung *L'Écho de Paris* und erst 1989 als Buch. Deutsche Ausgabe unter dem Titel *Diese verdammte Hand*, übersetzt von Eva Scharenberg, Weidle Verlag, Bonn 2017, als E-Book bei CulturBooks.

Seite 96, Le Blanc-Mesnil: nordöstlich von Paris gelegene Stadt im Département Seine-Saint-Denis, überregional bekannt seit November 2005, als Aufstände von Jugendlichen dort ihren Anfang nahmen.

Seite 98, Grisette: ursprünglich Bezeichnung für einen billigen grauen (frz. *gris*) Kammgarnstoff. Im 18. und 19. Jh. abwertende Bezeichnung für eine junge, unverheiratete Frau niederen Standes, die in der Stadt lebte und sich selbständig als Putzmacherin, Näherin, Wäscherin oder Fabrikarbeiterin ihren Lebensunterhalt verdiente; stand im Ruf, sexuell aufgeschlossen zu sein.

Seite 99, Pays de Léon (bretonisch Bro Leon): äußerster Nordwesten der Bretagne im Département Finistère.

Seite 101, Edmond Lebœuf (1809–88): Marschall von Frankreich und Kriegsminister. Vor dem Deutsch-Französischen Krieg versicherte er Kaiser Napoleon III. vor versammeltem Ministerrat, Frankreich sei »archiprêt« (erzbereit). Daraufhin ernannte ihn Napoleon III. am 24. März 1870 zum Marschall und bei Kriegsausbruch zu seinem Generalstabschef. Lebœufs Offensivoperationsplan erwies sich infolge der mangelhaften Kriegsbereitschaft der Armee sofort als unausführbar. Nach den Niederlagen vom 6. August 1870 trat er unter dem moralischen Druck der allgemeinen Entrüstung über seine Unfähigkeit am 12. August zurück.

Seite 105, Dupont und Dupond: deutsch Schulze und Schultze, das Detektivpaar aus der Comicserie *Tim und Struppi* (*Les Aventures de Tintin*) des belgischen Zeichners und Autors Hergé.

Seite 110, Tribunal de Grande Instance de Paris: Zivilgericht der ersten Instanz, an dem Streitwerte über 10 000 Euro verhandelt werden, vergleichbar dem deutschen Landgericht.

Seite 110, Linie 13: eine der 16 Linien des Pariser Métronetzes, bedient mit 24,3 Kilometern die längste Strecke und ist mit ca. 130 Mio. Fahrgästen im Jahr schon lange überlastet, daher ihr Beiname »ligne d'enfer«, Höllenlinie. Fünf neue Métrolinien sind im Großraum Paris in den nächsten Jahren geplant, von denen zwei die 13 direkt entlasten sollen. Siehe auch: nzz.ch/international/in-der-hoelle-von-paris-ld.1493759

Seite 112, Iroise-See (Mer d'Iroise): Seegebiet vor der bretonischen Atlantikküste um Brest. Die Inseln der Iroise liegen vor dem nordwestlichen Landzipfel der Bretagne (Finistère = Ende der Erde); aufgrund des schwierigen Zugangs erfolgten kaum menschliche Eingriffe in die natürliche Umgebung, daher gilt die Côte d'Iroise als der unberührteste Küstenstrich Nordwesteuropas. Seit 1988 UNESCO-Biosphärenreservat.

Seite 112, Chasse-Marée: bis ins 19. Jh. an der bretonischen Kanal- und Atlantikküste eingesetzte große Fischereischaluppe, dank deren Schnelligkeit Sardinen in kurzer Zeit von ihrem Fangort zu den Hafenstädten zwischen Nantes und Bordeaux transportiert werden konnten. Der Begriff »chasse-marée« war ursprünglich Berufsbezeichnung für Seefischhändler, die Fischereiprodukte zu ihren Absatzstätten beförderten. Seit Anfang des 18. Jh. bezeichnet er ein Fischereiboot.

Seite 117, Île Bourbon: heute La Réunion, Insel im Indischen Ozean, politisch ein Übersee-Département sowie eine Region Frankreichs und damit zur EU gehörig. Bis 1794 hieß sie Île Bourbon (daher die Bourbon-Vanille), unter Napoleon Île Bonaparte, dann bis 1848 erneut Île Bourbon.

Seite 122, Octave Mirbeau: *Sebastian Roch. Sittenroman*, übersetzt von Franz Hofen, Wiener Verlag, 1902.

Seite 124, »Diesel afrikanischer Qualität«: www.dw.com/de/afrika-lehnt-europas-dreckigen-diesel-ab/a-38653138

Seite 127, Françafrique (auch France-Afrique): Idee und politische Praxis seit der Präsidentschaft Charles de Gaulles, um trotz Entkolonialisierung die französische Einflusssphäre in Afrika aufrechtzuerhalten.

Seite 140, Jahr VI: Der Französische Revolutionskalender bzw. republikanische Kalender (*calendrier révolutionnaire français, calendrier républicain*) galt offiziell vom 22.9.1792 bis 31.12.1805. Jahr VI entspricht dem Zeitraum 22.9.1797–21.9.1798.

Seite 148, Satans-Rakete (*fusée Satan*): sollte ihrem Erfinder zufolge 60 000 Preußen pro Stunde vernichten können.

Seite 148, Preußisch-Blau-Finger (*doigt prussique*): Erfindung des Politikers Jules Allix (1818–1903), der in der Pariser Commune aktiv war und sich für Sozialismus und Frauenrechte engagierte. Außerdem tat er sich mit utopischen Projekten hervor, z.B. dem Projekt »Paris port de mer« (Paris Seehafen), das die Kanalisation der Seine von Paris bis Rouen vorsah.

Seite 154, Schlacht bei Gravelotte (16.–18. August 1870): Bei den Schlachten von Gravelotte und Saint-Privat-la-Montagne (12 km westlich und 20 km nordwestlich von Metz) büßten beide Armeen ein Achtel ihrer Stärke ein; die Deutschen hatten seit der Völkerschlacht bei Leipzig keinen so verlustreichen Kampf geführt. In der französischen Geschichtsschreibung als Schlacht bei Saint-Privat bezeichnet; dennoch benutzt auch die junge Generation (zumindest im Osten Frankreichs), wenn es stark regnet, noch die Redewendung »Ça tombe/Ça pleut comme à Gravelotte« (Es kommt runter/Es regnet wie in Gravelotte) in Erinnerung an die Geschosshagel dieser Schlacht.

Seite 156, Louis-Auguste Blanqui (1805–81): Revolutionär und sozialistischer Theoretiker. Führend beteiligt an der Julirevolution von 1830, am Juniaufstand von 1848 und an der Pariser Commune; insgesamt 36 Jahre in Haft. Während eines seiner Gefängnisaufenthalte Entwurf einer eigenen sozialistischen Theorie, in deren Zentrum die Idee einer Diktatur des Proletariats steht. Seine Anhänger, die Blanquisten, gingen 1901 im »Parti socialiste de France« auf.

Seite 156, Louis Charles Delescluze (1809–1871): Journalist und führendes Mitglied der Pariser Commune; im Laufe seines Lebens mehrfach festgenommen, inhaftiert und verbannt. Verurteilte als Patriot die sogenannte »Regierung der nationalen Verteidigung«. Am 5. November 1970 zum Bürgermeister des 19. Arr. gewählt; trat am 7. Januar 1871 zurück und rief zum

Sturz der »Männer der Kapitulation« auf. Vom 11. und 19. Arr. in den Rat der Commune gewählt; Mitglied in diversen Ausschüssen. Fiel am 25. Mai 1871 auf einer Barrikade des Boulevard Voltaire.

Seite 156, Félix Pyat (1819–89): Rechtsanwalt, Theaterdichter, Journalist und Politiker, seit 1848 revolutionär aktiv, 1848 und 1849 im Parlament, nach dem Putschversuch vom 13. Juni 1849 im Schweizer Exil, später in Brüssel und London; Mitglied der I. Internationale. 1869 zurück in Frankreich, gründete er 1970 die Zeitung *Combat*. Im Januar 1870 Aufruf zur Revolution, anschließend wieder im Exil in London, in Abwesenheit zu fünf Jahren Gefängnis verurteilt. Nach der Amnestie von 1880 Mitglied des Senats und ab 1888 für Marseille in der Abgeordnetenkammer.

Seite 156, Jules Vallès (1832–85): Journalist, Publizist, Sozial- und Literaturkritiker, Romanschriftsteller, Vorläufer des Naturalismus. Wegen seiner scharfen Angriffe gegen Napoleon III. mehrfach Gefängnis- und Geldstrafen. Mitglied der Commune, die er in seiner Zeitung *Le Cri du Peuple* verteidigte. Nach der Niederschlagung des Aufstands zum Tod verurteilt, floh er nach London und kehrte erst 1883 zurück. In der Romantrilogie *Jacques Vingtras* schilderte er seine Jugend, seine Kämpfe und die Tragödie der Commune.

Seite 156, Eugène Varlin (1839–71): Revolutionär; Buchbinder und Sekretär der französischen Sektion der I. Internationale, auf deren Kongress in Genf 1866 er als einer der wenigen Delegierten das Recht auf Arbeit auch für Frauen forderte. 1868–70 mehrere kurze Haftstrafen als Organisator verschiedener Streiks. Ab September 1870 Mitglied des Zentralkomitees der Nationalgarde. Am 8. Februar 1871 erfolglose Kandidatur für die Nationalversammlung, am 26. März in den Rat der Commune gewählt, Mitglied der Ausschüsse Finanzen und Lebensunterhalt. An den Endkämpfen der Commune beteiligte er sich im Viertel Belleville und wurde von der Versailler Armee erschossen.

Seite 160, Fondation Pinault: Kunstsammlung des Unternehmers und Milliardärs François Pinault (*1936) mit ca. 10 000 Werken von rund 400 Künstlern. Die 1962 ursprünglich als Établissements Pinault gegründete Firmengruppe Kering kommt vom Holz- und Möbelhandel und ist seit den 1990ern vor allem im Luxusgüter- und Modesegment aktiv. Zur 1990 gegründeten Holding Artémis gehören neben Kering u. a. das Auktionshaus Christie's, das Weingut Château Latour/Médoc, die Zeitschrift *Le Point* und weitere Publikationen, die US-amerikanische Versicherung Northern Capital Life & Health und die britische Versicherung Tawa PLC, der Fußballclub Stade Rennes, das Pariser Théâtre Marigny sowie der Palazzo Grassi in Venedig. Konzernumsatz der Artémis-Gruppe im Geschäftsjahr 2015 ca. 9,7 Milliarden Euro.

Seite 164, Stendhal-Syndrom: heftige körperliche Reaktion, die bei kultureller Reizüberflutung auftritt und sich durch Wahrnehmungsstörungen, Halluzinationen, Panikattacken, Herzrasen, Schwindel und Verwirrtheit äußert. Der Begriff bezieht sich auf eine Notiz aus Stendhals 1817 veröffentlichter Reiseskizze *Reise in Italien* (*Rome, Naples et Florence*) über die Besichtigung der Kirche Santa Croce: »Ich befand mich bei dem Gedanken, in Florenz zu sein, und durch die Nähe der großen Männer, deren Gräber ich eben gesehen hatte, in einer Art Ekstase. [...] Als ich Santa Croce verließ, hatte ich starkes Herzklopfen; in Berlin nennt man das einen Nervenanfall; ich war bis zum Äußersten erschöpft und fürchtete umzufallen.« (Stendhal: *Gesammelte Werke*, hg. v. Manfred Naumann. Rütten & Loening, Berlin 1964)

Seite 167, Place du Château d'Eau: seit 1879 Place de la République, nachdem im Pariser Stadtrat das Projekt zur Errichtung einer *Statue der Republik* zu Ehren des Republikanismus beschlossen wurde. Während der Pariser Commune wurde der von den Kommunarden schwer befestigte Platz am 25. Mai 1871 von der Versailler Armee gestürmt.

Seite 168, 7. Arrondissement: Bezirk am linken Seineufer mit Eiffelturm, Musée d'Orsay, Musée du quai Branly und Hôtel des Invalides; mit der Nationalversammlung sowie zahlreichen Ministerien und ausländischen Botschaften nach dem 8. Arr. das zweite politische Zentrum der Stadt. Seit dem 17. Jh. bevorzugtes Residenzviertel des Adels; bis heute neben dem 16. Arr. im Westen und dem Pariser Nobelvorort Neuilly-sur-Seine teuerstes und wohlhabendstes Wohnviertel von ganz Frankreich.

Seite 170, *Le Brébant*: 1865 eröffnetes Café-Restaurant, berühmt für die dort von bekannten Persönlichkeiten und Angehörigen der Pariser Geistes- und Kunstelite veranstalteten Diners. Nach der Belagerung von Paris ließen Stammgäste, darunter Théophile Gautier, Edmond de Goncourt und Ernest Renan, eine Ehrenmedaille für Brébant prägen, denn der Gastronom hatte sie in dieser Zeit üppig bewirtet (worüber sich Jean Jaurès in seiner *Histoire socialiste de la Révolution française* empört). Auf der Rückseite steht zu lesen: »Während der Belagerung von Paris merkten manche Leute, die es sich zur Gewohnheit gemacht haben, alle zwei Wochen bei M. Brébant zu Abend zu essen, nicht ein einziges Mal, dass sie in einer belagerten Stadt mit zwei Millionen Seelen speisten.«

Seite 171, Montagne Sainte-Geneviève (Hügel der heiligen Genoveva): nach der Pariser Schutzheiligen benannte natürliche Erhebung im 5. Arr., seit 1790 vom Panthéon gekrönt.

Seite 181, die Augenzeugenberichte der »Vorfahren der Blogger« wurden in Buchform publiziert, aber nie ins Deutsche übersetzt. Edmond Bossaut: *Paris pendant le siège. Notes et impressions*, 1871; Gustave de Molinari: *Les clubs rouges pendant le siège de Paris*, 1871; Juliette Adam = Juliette Lamber (Mme Edmond Adam): *Le Siège de Paris: Journal d'une Parisienne*, 1873.

Seite 182, Victorine B[rocher] (1839–1921): Journalistin, Anarchistin, Symbolfigur der Frauen der Pariser Commune, bekannt für ihre Memoiren *Souvenir d'une morte vivante* (Erinnerung einer lebenden Toten, auf Deutsch nicht verlegt). Nach der Niederschlagung der Commune zum Tod verurteilt, Flucht in die Schweiz; nach der Amnestie 1880 wahrscheinlich Rückkehr nach Paris. 1881 Delegierte beim Anarchistenkongress in London. Mitbegründerin der Internationalen Schule von Louise Michel, an der sie ab 1886 unterrichtete.

Seite 182, Louise Michel (1830–1905): Lehrerin, Autorin, anarchistische Revolutionärin, Mitglied der I. Internationale. Nach Errichtung der Commune organisierte sie die Versorgung der Hungernden und Verwundeten und beteiligte sich in der Uniform der Nationalgarde am bewaffneten Kampf. Nach der Niederschlagung der Commune 20 Monate in Haft (Victor Hugo widmete ihr das Gedicht »Viro Major«, in dem er sie verteidigte und ihr Handeln rechtfertigte); 1873 Verbannung nach Neukaledonien, wo sie sich mit der kanakischen Bevölkerung verband. Nach ihrer Amnestierung 1880 Rückkehr nach Paris, wo sie den Kampf für die Revolution und die »Verdammten der Erde« sofort wieder aufnahm. 1890, nach erneuter Verhaftung und drohender Einweisung in eine Nervenheilanstalt (was die Regierung aus Angst vor negativer Presse verhinderte), floh sie nach London, wo sie die Internationale Schule für Kinder politischer Flüchtlinge eröffnete. 1895 Rückkehr nach Paris. An ihrer Beerdigung am 9. Januar 1905 in Marseille nahmen 120 000 Menschen teil.

Seite 188, *Drummond Castle*: Schiff der britischen Reederei Castle Mail Packet Company Ltd., das für den Transatlantikverkehr gebaut wurde und Passagiere, Fracht und Post von England nach Südafrika brachte. Sank am 16. Juni 1896 nach der Kollision mit einem Felsen vor der französischen Atlantikinsel Ouessant. 358 der 361 (laut anderen Quellen 243 der 246) Menschen an Bord kamen ums Leben.

Seite 188, »einzige matriarchale Gesellschaft Europas«: Ob die Bretagne bzw. die Île d'Ouessant an der äußersten Spitze der Bretagne (früher »Insel der Frauen« genannt) eine matriarchale

Gesellschaft war, ist in der Forschung umstritten. Fakt ist: Seit dem 17. Jh. arbeiteten 80 % der männlichen Bewohner der Insel als Matrosen, insbesondere bei der Handelsmarine, und waren monatelang auf See. Die soziale und materielle Organisation des Lebens oblag den Frauen. Eine Besonderheit war, dass eine Ehe nur auf Antrag der Frau gegenüber dem von ihr ausgewählten Mann zustande kam; auch führten die Frauen häufig weiter ihren »Mädchen«namen, insbesondere wenn sie erwerbstätig waren. Ein weiteres Spezifikum: Laut der demografischen Studie *La population d'Ouessant au XVIIIᵉ siècle* (1973) von Bernadette Malgorn war im Zeitraum 1776–85 das Durchschnittsalter der Frauen bei ihrer ersten Heirat 25, das der Männer 21 Jahre. Belege für die zumindest Gleichstellung der bretonischen Frauen finden sich in der Kurzuntersuchung von Erell Lahuec: *Le matriarcat Breton: déconstruction des idées reçues. Du mythe populaire aux réalités méconnues* (2019). So wurden laut ihrer Umfrage in der Region Bigouden (im Südwesten des Départements Finistère) die Väter geduzt, die Mütter dagegen gesiezt. Neben der Haus- und Familienarbeit, der Bestellung des eigenen Stücks Land und der Versorgung des Viehs waren viele Frauen zusätzlich erwerbstätig; so bestand im Département Finistère das Personal in der Fischkonservenindustrie 1883 zu 77 % aus Frauen. Darüber hinaus arbeiteten sie in traditionell männlich konnotierten Berufen als Steinbrecherin, Sardinenfischerin, Blechschmiedin (Herstellung von Konservendosen), Holzschuhmacherin, Schiffsentladerin oder öffentliche Schreiberin.

Seite 195, Solférino-Turm: ca. 25 Meter hoher Turm mit 4 Stockwerken, 1859 etwa am heutigen Standort der Basilika Sacré-Cœur erbaut und 1874 zerstört. Während des Deutsch-Französischen Krieges wurden die zwei oberen Stockwerke entfernt, um nicht als Orientierungspunkt für preußische Kanonen zu dienen.

Seite 201, *Cercle de l'Union interalliée*: 1917 gegründeter Pariser Privatclub mit 3300 Mitgliedern, insbesondere Persönlichkeiten aus Wirtschaft, Politik, Diplomatie, Kunst und Kultur, hohe Offiziere, Mitglieder des französischen und internationalen Adels, Richter, Staatsanwälte, Rechtsanwälte.

Seite 201, *res nullius*: in Bedeutung und Anwendung verwandt mit dem schon im römischen Rechtswesen geläufigen *terra nullius* (Niemandsland); bedeutet so viel wie Niemandssache oder niemandes Eigentum (in Abgrenzung zu den *res communes* – den allen gemeinen Sachen –, den vom Markt organisierten *res privatae* und den vom Staat bereitgestellten *res publicae*).

Seite 206, CASSIOPEE: Datenbank zur Erfassung aller Informationen, die im Rahmen von Strafverfahren aufgenommen werden, insbesondere Personen-, Bank- und Kontaktdaten von Beschuldigten, Zeug*innen, Opfern und Nebenkläger*innen.

Seite 208, die von Auguste bewunderten »brillanten« Kandidaten waren der weltberühmte Schriftsteller Victor Hugo, Léon Gambetta (s. Eintrag zu S. 19), Edgar Quinet (1803–75, Politiker, Historiker und Schriftsteller, entschiedener Gegner des Klerikalismus; 1826–38 Aufenthalte in Deutschland, Übersetzung von Texten Johann Gottfried Herders; lehrte 1841–46 und 1848–52 Sprach- und Literaturgeschichte Südeuropas am Collège de France; 1848 und 1871 Mitglied der Nationalversammlung. 1851 nach dem Staatsstreich von Napoleon III. Flucht nach Brüssel, dann in die Schweiz; 1870 Rückkehr nach Paris) und Henri Rochefort (1831–1913, Journalist, Politiker und Schriftsteller, gründete u. a. 1869 die Zeitung *La Marseillaise*, in der er Partei für die Commune ergriff; Verbannung nach Neukaledonien, von wo ihm 1874 die Flucht gelang; danach bis 1880 in Genf; zurück in Frankreich vertrat er nationalistische Positionen).

Seite 213, Pierre de Ronsard (1524–85): gilt heute als bedeutendster französischer Lyriker der 2. Hälfte des 16. Jh. Sein

Epos *La Franciade* folgte dem Werk des Wallonen Jean Lemaire de Belges, der in *Illustrations de Gaule et Singularité de Troie* (1513) die vermeintlichen Abenteuer des Francus schilderte. Lemaire zufolge hatte Hektor entweder zwei Söhne (Astyanax und Francus), oder Astyanax hat seinen Namen in Francus geändert und sich am Rhein (Xanten) bzw. in Gallien niedergelassen. Ronsard wollte mit einem der *Ilias* und der *Aeneis* ebenbürtigen Werk einen dem Mythos von der trojanischen Abstammung der Römer bzw. Italiener gleichrangigen Abstammungsmythos für die Franzosen erschaffen.

Seite 213, Émile-Victor Duval (1840–71): Eisengießer, seit 1867 als Blanquist Mitglied der I. Internationale. In den Rat der Commune gewählt, Mitglied der Militär- und Exekutivkommission. Am 1. April 1871 zum General der Commune ernannt, befehligte mit anderen am 3. April den gescheiterten »Spaziergang nach Versailles«, dabei gefangen genommen und auf Befehl von General Vinoy standrechtlich erschossen.

Seite 213, Gustave Flourens (1838–1871): Politiker, Journalist und Ethnograf. Kam wegen seiner Lehrmeinungen in Konflikt mit der Katholischen Kirche und musste seine Universitätslaufbahn aufgeben. Ging nach Brüssel, wo er sein Buch *Histoire de l'homme* veröffentlichte, dann nach Konstantinopel und Athen; Teilnahme am Kretaer Aufstand 1866–1868 gegen die osmanische Herrschaft. Nach Teilnahme an diversen Demonstrationen und einem Putschversuch von der »Regierung der nationalen Verteidigung« verfolgt und verhaftet, am 21. Januar 1871 von bewaffneten Nationalgardisten aus dem Gefängnis befreit. In den Rat der Commune gewählt, Mitglied der Militärkommission. Flourens gehörte zu den Verantwortlichen für den »Spaziergang nach Versailles« zur Sprengung der Nationalversammlung und Verhaftung der Regierung Thiers-Favre. Dabei am 3. April 1871 in Rueil von Gendarmerie-Hauptmann Desmarets ermordet.

Seite 214, Homer: *Ilias*, in der Übersetzung von Johann Heinrich Voß (1793), Vers 475.

Seite 215, Alba: Bei dem Leuchtkaninchen handelt es sich um eine Aktion des brasilianisch-amerikanischen Künstlers Eduardo Kac, der ein Labor beauftragte, das Gen für GFP, ein aus einer Quallenart stammendes grün fluoreszierendes Eiweißmolekül, ins Erbgut eines Kaninchens einzubauen. Zu der für 2000 geplanten Präsentation beim Medienkunstfestival in Avignon kam es letztlich nicht, weil der Direktor des beauftragten Instituts die Herausgabe des Tiers verweigerte.

Seite 220, *Die Gesellschaft des Spektakels* (*La société du spectacle*): 1967 erschienenes Hauptwerk des Künstlers und Philosophen Guy Debord. Philosophisch an Hegel, Marx und Lukács geschulte radikale Anklage der modernen westlichen und östlichen Industriegesellschaft. Hatte großen Einfluss auf die französische Studentenbewegung, erlangte später Kultstatus in Kunst und Subkultur und wird bis heute als medientheoretisches wie politisches Werk an Universitäten gelesen.

Seite 225, »gerichtlich gegen Unternehmen vorgehen«: Während die deutsche Ausgabe dieses Romans in Druck geht, strebt Ölmulti Shell eine Berufung gegen das »Klima-Urteil« von Ende Mai 2021 an. Sieben Umweltorganisationen warfen dem Unternehmen vor, neun Mal mehr CO_2 auszustoßen als die ganzen Niederlande, klagten und gewannen. »Ein niederländisches Gericht hat den Ölriesen Shell verdonnert (…) Shell darf nur noch CO_2-neutral wachsen und muss sich von großen Teilen seines Geschäfts trennen.« (*WELT online*) »Expertinnen für auf Menschenrechte gestützte Klimaklagen halten das Urteil für einen Meilenstein, da es zu einem Zeitpunkt kommt, in dem die EU über gesetzliche Regelungen zur Unternehmensverantwortung debattiert.« (*Republik.ch*) Aktuell laufen über 40 Klimaschutzklagen gegen Energiekonzerne. Ein peruanischer Kleinbauer klagt gegen RWE, die mit ihren Kohlekraftwerken zur Gletscherschmelze in Peru beigetragen haben. Der französische Ölmulti Total, größter Ölförderer in Afrika, wird wegen Verursachen von Umweltkatastrophen und Menschenrechtsverletzung verklagt (www.totalincourt.org).

www.welt.de/wirtschaft/article232631365/Klimaschutz-Oelriese-Shell-geht-in-Berufung-gegen-Klima-Urteil.html; www.republik.ch/2021/07/28/denke-global-handle-lokal-niederlaendisches-gericht-verurteilt-shell

Seite 227, Gustave Flaubert, *Bouvard und Pécuchet*: unvollendeter satirischer Schelmenroman, erschien 1881, ein Jahr nach seinem Tod.

Seite 228, Darshan(a): Sanskrit für Betrachtung, Beobachtung, Zusammentreffen, Philosophie; von *drish* sehen. Wort mit mehreren Bedeutungen, das in Hinduismus und Buddhismus vielfach Verwendung findet. So kann es die Vision des Heiligen und Göttlichen bedeuten, das offizielle Treffen von Schülern und Meister oder das Sich-Versenken beim Betrachten eines Götterbildes.

Seite 230, füsilieren (von frz. *fusil*, Feuerwaffe, Flinte, Gewehr): nach Kriegs- oder Ausnahmerecht durch ein Erschießungskommando hinrichten.

Seite 231, Théophile Ferré (1846–1871): Anwaltsgehilfe und militanter Blanquist. Während der Belagerung von Paris Mitglied der Nationalgarde; am 26. März 1871 in den Rat der Commune gewählt und Mitglied des Komitees für Allgemeine Sicherheit. Ab 1. Mai stellvertretender Staatsanwalt der Commune und ab 13. Mai Delegierter für die Allgemeine Sicherheit (»Polizeiminister«). Am 2. September zum Tode verurteilt und am 28. November 1871 erschossen.

Seite 234, Paul Lidsky: *Les Écrivains contre la Commune*, 1970 (Die Schriftsteller gegen die Commune, auf Deutsch nicht verlegt). Bei Interesse am Thema siehe den ausführlichen Blogbeitrag von wwalkie auf *freitag.de*: »Radikal für die Ordnung. Die Commune de Paris stellt die Schriftsteller vor eine große Probe. Mancher intellektuelle Verächter der ›Bourgeois‹ erweist sich als klassenbewusster Bürger«, https://www.freitag.de/auto-ren/wwalkie/radikal-fuer-die-ordnung

Seite 234, *Association des Amis* (heute zusätzlich: *et Amies) de la Commune*: 1882 von aus dem Exil zurückgekehrten Kommunarden gegründet, älteste Organisation der französischen Arbeiterbewegung.

Seite 234, Bernard Schnapper: *Le Remplacement militaire en France – quelques aspects politiques, économiques et sociaux du recrutement au XIXe siècle*, 1968 (Die militärische Stellvertretung in Frankreich – politische, ökonomische und soziale Aspekte der Rekrutierung im 19. Jahrhundert, auf Deutsch nicht verlegt).

Seite 234, Bernard Dussol, Charlotte Nithart: *Le Cargo de la honte, l'effroyable odyssée du Probo Koala*, 2010 (Der Frachter der Scham, die grauenhafte Odyssee der *Probo Koala*, auf Deutsch nicht verlegt).

Seite 235, Franck Lepage (*1954): Volksbildungsaktivist, v. a. bekannt für sein Konzept der *conférences gesticulées* (gestikulierten Vorträge), eine Show, in der er autobiografische Elemente aus seinem Berufsleben mit akademischen Bezügen (insb. aus der Soziologie) kombiniert und sich kritisch mit der Rolle von institutionalisierter Kultur auseinandersetzt.

Ariadne
Herausgegeben von Else Laudan

Titel der französischen Originalausgabe: Richesse oblige
© Éditions Métailié, Paris 2020

Deutsche Erstausgabe
© Argument Verlag 2021
Glashüttenstraße 28, 20357 Hamburg
Telefon 040/4018000 – Fax 040/40180020
www.argument.de
Lektorat: Else Laudan
Umschlag: Martin Grundmann
Fotomotiv: © Alexander Ant, pexels.com
Satz: Iris Konopik
Druck und Bindung: CPI books GmbH, Leck
Gedruckt auf säure- und chlorfreiem Papier
ISBN 978-3-86754-252-4
Erste Auflage 2021